인간은 행위다 세계도 행위다

萬人譜

만인보

완 간 개 정 판

만인보

고은

萬人譜

16/17/18

창비

운명으로서의 시, 이것이 시인의 약한 숨을 막지 않는다. 시인생활 45년은 그러므로 시간이 아니라 시간의 거부이다.

시라는 긴 병을 이렇듯이 불치로 앓는다. 그 무엇에도 이 병으로 더 살 수밖에 없으리라.

가끔 굴을 생각한다. 굴속에 들어 10년쯤 시를 짓고 싶은 것이다. 써야할 시를 쓰고 나서 그 굴속에서 바깥의 함박눈도 모르고 눈을 감아도 좋을 것이다.

1천3백년 후 꺼내어진 고대 밀교승 혜초의 『왕오천축국전』이 있다. 내가 살았던 굴속에서 써놓았던 것들과 내 해골바가지의 두 눈구멍에 채워진 푸르뎅뎅한 어둠도 속절없이 남겨져 있을 것이다. 뒷날의 건달에게 그 굴속이 들킬 수도 있을 것이다. 『만인보』를 두고 하는 소리는 아니다.

『만인보』 제1권에서 제15권까지도 해찰이 길었다. 이번에도 제15권까지 낸 뒤 6년 만인가 한다. 이 일에만 기울어졌다면 진작 손을 털었으리라.

지난날 뒷산의 아이가 나뭇짐 지고 곧장 집으로 돌아가기 싫었다. 집은 혼자가 될 수 없는 곳이었다. 나뭇짐을 그대로 둔 채 해찰에 빠져 오종종한 개울에 손과 발로 물장난을 치고 있었다. 그런 시시한 개울물 언저리에도 헛것은 영락없이 찾아와 함께 놀았다. 그 물의 끝인 바다에까지 떠내려가고 싶기도 했다. 그 아이가 혹시 뒷날의 나 아니었을까.

한곳에 집중하지 못하는 중무(衆務)의 세월이 그때부터였는지 모르거니와 이런 삶의 해찰에서 도움을 받은 바도 없지 않다. 가령 『만인보』를 시작한 80년대 중반의 눈으로만 이 일을 마쳤다면 그 시기의 얼얼한 인식한계를 무시로 넘나들기 어려웠을 것이다. 틀이란 때로는 죽음이니 말이다.

시인은 어제의 광명을 후회하는 오늘의 미명 속에서 새로 눈을 껌벅껌벅 뜬다.

지난해부터 나는 시 속의 화자에 대한 회의를 일으킨다. 1인칭 '나'로 하여금 어떻게 시의 수많은 은유적 자아를 살려낼 수 있을 것인가, 어떻게 그것으로 타자들의 가없는 하나하나의 진실에 닿을 수 있을 것인가,

또한 '나'는 언제까지 밑도 끝도 없이 나일 수 있는가.

시를 몽상의 단계 이상으로 받아들이지 않는 시각은 고대에도 이미 있었고 루카치에게도 있었다. 그런 일이 아니더라도 시가 존속되는 한 시 속의 화자에 대한 정체성을 무한정 비호하고 싶지 않은 것이 내 생각인 것만은 틀림없다.

근대가 자아의 시대라면 이 허울좋은 상식에 따라 근대시는 자아를 실현하는 시일 것이다.

근대시의 주어(主語)로서의 '나'는 거의 절대조건인 것처럼 여겨진다. 시 속의 '나'야말로 처음으로 네발짐승이 두발 직립인간이 되어 땅 위에 일어선 것만큼이나 하나의 감격적인 사건이다. 세상이 그것으로 비로소 달라지는 것이다.

김소월의 '나 보기가 역겨워……'의 정한(情恨)으로서의 '나'와 한용운의 님을 보내지 아니한 꿈으로서의 '나' 이래 근대 한국시의 화자 발생을 그동안 너무 자연현상으로만 읽어온 누습과는 달리 실로 여기에서 한

국 근대의 정서적 자기동일성과도 만나는 행복에 겹친다.

허나 근대적 자아란 우리에게 결코 손쉽게 받아도 되는 선물은 아닐지 모른다. 자아에 이르는 길은 필적할 수 없을 만큼 험하다. 신의 이데올로기, 집단의 이데올로기는 자아의 여러 분출을 오랫동안 억제해왔다. 역사란 자아의 가능성을 밟아버리는 폭력이기도 하다.

동북아시아 봉건시대로서의 한국은 대다수 피지배층을 이름없는 객체로 규정해왔다. 이런 지역에서 자아는 때로는 불온하게 때로는 의외의 힘에 의해서 때로는 너무 늦게 출현할 수밖에 없었다.

근대 한국시의 경우 수많은 1인칭의 굴레를 못 벗어난 그대로 잃어버린 자아에의 비애가 있고 또는 타자에 대한 선무당에 가까운 모방이 있다. 이와 함께 근대 이전의 전통사회에 매몰된 자각들을 파헤쳐내는 일도 벅찬 노릇이었다. 아니, 우리에게는 자아의 봉건제를 넘어야 할 근대의 마루턱이 있었던 것이다.

한갓 신체시 이래의 시인으로서는 이 일은 감당하기에는 벅차다. 우선 그들 자신의 한계가 거의 주술적이기 때문이다.

식민지시대에 이은 분단시대 역시 한층 더 자아의 역경이었다. '나'를 죽여서 '나'는 아슬아슬히 살아왔다.

이런 역경 이외에도 자아를 찾아나설 곳이 없다는 절박성을 깨달은 동안으로 오늘에 이르러 아직 닻을 내리지 않았다.

현대 한국시의 '나'는 이런 시련들을 외상(外傷)으로 삼고 있다. 그런데 이같은 '나'들이 행여 근대의 외설인 자기중심주의에 처박혀버리게 될 때 그것을 끌어낼 또하나의 자아가 나타나지 않는 사실이 아픈 현실을 이중으로 설정하게 만든다.

최근 한국시단은 누구나 다 시인 노릇에 나서는 작태와는 또 다르게 시의 제한없는 성황을 이루고 있는 것도 사실이다.

그런 중에 지적될 것이 있다. 첫째로 많은 시들의 숙달된 화법들은 거의 고뇌 없는 성형수술의 미모를 따르고 있다는 비판 앞에 있다. 둘째로

서정의 사유화와 개인기예적인 언어놀이가 드러난다. 셋째로 이기주의로서의 자기도취와 변명으로서의 인문적 장식이 거슬리기 십상이다. 넷째로 시를 사소설 및 신변잡기 또는 개인 일지 따위의 수단으로 삼고 있는 사실이다. 또한 기억의 시제에 의존함으로써 현재의 전기(傳記)를 간과한다. 시는 과거의 것도 아니며 미래의 것도 아니기 때문이다.

게다가 여전히 닫힌 진영주의나 황당무계한 초월주의에 의한 도(道)의 수작들이 자아내는 무뇌의 수작은 한국시의 리얼리티에 요구되는 광의(廣義)의 시적 대상들을 가로막는 것이다. 시에서 현실이 죽어가고 있다.

봉두난발의 이상(李箱)이 외친바, 절망이 기교를 낳는다는 말은 당초의 함의와는 달리 유효하다. 이와 함께 인간과 세계를 해석하고 꿈꾸게 하는 일에 반드시 결핍되어서는 안될 정(情)의 무한한 힘을 아무도 부정할 수 없다. 이 정도 주관의 지방질로 누적될 때는 그것이 독이 되지 않을 수 없을 것이다.

요컨대 인간과 세계에 대한 서사구조의 상상력과 인간의 자아발견에 빈드시 전제되는 정신의 '외부성(外部性)'이 없는 상대의 '나'라는 화자는 허깨비이다. 이는 현실에 대한 서술과 사회와 인간의 형상화가 상상의 회고록 없이는 말라버린 하상(河床)이 된다는 사실과 짝하고 있는 것이다. 여기서 3인칭의 새로운 화자를 꿈꾼다. 이제 3인칭은 1인칭과 2인칭의 이질이 아니라 그것의 내적 융합을 의미할 것이다.

근대가 자아의 해방을 이루어낸 창조의 시대인가를 따질 때, 근대는 자아를 억압하는 통제의 폭력을 행사한 연대기가 아니라고 주장할 근거가 거의 없게 될 때 과연 근대적 자아란 얼마나 상처받은 자아인가를 알게 된다. 그러므로 근대를 재근대화할 것과 근대적 자아를 반성함으로써 '자아의 새로운 타자'를 추구하지 않으면 안될 것이다. 이 점에서 '나는 또 하나의 타자이다'라고 노래한 한 시인의 섬광은 아직 사라지지 않는다. 나는 타자의 꿈속에서 다시 태어나는 것이다.

여기에 서정세계의 외래적 전환과 자아의식이 타화(他化)를 추구할 이유가 나타난다. 그렇다 해서 고대의 서사를 새삼스레 복구하자는 것은 아니다. 과거의 어떤 매혹에 돌아간다는 일은 현재가 과거에 종속되지 않을 힘을 가질 때 가능하다.

이미 소설까지도 서사의 대안을 벗어나서 의식의 유동으로 나아가는 현상이나 그뒤의 여러 시도에 대해서 서사형식은 다양한 서정과의 융합 없이는 살아남지 못할 것이다.

시의 원천인 시의 외부에 대한 갈애(渴愛)를 가지고 있는 한 거기에 시 속의 모든 내면성도 새로 숨쉬게 될 것이 틀림없다. 자아란 그것의 확대로서의 외부와 그것의 구심으로서의 내면이라는 두 가지에 걸쳐 있는 복합체인 것이다. 한 티끌에 시방(十方)이 머문다는 것도 그러므로 허언이 아니다.

타심통(他心通)! 이것의 현연적인 해석으로는 자아가 또하나의 자아인 타자가 될 때 거기에서 타자로서의 새로운 자아로 태어나는 시 속의 화자는 자아의 궁극인 무아에 돌아갈 것이다.

나는 너 없이는, 너에 대한 헌신적인 귀의 없이는 존재할 수 없으며 끝내 나는 너뿐 아니라 나라는 것과 너라는 것의 무한한 복수(複數)인 제3 인칭의 인드라망을 이루어 사(私)도 아닌, 공(公)도 아닌 공(空)에 이르게 된다. 그 공이야말로 묘유(妙有)일 것이다.

요컨대 화자의 '나'를 벗어나는 출발점이 요구된다. 그다음에야 '나'는 '다른 나'이다.

『만인보』의 세계란 작자와 화자 그리고 서술대상자 또는 행간에 잠들어 있는 행위 사이의 모순관계가 발전되는 세계이다. 그것은 불가분의 관계 또는 불가역적인 관계로 되는 과정에서 펼쳐지는 인간적인 귀납인지 모른다.

너는 나이고 나는 너이고 너는 또 그이고 누구이고 그 누구는 또하나의 나이고…… 의 종결 없는 삶 그것이다. 제행(諸行) 그것이다.

말하자면 '나'와 타자들의 자유를 낳는 사회순환을 위한 마당이 『만인보』의 시공이다. 작자인 나도 그런 '나'의 한 분신일 수밖에 없다. 사회는 그런 사실들로 채워지고 있다. 그러므로 선악과 미추의 차별은 지배논리를 털어낼 때에만 정당하다. 꿈은 여기에도 제 꼬리를 문 뱀처럼 도사리고 있는 것이다.

이번 제16~20권의 인간상들은 주로 1950년대 전후를 산 행리(行履)에서 얻어온 것이다. 삶과 맞닥뜨린 죽음의 상황, 전래사회가 무너진 곳에서 일어나는 상황, 실존과 폐허, 이데올로기의 습래(襲來), 민족이동 그리고 인간의 비인간화를 몰고온 전쟁 그리고 그 전쟁 속의 인간적 가능성 따위가 비극의 풍광으로 그려진다 하겠다. 그 폐허는 절망 이후의 연대기를 만들어낸다.

저 1980년 여름 신군부세력에 의해 내란음모 및 계엄법 위반 계엄법 교사의 죄명으로 남한산성 밑 육군교도소 특별감방에 갇혀 있는 날들을 지내는 동안 구상한 것에 이 『만인보』가 있다. 공교롭게 김재규 부정이 수감되었다가 사형집행장으로 떠난 뒤 비워둔 방에 내가 들어갔다. 그 감방은 죽음의 향기로 된 어둠으로 내 호흡을 허용했다. 살아서 나간다면 몇가지 일 중 먼저 『만인보』에 매달려보겠다고 다짐한 적도 있다.

이것이 첫 3권으로 세상에 나올 때는 간난의 시절을 견디어온 '창작과비평사'가 강제로 문을 닫았다가 절반이 잘려나간 '창작사'로 겨우 명맥을 유지하고 있었다. 그것이 다시 '창작과비평사'로 복구된 것은 피를 흘릴 만치 흘린 허허로운 몸이었다. 이제 그런 시절을 넘어선 '창비'의 개신에 이 『만인보』는 따른다.

이 일을 독려해준 백낙청 선생과 해설을 맡은 김병익 선생에게 감사한다. 여기저기서 자료를 구해다준 김형균 형에게 감사한다.

2004년 새해 안성에서
고은

만인보 17

만인보 18

일러두기 ──────

완간 개정판 『만인보』 16·17·18권은 초판본(창비 2004)에 저자의 개고분을 반영하였
습니다.

만

인

보

16

萬

人

譜

그 아낙

산정리 비탈
쉬웅! 꽝!
중포탄이 터졌다
돌덩이들
흙들
군용트럭에 탄 인부들
산산조각으로 솟아올랐다
솟아올라 흩어져 다 떨어졌다

자욱이 먼지 내려앉았다

한 아낙이 처박힌 머리 들고 일어섰다
왼쪽 팔이 남아 있다
어서어서 피 멎어라

무명씨

여기 한번의 곤두박질로 모르리
즈믄 밤 다 지나도록
온갖 핏줄 가로세로 짜여 스며든 여기 오랜 흙 위
저마다 혼자 선
한줄기 솟대 끝 바람 속
내가 누구인지

때로는 잿더미에 눈부신 금 들어 있어
아기 궁둥이
죽은 아비의 넋인 듯 아닌 듯 슬픈 몽고반(蒙古斑)
내가 누구인지

모르리

얼굴 하나야 속뼈 든 당근같이 붉어라
그대 목소리 잦아
진작 산새들이 다 할머니였고 어머니였느니

다만 나는 짐승가죽옷 입은 조상 일인이 아니라
수수천만 여러 삼실 핏줄 이어
슬픈 어둠 이슥한 밤인 만인입니다
내일의 만인입니다 그러나

모릅니다

내가 누구일지
천년 묵은 기와 수막새 한 쪽으로
속속들이 뼛속까지 보이는 거울 하나 만들어내는 그 사람일지
아 신록 며칠 떠도는
입에 거품 문 순 건달일지

김일성

우수리 한푼 없는 땅 건넜다
피붙이들 하나하나 원수에게 잃었다

싸움 속
꿈은 무르익었다
그 남만주의 밤 한별*동지는 아슬아슬하였다
아슬아슬 노래였다

산 첩첩 바다가 없었다

다음 백년이 오기 전 백년아 쉬이 가거라
한 이름에서
우둔한 감정이 사라질 빈 들녘까지는
이곳은 아직 넘어갈 바람 치는 고개 몇이 더 있다

촉목하라**

* 한별: 동북항일연군 시기 젊은 김일성 장군의 호.
** 촉목(觸目): 눈에 닿는 일체(『조당집(祖堂集)』)

마라도 애기무당

1945년 12월

한반도 건너 제주도
제주도 건너 가파도
가파도 건너 마라도
마라도

한국 최남단 마라도
열한 가호 납작
등대 하나 저만치 섰다
조랑말 열두 마리
어제 태어난 새끼 곧 죽었다
염소 다섯 마리

바닷바람 있어
흔들려줄 유도화나무 한 그루 있어
최연장자 문물질녀 할망 92세
그 할망 증손녀 옥돔이 막 여덟살이다

어린 옥돔이 시름이 시름이 앓다가 눈감아버렸다
어디에 관이 마련되어 있으랴
헌 누더기자락에 말아
아버지가 묻으려고 나서는데
시체가 꿈틀

살아났다 신이 내려 있었다

불!
불!
불!
피!
서양귀신
북녘귀신
남녘귀신 무슨 귀신 날뛰는 피칠갑!

사람들 다 죽는다
아버지
뭍에 건너가지 마
사람들 죽는다
피!

과연 1948년 4월 3일 파도 건너
총소리가 나기 시작했다
만세소리 아직 남아 있었다
사람들이 죽어갔다
과연 1950년 여름
육짓것들 큰 전란을 저질렀다
사람들 날뛰어 죽고 죽였다

1953년 애기무당이 처녀무당으로 컸다
신이 나가버렸다
아무것도 보이지 않았다
몸 던져
증조망
할망
어멍 전복 따오던 바다 너울 위 떠오르지 않았다

옆집 사내 성도가 그네 이름을 잊지 않았다
어릴 때 옥돔이었다가
난옥이었다
강난옥

밤중 시꺼먼 파도더미 어디에도 몸 던진 그네 없다

승렬이 무덤

소련 경비대에 들키면 끝장
그날밤
비가 추적추적 왔다
남으로 도망가는
몇가족이 숨죽여 산등성이 허위 넘었다

이윽고 북위 38도선

소련 경비대에 들키면 끝장

넘을 때
젖먹이가 울었다
엄마가 그 아기를 포대기 씌워
울음소리를 막았다

드디어 넘었다
돈 먹은 안내자 금세 사라지고
젖은 산등성이
명감나무 가시에 찔리고도
모두들 휴 휴 비 맞으며 숨을 쉬었다
이제 살았다
이제 넘었다 하고 숨을 몰아쉬었다

아기 엄마가 포대기를 벗겼다

두살배기 아기는
숨막혀 죽어 있었다
엄마는 죽은 아기 흔들었다
흔들며
울부짖었다

승렬아 승렬아 승렬아…… 승렬아

아빠가 삽도 없이 맨손으로 흙을 팠다
아기송장 빼앗아 묻어버렸다

승렬아
승렬아
승렬아……

에레나

1940년 노고지리 솟아오르는 이른 봄 초록 보리밭머리 태어났습니다
젖이 모자라
마을 돌며 푸대접 젖동냥으로 자라났습니다
그렇게 아기거지의 삶이었습니다
여섯살 때부터
어머니 따라 밤품삯일을 나섰습니다
그렇게 아기일꾼으로 숨찬 삶에 발디디었습니다

전쟁 뒤
열여섯살 제법 아리따웠습니다
조금 웃음 머금어도
보조개가 쌍이었습니다
막막한 세상임에도
그 눈동자 속에 무슨 천사 같은 부신 손님이 내려와 있었습니다

1956년 여름
저녁 야학당에서 돌아오는 길
지프차 미군 두 놈에게
강간당했습니다
죽고 싶었습니다
죽고 싶었습니다
하늘도 없어져버렸습니다

그러나 고향은 감싸주는 곳이 아니라

손가락질하는 곳이었습니다

울며
집 떠나
팔자대로 경기도 송탄 미군부대 밖 양공주가 되어버렸습니다
순자가
에레나가 되었습니다

화대 내지 않고 패대던
미군 사병 한 놈을 취중살해했습니다

무기수 되어
그동안의 에레나가
다시 순자로 돌아갔습니다
수원
공주
순천 형무소를 전전했습니다

그녀의 입에서 한번도 사랑이라는 말이 나오지 않았습니다
온 세상이
아이젠하워 대통령 당선되었다고 떠드는데
그녀의 입은 종일 벙어리였습니다

가슴 잿더미 벙어리였습니다

최항

제 어머니는 아리따웠습니다
노래도 팔고
몸도 팔았습니다
개경 서련방(瑞蓮房) 창기였습니다
어느날 권신 일행 술자리
제 아버지 첫눈에 들어
잠시 살〔肉〕인연을 맺었습니다
그 인연으로
제가 태어났습니다
그러나 저는 아버지의 본실 등쌀에 내쳐졌습니다

남방으로 가거라
거기 살 방도가 있느니

조계산 송광사는
한겨울에도 배추들이 푸릇푸릇 자라났습니다
머리 깎고
보조국사 이은
혜심선사의 법을 조금 배웠습니다
그러다가 쌍봉사로 가지쳐 가서
제 놀이판을 만들었습니다
후레자식들 건달들
비 개면 주먹깨나 쓰는 놈들 모아
제 아랫것들로 삼았습니다

그러다가 게으름뱅이 쥐구멍에도 아침볕 들 날 있어
아버지의 부름 받고 개경으로 돌아가
아버지의 부하들을 잘 거느렸습니다

이 일을 위해
미리 쌍봉사 대장 노릇을 익힌 셈이었습니다
아버지가 병으로
천하대권을 두고 세상 떠난 뒤
제가 자리에 번쩍이며 올랐습니다

우선 임금도 제 발 아래 두고
헛기침하는 원로들
아니꼬운 것들
죽여 묻고
귀양 보냈습니다

처음 몇해는 쌍봉사 장터 행패와는 달리
백성 가렴주구 일삼는 자를 자못 징치하였습니다
그러다가
몽골 침략에 맞서
강화도에서 나가지 않았습니다
마구 걷어들이고
마구 짜내고

마구 억눌렀습니다
세상은 어지러우나
세상에는 그 막된 권세밖에 아무도 없었습니다

어느날 밤 완산 미녀 품었는데 옥경이 깨어나지 않았습니다
절망이었습니다

신건호

혹은 신동문

한 사람의 순정이 전쟁과 함께 있었다
남의 99식 총소리
북의 자주포소리 따발총소리
산짐승들 놀라 뛰었고
냇물은 애오라지 여름 풀밭 사이 겁먹은 짐승인 양 가로질렀다

북위 38도선 전역에서 전쟁이 그렇게 시작되었다
40킬로미터 이쪽
서울은 칼끝의 목젖

이승만 대통령
장관들
군대들까지
140만 시민을 놔두고 떠나버렸다

동요하지 말라
동요하지 말라
곧 격퇴시킬 것이다
격퇴시켜
평양에 가서 점심 먹고
신의주 가서 저녁 먹을 것이다
이런 호언장담 뒤 줄행랑으로 떠나버렸다
한 사람의 순정이 이런 전쟁에 맞서 일어섰다

충북 청주의 대학중퇴생 신건호가
그런 서울로 달려갔다
모든 사람들
발 동동 구르다가
남으로
남으로 떠나는 길을
옷보따리 이고 떠나는 길을 거슬러
그는 북으로 북으로 갔다

서울에는 사모하는 여학생이 있었다
이 대책없는 전쟁 속에서
그녀를 찾아가는 길
하루 한나절 걸어갔다

서울 서대문 영천 하숙집에는
그녀가 없었다
눈앞이 캄캄한 절망이었고
눈앞이 막막한 순정밖에 없었다
손 한번 잡아보지 않은 그녀
어디 갔나

이미 서울 중앙청 건물에는
인민공화국 국기가 걸린 여름날이었다

온 세상 전쟁의 도가니인데
그는 폐결핵을 앓으며
처음으로 그녀 이름을 여기저기 대고 불렀다
인숙씨
인숙씨
인숙씨

한번도 불러본 적 없이 속으로만 사모하고 사모하던
이름이었다

인숙씨
인숙씨

타인의 눈

그 전쟁은
모르는 사람과도 주고받던 인사말을 앗아갔다
느린 말씨도
순하디순한 말씨도 앗아갔다
말들이 빨라졌다
말들이 날섰다
가을 썬득썬득한 바람 속
사람들의 해맑은 눈빛들도 앗아갔다
차츰
사람뿐 아니라
소와 말의 눈도 자갈밭머리에서 충혈되어 사나웠다

대전역전
껑팔이 아이 하나가
다른 아이 하나를 죽도록 패대고 있었다
삥 둘러서서
아무도 말리지 않았다 바람이 먼지를 일으켜세웠다

누구에게도
고향산천의 정든 얼굴 없었다

홍길동

그 이름은 우리 모두의 이름이었고 이름이고 이름이리라

나무꾼 정길동
으레 심부름 잘못하는 오길동
곰보 유길동
김길동
나 줘
나 줘 하고 늘 손 벌리는 이길동
좀도둑 박길동
고분고분 성길동
강길동
철로가 양아치 최길동

이런 길동들
반도 산야 여기저기 떠돌고 있다
그런 뒤
푸른 하늘 속 혼자인 솔개 아래
불멸의 이름이 떠돌고 있다
홍길동

누구나 그 이름을 안다
누구의 입에서도
그 이름이 오르내린다
그러는 동안

그 이름은 힘이었다

언제부턴가
호적초본 서식에도
그 이름을 쓴다
이력서 서식에도
계약서 서식에도
그 이름을 쓴다
뒷날
출입국신고서 서식 성명란에도
반드시 홍길동이라고 쓴다

16세기 혁명시인 허균의 소설
『홍길동전』이래
그 이름은 노여운 고유명사였고 보통명사였다
너도
나도
아무개도 홍길동이었다
언제부턴가
이 강산의 무덤들도 홍길동이었다

두 강물

휴전 직전
서부전선에서
치열하던 전투가 갑자기 중단되었다
어디에도
총소리가 들리지 않았다
착각인가?

다시 총소리가
적과 적 사이를 채웠다
비가 퍼붓기 시작했다
착각인가?

그날밤
황해도 평산땅의 한 소년 변주섭이
비 오는 예성강을 건넜다
맨발로
산등성이를 넘고 넘어
기진맥진 발바닥 갈라진 아픔 이기고
임진강을 마저 건넜다

며칠 전부터 강을 건너는 꿈대로
소년은
임진강 남쪽 기슭에 닿아
덜덜덜 떨리는 몸으로

윗니와
아랫니가 따로 떨며
어머니를 자꾸 불렀다
비가 멈추지 않았다

이제 어머니는 북이고 아들은 남이었다 목소리가 달라졌다

주근깨 많은 얼굴이었다
이제부터 혼자였다
거지 노릇도
좀도둑질도 혼자였다
그러다가
식당 배달도 혼자였다
장차 딸과 아들 열하나를 낳을 아버지인 줄
모르는 혼자였다 역삼각형 얼굴이었다

어머니를 부르며 엉엉 울었다
남과 북은
이렇게 사람의 분단이었다
다음날부터 소년은 울지 않았다 눈썹이 빽빽했다
장차 인쇄소 절단기에 손가락이 잘렸을 때도 울지 않았다

제삿날

한반도 사람은 3백년 이래 제사의 자손이고 제사의 종이다
한반도에는 매일매일이 제삿날이다 갠 날 흐린 날의 밤마다
음력 5월
음력 6월
음력 7월
음력 8월
음력 9월
음력 10월
음력 11월
음력 12월
그리고 음력 1월
음력 2월
음력 3월
음력 4월
다시 음력 5월

1950년 6월 25일 이후
한반도 모든 마을에는 제삿날이 너무 많았다
또한 모든 마을에서는
제삿날조차 모르는 귀신이 많았다
나락 두 가마니 지던
김기석이 8월에 죽고
김기석의 두 아들 10월과 이듬해 1월에 죽었다
제사 지낼 핏줄이 끊어졌다

슬퍼 마라 사람보다 한층 위인 뭇짐승들에게는 도무지 제사 따위 없
지 않은가

심유섭 영감

전쟁 미망인들은 담배라도 피워야 했다
그리울 때 담배가 있어야 한다
그리워할 대상이 없어졌을 때
담배가 있어야 한다
과부 담배맛
홀아비 담배맛이 있어야 한다
영영 헤어진 친구의 담배맛이 있어야 한다

한 민족이 둘로 갈라졌다
갈라지자마자
적이 되었다
당연히
피할 수 없이
어이없이
전쟁이 일어났다

몇개월 동안 전선은 남쪽으로 깊숙이 내려갔다
경상남도 서쪽까지 먹혀들었다

미 공군전투기는
제2차대전
프로펠러 전투기 그라망에서
제트전투기 세이버로 바뀌었다

전선이 북쪽으로 솟구쳐갔다
밤중 인민군 후퇴행렬이 늘어났다
옳거니 도도한 북의 전진이었다가
도도한 남의 전진이었다

미 공군의 융단폭격으로
산야는 초토가 되어갔다
원하던 초토였던가
그다지도 절절히
원하던 폐허였던가

내려오고
올라가고 그러는 동안

가령 충남 조치원 들녘에서 벼가 익어갔다
예순다섯살의 농사꾼
심유섭 영감
여름 세벌 김을 매고
할말 없이
가을걷이를 기다리고 있었다

그의 마음속에는 온통 두 아들뿐이었다

대한민국에서

인민공화국으로
다시
인민공화국에서
대한민국으로 바뀌었다 그러는 동안

장남은 남의 국군이었고
차남은 북의 의용군으로 떠나갔다

개가 꼬리 쳐도
심영감의 입은 열리지 않았다
3년 전 죽은 마누라 제삿날이 돌아오고 있었다
오랜 별명 홀쭉장승 쓸쓸하였다

그 영감보다
그 영감 그림자가 더
홀쭉장승이었다
육십 생애
거짓말은 서너 번밖에 하지 않았다
그 영감도 잎담배로 줄담배를 피워야 했다

김동삼의 자손

신의 가호 따위
조상의 음덕 따위 행여 온다면 웃어 보내라

옥사한 김동삼의 시신
성북동 심우장 주인이 모셔왔다
몇사람이 모여
감시 속에서 장사를 지냈다
무덤 쓰고 돌아온 한용운은 독한 술을 마셨다

김동삼의 큰아들 김정묵은
아버지 장사 때도 올 수 없었다
아내 이해동과
서간도에서
북만주 벌판으로 옮겨간 이래
고국에 돌아가
아버지 무덤 앞에 설 날 기약 없었다

그가 45세로 죽었다
그의 장녀 덕숙은 북한에 있다가
전쟁 때 폭격으로 죽었다
장남 장생은 남한의 대학생인데
해방 다음해 실종되었다
차녀 복생은 청상과부가 되었다
삼남은 정신이상

오남은 요절
김동삼의 부인 화병 났다가 어찌어찌 살아났다

김동삼의 차남 김용묵은
해방 뒤 남한으로 왔다가
캐나다로 건너가 죽었다
김용묵의 장녀 귀생 장남 문생도 미국으로 건너갔다

다 죽고 흩어졌다
오직
며느리 이해동이
시아버지 김동삼과
남편 김정묵과
아들딸
손자손녀 들의 생과 사
긴긴 여름날 삭은 가슴에 묻어놓았다

호수

나는 함경남도 부전고원에서 자라났습니다
윗가슴 헐떡이며 산 넘으면
부전호가 한눈에 내려다보였습니다
언제까지나
거기 있는 나무처럼
죽은 나무처럼 서 있고 싶었습니다
죽은 친구 진만이도
거기 와서 함께 오래오래 서 있고 싶었습니다

호수는 이 세상 떠난 사람들의 넋이 내려오는 곳이었습니다

1·4후퇴 흥남철수 그때 몇만명이 모여들었을 때
미 해군 LST를
100 대 1
150 대 1로 용케 탔습니다
못 떠난 사람 몇만명 아득하였습니다
불안으로 공포로 부산까지 실려왔습니다

부산 제3부두 야간인부
그뒤
중국집 배달
국제시장 구호물자 운송원
깡패
폭력범 감옥

다시 깡패였습니다

딱 한번 내 몸속의 깊은 순정이 솟아
다방 미스 김을 사랑해서
그녀 생일 금반지를 선물하였습니다
감옥으로 간 뒤
그녀는 어디론가 가버렸습니다
서울이라던가
동두천이라던가

이런 삶의 숨가쁜 날들에도
그러나 내 뒤에는
한치도 틀림없이
어서 오라고
어서 오라고 손짓하는
나만의 부전호가 있었습니다

나는 남포동 패싸움에서 왼팔을 잃었습니다
내 이름은 외팔이 영남입니다

절망

1950년 10월 5일
지난 3개월
점령당한 서울을 탈환한 뒤였다
온통 희망투성이였다

서울 자하문 밖
늘 냇물소리 들리는 납작집

자두꽃은 내년 봄에 피겠지
병들어
누워 있는 그 집 딸
유엔 잠바 입은 사내한테
강간당했다
그녀는 늘어져버렸고
사내는 침을 탁 뱉고 사라졌다

길가의 전봇대에는 이승만 대통령 만세 매카서 원수 만세가 붙어 있
었다
온통 희망이었다

노고단 밑

5월이면
지리산 노고단은 일제히 연둣빛이다
가슴 아퍼라
한 오리 이의도 없이
꽃보다 찬란하였다

못 그리겠다
못 그리겠다
흉내내지 못할 연둣빛이다

전남 구례군 토평마을
몇십 층층 다랑논들
올해도
모심을 때 지나
그 손바닥 논들 다 비어 있다

그가 올라간 뒤
그가 내려간 뒤
돌아오는 사람 없이
산은 연둣빛이다

낮에는 대한민국
밤에는 인민공화국이었다
또 낮에는 대한민국

밤에는 인민공화국이었다

무슨 장난인가

밤에는 빨치산에게
숨겨둔 양식 지고 가야 했다
다음날 아침에는
빨치산 토벌대에게
무서운
무서운 고문을 받아야 했다

좌도 저승길
우도 저승길

그런 산골의 하루 막막한 연둣빛이다
토평사람 이말수
일자무식으로
두 번 산에 짐 지고 갔다가
토벌대에 잡혀
대전형무소 무기수가 되고 말았다

자주 울었으므로 울 때마다 간수에게 얻어맞았다
꿈속에서나
노고단 밑

굶주린 고향 있었고
어머니
아버지와 함께
고비 베러
낫 갈아 번뜩이며 가던 날 있었다

이른 아침마다 보안과 기상나팔 소리에 아까운 꿈 깨어버렸다

노예시인

선조시대 한양 서소문 밖
이조정랑 농장의 저택 종인데
이름 한번 장하도다
대붕!이도다

안목 한번 장하도다
눈빛은 이글이글 숯불이건만
상전 앞에서는
지그시 눈두덩 내려 고개 들지 않았다
또한 목소리 굴속의 울림으로
우렁우렁해서
무슨 말이든 꾹 참아
속으로
속으로 찼다

이런 대붕이 큰 날개를 접은 뒤에서야
숯불눈 감고
세상 하직하고 나서야
몰래 써둔 시가 알려졌도다

평생 종노릇이라
대대로 종노릇이라
원한도 한도 첩첩하건만
도리어

그런 따위
원한 한 터럭 없이
웅혼한 기풍이었도다

종이 시를 쓰면
당장 쳐죽여도
때려죽여도
죄가 되지 않는
그 사대부의 어둠 가녘

거기에 대붕의 시가 남도다

아기 울음소리

임시수도 부산 서면 가까이
다닥다닥 판잣집들이 세워졌습니다
가파른 언덕길
물지게 지고 올라갈 수 없었습니다
그 판잣집 한군데서
밤이면 술집 나가는 여자가
어이없이 심장마비로 죽었습니다
아빠가 누군지 모르는 아기가
죽은 엄마 옆에서 울고 있었습니다
왜 그런지 다리가 짝짝이였고
아직 이름도 없었습니다
세월이란 거기에도 기웃거려
몇십년 뒤 누가 이 아기이겠습니까

전쟁은 다시 북위 38도선 능선에서
백마고지를 내놓았다 도로 찾았다고 신나 있었습니다
사람의 목숨 그렇게 무더기로 바쳐
산천이 울부짖고 있었습니다

소년 준호

어둑어둑한 섬진강 기슭
아버지의 뼛가루를
바쁜 물살에 뿌려 날린 뒤
소년은
노고단 쪽을 바라보았다

노고단은 구름 속

이제 열네살 준호는
어디에서도
아버지 없이 사흘 굶어 살아갈 것이다
바람은 앞에서 불어올 것이다

소년의 얼굴은 아버지의 얼굴을 빼다박았다

빨갱이 새끼
빨갱이 새끼
그 이름이 평생 따라붙을 것이다

신혼부부

자네한테 허물없이 말하고 싶으이

이번 난리에
북쪽 동포
남으로 쏟아져오고
남쪽 동포
북으로 가기도 하는 사연들이
꼭 재앙이라고만 말하고 싶지 않으이

사람에게 정든 산천 두고 도망치는 일이
어찌 재앙이 아니겠나
전란이 아니라면
어느 누구 제 고향 떠나
삼팔따라지가 되겠나
누덕누덕 피난민 신세 되겠나

그러나 그런 일이 꼭 재앙만은 아니라고 말하고 싶으이

평양 기림리 인명식 씨가 외톨이로 내려와
남한 대구 과부 오경숙 여사와 짝짓고
북한 성천 처녀 위홍례 양이
전주 완산동 한준만 군의 애인이 되었으이
애인이다가
엊그제 예배당에서

신혼부부가 되었으이

신혼부부의 방 횃대덮개에
'스위트 홈'이라는
영문이 수놓여 아기자기하였으이

자네한테 말하고 싶으이

너무 오랜 세월
한 고장에서만 살았던 것
이 전란 덕분에
한번 바꿔
이 겨레 장삼이사 뒤섞여
남이 북이 되고
북이 남이 되어
또다른 고향산천에 아픈 삶의 꽃 피어났으이

사실인즉 신부는 임신 4개월째여서
배가 더 불러오기 전
부랴부랴 식을 마쳤다더이
자네한테 앞으로도 이런저런 일 허물없이 말하고 싶으이
카아! 또 한잔

김총각

수번(囚番) 7501

그를 '칠천오백일번!'이라고 불렀다
그를 '칠오공일'이라고 불렀다
그러다가
김총각이라고 부르기도 하였다

0.95평짜리 독방 45년
27세에 들어와
72세로 나가는 날이 왔다
새벽에 감방문이 열렸다
그동안 수고하셨소
처음으로 사람 대접의 인사였다

시들어가는 몸속에서
이따금 번개 치던 신념 그것 하나가
조금도 변하지 않고 닫혀 있었다

김총각
숫총각으로 들어와
할아버지 총각이 되었다
오래된 무덤인 양 꺼진 이마 아래
카랑카랑히 높은 목소리는
좀처럼 나오지 않았다

과묵이었다

본명 김선명
북쪽 인민군이었다가 포로였다
제네바협정은커녕
사형수였다가
무기수였다

어린 시절 사방 1백리가
그의 집 땅이었다
만석꾼
만석꾼의 아들이었다

그런 시절 간 뒤
남북전쟁은
숫총각 하나 긴 옥방에 처박아
그것은 죽음보다 나은 것이 삶이라고
암 삶이라고
누군가에게 말하게 하였다
김총각의 나머지는 혼자 가라앉은 돌의 삶이었다

만수 할머니

겨우 피난민수용소를 면하였느니라
서울역 건너
도동 언덕배기 판잣집 지었느니라 다섯 식구 복되었느니라
하지만 1950년 겨울
피난행렬 속에서
진작 정신이상 되어버린 만수 할머니
가자
가자
집으로 가자
방바닥에 오줌 싸놓고 보챘느니라

아들 순곤이는 역전 짐꾼이었느니라
손자 만수와 만길이는 새벽신문 배달이었느니라
1일 2식 두레소반 둘러앉아
거무튀튀한 수제비를 먹는데

부엌의 며느리 쪽에 대고
네년이 나를 데려왔지비
네년이 나 죽이려고 데려왔지비
욕을 퍼부어대다가

엉엉 울다가

가자

가자
순곤아
집으로 가자
저녁 놔두고 가자
하고 소리치는 할머니의 밤이었느니라

단 한번도 십리 타관 가본 적 없었느니라
함경남도 천불산 밑
이웃마을에서
산 너머
이웃마을로 시집온 이래
예순여섯해 살아온 세월이었느니라
그러다가 천리타관 서울에 왔느니라

가자
가자
입에 붙어 있는 것 그것뿐이었느니라
머릿수건 벗지 않은 채

군고구마장수

칸델라 불빛이 바람에 휩쓸린다 서럽고 파랗다
어둠이
그 불빛에 몰려들어
어둠도 휩쓸린다

무너진 도시
그 길모퉁이 군고구마장수가 버젓이 있다

유난히 입이 크지만
종일
한 말이라고는
십원이오
이십원이오
십원이오
십원이오
세 개 삼십원이오

두 귀는 수건으로 싸맸으나 진작 동상이었다
이따금 귀가 잉잉 울었다
먼 바다 해조음이 여기까지 온다

통행금지 시간 30분 전
몸뻬바지 속주머니는 크다
번 돈들이

그 속에서 선잠 잔다

막버스를 놓칠 수 없다
산비알 판잣집에 돌아가
잠든 새끼들 바라본다
돈 꺼내어
차곡차곡 갠 뒤
스르르
거적눈 감으면 하루 끝

문풍지는 부르르부르르 울 것이고
전쟁은 중부전선 저격능선에서 날이 새어도 멈출 줄 모를 것이다

너와집

밥 짓는 저녁연기 거룩하고 거룩하다
1945년 8월 10일 이전까지
한반도는 하나였다
1945년 8월 10일 이후
한반도는 둘이었다
북위 38도선을 그어
남쪽은 미군이 진주하고
북쪽은 소련군이 진주하기로 미국이 제안했다

1945년 8월 15일
일본의 항복은
한반도의 해방이었다
그러나
한반도의 분단이었다

한반도의 허리
강원도 인제군 소양강 언덕배기
옛 화전민
너와집 한 채에
북위 38도선이 지나갔다

북쪽 경비대가 차지했다
남쪽 경비대가 대들었다
서로 우리 집이라고

우리 땅이라고 외쳤다
공포를 쏘아대며
위협하기도 했다

그러다가 묘안이 나왔다
이 집을
아예 허물어버리자
그러자

증조할아버지 적부터 살아온
두메산골 너와집이 없어졌다
그 집 주인
임봉술이 영감 62세
손녀 임가시나 14세
두 사람 이불짐 지고 떠났다

할아버지는 눈물도 없이 내내 울었고
손녀는 울지 않았다
다시 못 볼
저 아래 소양강을 보았다

연애

전선은 고착되었다
이기지도 못하고
지지도 못하고

전사통지서만 불어나고 전쟁은 지리멸렬이었다

임시수도 부산 하얄리아부대 언저리
부대는 화려하고
부대 밖은 황량했다

그 부대 부근에 기웃거려야
재수 좋은 꿀꿀이죽을 얻어먹었다
쓰레기 버리러 나가는 차 꽁무니에서
빵찌꺼기 레이션 찌꺼기
한 바가지 얻어걸렸다

그 부대 건너 피난민수용소
천막에 구멍나
겨울비 오면 빗물이 샜다
그 천막 안의 18세 처녀와
스무살쯤 차이의 늘수그레 야전잠바가 만났다
잘못 만났다
사랑의 시작이었다
처녀는

맨발 고무신이었고
야전잠바는 구두에 광이 나고 있었다

그들이 서로 떨어져서
걸어가는 길에 가로등이 있었다
언제나 꺼져 있었다

하지만 후방은 얼마나 좋은가
누더기 걸치고라도
누더기 속 이와 서캐가 득실거리더라도
사랑할 수 있었다

지금 처녀는 속아넘어가고 있고
야전잠바는
미군부대에서 나온 세숫비누 다이알로
처녀의 환심을 사고 있었다
사랑은 자주 이렇게 거짓이었고 속임수였다
사랑은 이로부터
마음에서 몸으로 돌아쳤다 퀴퀴한 정욕이었다

그리하여 처녀는 몸 궂어 세상을 깨닫는다 다방 마담이 큰 소원이었다

귀향

1950년 6월말
중학교 5년생 김명규는 학도병으로 나갔다
부대는
부대 이동이라는 이름으로 후퇴를 거듭했다
빼앗고 빼앗기기 몇십번
경상북도 왜관 윗녘 다부원전투에서 살아남았다
거기서 살아나다니
소대원 생존자 9명 중의 하나였다
여드름이 많았다

그가 서울 수복 이후
카빈총 메고
고향에 돌아왔다

오래 과부이던
어머니도
형 세규도
철수하는 인공위원회에 학살당했다
동네에서 환영식이 있었다

어머니 무덤
형의 무덤에서 하루를 보냈다
얼굴도 모르는 아버지의 무덤에도 다녀왔다
한밤중 총소리가 났다

자살이었다
막소주 대두병이 넘어져 있었다

가야금

가라앉아라 미움도 남은 그리움도
궁
상
각
치
우

가야금 열두 줄 밤이 깊었다

신라 진흥왕은
가야를 멸한 뒤
가야의 가인 우륵을 불러다가
가야금 열두 줄 밤이 깊었다

신라 조야가 들고일어났다
하필이면
망한 나라 노래나 듣고 계시느냐고

진흥왕은 고개를 저었다

들어라
가야가 망한 것은
우리가 친 것
가야가 망한 것은

저들이 약한 것

노래는 그대로 이어가거라 들어라
들어
이승의 설움으로 먼바다 달빛길 가거라

수씨 딸

눈잣나무 서어나무 떡갈나무 박달나무 신나무
단풍나무들이었다
소나무들이었다
온통 나무들이었고 나무의 무덤들이었다
이름 하나하나 있어 무엇하리
그냥 나무들이었다

오 나무 무정
굶어 울음도 나오지 않았다
누구의 허허 헛웃음도 없었다
1920년대 봄날 어디로 떠나야 하리

취나무 쌍이파리 파릇파릇 씹었다
하루 내내 굶어 눈이 가물가물 자꾸 감겼다
안되겠다
안되겠다 떠나야 하리

저 남도 사람들 몇식구
솥단지와 묵은 솜이불 지고
아이 업고 떠나
저승같이
강원도 화천 산중에 이르렀다
온통 나무들이었다

다른 고장 사람들도
하나둘 스며들어 드문드문 한 동네 이루어갔다
나무 잘라 서까래 올리고
거적 치고
움막 쳐
긴 겨울 살아가기 시작하였다
그 모진 추위라니
개 껴안고 자며 체온을 나눴다

강원도 화천 수피고개 너머 산골 거기
돌아다보아야 첩첩산중
사람도 새도
한번 오면
세상으로 가지 못한다
어제의 소리와
오늘의 소리가 한치도 다름없었다

1932년
어찌어찌 사람냄새는 그래도 퍼져가는가
이런 깜깜두메에
사람 산다는 것이 알려졌다
식민지 초기 호구조사원이 허위단심 올라왔다
성을 묻고
이름을 물었다

그러나 워낙 이곳 사람들 무지렁이라
옛 노비 핏줄에다
머슴살이
남의 집 막일꾼 뒤끝이라
성도 이름도 없었다
낫은 그냥 낫이고
기역자를 몰랐다

강원도 화천군 산중 화전민 1백13명
성도 이름도 없는 자들이었다
이름이야
저희끼리 점백이 외나무다리 왕눈이 반달아비 외팔이로 불렀다
그래서 조사원이 즉석에서 성을 정하니
수피고개 흐르는 물로 성을 삼았다
그래서 물 수(水)자 성이었다

수감동이
수복순이
수점박
수오솔(오소리)
수진만(참만이)
수삼룡이
수학녀

수둔녀
이렇게 한꺼번에 화전민들 동성동본 부부도 동성동본이었다

그런 수씨 문중의 수병모의 딸
참숯머리
머루눈
얼얼하게 매운 숫처녀
사냥꾼의 못된 수작에 겁나지 않았다
총 빼앗아
저 아래로 던져버렸다

다시 오지 마오
여기는
아저씨 같은 더러운 사람 필요 없소

사냥개 몇번 짖다가
뒤따라갔다
앞산에서 나무 자르던 수만섭이 보고 있었다
'수피고개 여장군이다!'

1952년 1월 혹은 6월
며칠이고
며칠이고 그칠 줄 모르는 싸움이었다
대성산 일대

아침에 빼앗긴 고지
저녁에 찾고
한밤중에 다시 빼앗겼다
그 산밑 수씨 마을들 다 비었다
문짝 거덜나고
굴뚝 쓰러지고
흙벽이 다 쏟아졌다

사람이라고는 오직 수칠성이 할아버지
혼자 남아
다 망쳐버린 마을을 굶어죽어가며 지키고 있었다
내가 여기 들어올 때도 배고팠으니
뭐 밑져야 본전이여
혼자 눈두덩 꺼지며 지키고 있었다

휴전이 되자
수씨 마을 새끼들 하나둘 모여들었다 해골을 치워버렸다
칡뿌리 먹었다
주둔부대 건빵 얻어먹었다
산짐승 잡아먹었다 헌 군용담요 극락이었다

양형모

여덟살 아이에게
눈보라였다
여기가 어디야
여기가 어디야
1·4후퇴 경기도 평택쯤
정거장 뒤
가도 가도 논뿐이었다
이모작 보리밭 논뿐이었다 눈이 쌓였다
눈보라였다
그 논바닥에 가마니 둘러
피난민 80여명 눈보라 속 웅숭그렸다

그 가운데
형모 아버지 어머니
형모와 동생 둘 다섯 식구
한가족으로 살아 있으니 얼마나 다행인가
한가족으로 굶어도 함께 굶고
먹어도 함께 먹으니 얼마나 다행인가

저녁나절 땔감 구하러 형모 떠났는데
쾅!
폭탄이 떨어졌다 오폭이었다
80여명 온데간데없이 날아갔다

형모 달려와보니
아버지도
어머니도
동생들도 없었다
평안남도 진남포에서
함께 온
백승복이네 식구도 없어졌다

폭탄 떨어진 웅덩이 일대
팔뚝 하나
구두 한 짝
잘린 목 하나
안경 하나 흩어져 있다
신음하다가 신음소리 끊은 송장 있다

그뒤로 형모 구멍난 담요 두르고
고아의 길 동서남북 없이 가고 있었다

눈보라 그쳤다
언 하늘에 대고
어머니를 불렀고 아버지를 불렀다
동생들도 불렀다
형진아
형렬아

쯔쯔 영감

죽는 날까지
한 가지 한 가지 말라가는 당산나무를 걱정했다

저걸 어째
저걸 어째
쯔쯔

날마다 쯔쯔 혀를 찼다

피난민들 한떼가
당산나무 밑 움막 짓고 살았다
쯔쯔 영감이 막다가
면사무소 사회계 서기가 와서
그 움막 몇달을 보장했다

차츰 피난민들
집집마다 분산배치되어
뒷방과
헛간
행랑방을 차지했다

함께 살아야지
어쩌겠나
쯔쯔

어쩌겠나

그러나 당산나무 타관냄새 맡고
마르기 시작했다
3백년 된 나무
이제
가지 하나씩 말라갔다

다음해 연둣빛 신록은 영영 나오지 않았다
우장순 영감
쯔쯔 영감

더는 쯔쯔 하고 혀를 찰 것도 없었다
그 영감도 슬그머니 눈을 감았다
며느리가
지붕에 죽은 시아버지 옷을 걸고
아이고아이고 하고 울었다
시집간 딸이
아이고 아이고 아이고
머리 풀고 달려와 동구 밖부터 울부짖었다

쯔쯔

사진 한 장

황해도 평산 젊은이 신도준이
1951년 8월
서부전선 임진강물
신새벽에 건넜다
아버지 어머니 젊었을 때 함께 찍은 사진 한 장
입에 물고
곧장 헤엄쳐 강을 건넜다

남쪽 나라 서울이었다 폐허였다
거지 노릇으로
남쪽 사람이 되었다
거지 작파하고
왕대폿집 심부름꾼이다가
구두닦이 구두 날라다주는 심부름꾼이다가
구두닦이 되어

판잣집 한 채 샀다

북의 고향 떠난 지 15년 뒤
그는 서울 충무로 3가 배우학원 이사장이었다
어머니 아버지 사진 확대해서
벽에 걸어두었다
누가 물었다
어느 시대 영화배우들이냐고

고명욱 영감

옥구 상평 향교 아랫집
네 칸 기와집
기왓장 사이 명아주풀 우거져
실컷 비 맞고 있다

1950년 7월 상순
경찰은 간데없고
인민군이 내려왔다
아직은 영문 모른다 피바람 모른다

그 집 끝방에서
논어 만독
맹자 만독 이후
여전히 맹자 읽는 소리 들린다
바깥세상은
하루 내내 뻐꾸기소리 사이 가로질러
미 공군 그라망 전투기 지나간다

올해 예순넷 상투 단정한 고명욱 영감
큰딸은 시집갔고
작은딸은 벙어리인데
무슨 걱정이랴
하루도 그냥 넘기지 않고
젊은 시절 그 음성 그대로 낭랑한 소리 멈출 줄 모른다

맹자 가라사대
사람이 항상 하는 말이 있으니…
전하의 근본은 국가에 있고
국가의 근본은 집에 있고
집의 근본은 몸에 있느니라…

부엌에는 파리가 잔뜩 앉은 보리밥이 있다
벙어리 딸이 있다

맹자 가라사대
도는 가까운 곳에 있거늘 먼 데서 구하며
할일은 쉬운 데에 있거늘 어려운 데서 구하나니
사람사람이 그 어버이를 어버이로 섬기며
그 연장자를 연장자로 받들면 천하가 화평하니라…

설석우

석잠 자는 누에인 듯
그 방 고요하여라
깊이 고요하여라

그 방
석우스님 앉아 있다
눈감으면
다른 스님인가

손끝의 단주 가만히 있다

1930년대 금강산 마하연이었고
1950년대 팔공산 파계사였다

하늘이 무너지지 않고
그는 앉아 있다
그러고 보니 방 안에 어제의 감 두 개가 있다

그 홀아비

1955년 겨울 영동 두메
경부선 기적소리가 멀리 들려왔다
기적소리 있으면
세상은 아직 세상 그대로였다
산들이 서로 벌거숭이
밤에는 덜덜 떨겠지
산들이 서로 벌거숭이 닮아
누가 누군지 몰랐다

오천산
미륵산
촛대봉
앞산
쌍봉리 뒷산
누가 누군지 몰랐다

아이들이 그리는 것은
늘
벌거숭이 붉은 산
황토산
그리하여 황소 울음소리도
붉은 울음이었다

그런 산등성이 석양머리

한 사람 지친 걸음이 넘어온다
누굴까?
누구기는 누구
절반은 돌아버리고
절반은 제정신인 그 사람

마누라와
아이 셋 한꺼번에
박격포탄에 맞아 죽고
황소 한 마리도 죽어버리고
혼자 살아남은 사람
머리숱 많은 이종수 그 사람

소리는 기러기소리인 듯
높은 소리였다

어허 3년 전쟁으로 5백만명이 죽어갔다
그 죽음 가운데
이종수의 가족 있었으니
빈 외양간 들어가
여보 마누라 여보 마누라
그리고
장섭아
차선아

차섭아
이 소리밖에 나오지 않는 그 사람

옥순이 옥분이 자매

폭우가 퍼부을 때는
언제 그 폭풍이 멈출지 모른다
전쟁이 이어질 때는
언제 그 전쟁이 그칠 줄 모르고
쏘아대고
죽이고
죽어간다
무너진다

그런 전쟁이 그치고 파리가 끓고
휴전선이 그어졌다
어거지같이
총부리 맞대고
걸핏하면 방아쇠 당길 기나긴 증오가 시작되었다

왜 인간은 이렇게밖에 될 수 없나?
인류 5천년 어디에도
이 대답 없다

아 한반도 두 동강 휴전선에 아무런 대답 없다

휴전선 멀리 남쪽 고장
겨울에도
배추가 파릇파릇 뻣뻣했다

겨울배추 한 포기 20원이었다

1950년 여름 3개월
북의 인민공화국 내려온 광주시내는 먼지투성이였다
바람 부는 날 먼지가
주린 되새떼로 몰려갔다

1953년 휴전 직전
하루 2회 왕복
광주-순천행 버스는 비포장도로 자갈길 털털거렸다
허위단심 산길도 가파롭게 넘어야 했다
넘어가다가 멎었다

운전수와 조수가 버스 밑창에 누워서 수리하는 동안
언제 시동 걸릴지 모르는데
승객 중의 한 노파가
노래하기 시작했다
그러자 한 노인도 이어서 노래했다

승객 30여명 후줄근히
저마다 가수 되어
명창이 되어
노래하고
춤추며

그 지루한 시간을 꿀처럼 달게 견디어갔다

전남 승주군 낙안읍 들머리
여순사태 뒤
어린 아기였던
옥순이
옥분이
반란군 아버지 산으로 간 뒤
어머니 잡혀가 죽은 뒤
광주 외가에서 자라나
처음으로
태어난 고장으로 가는 길

그네들 열한살 열세살짜리에게도
해는 져서 어두운데
찾아오는 사람 없어…
그 노래 애틋한 가락이었다
승객들 박수쳤다

드디어 버스가 부르릉부르릉 소리내고
파란 연기 뿜어내며
달리기 시작했다

오늘도 걷는다마는

정처 없는 이 발길
지나온 자국마다
눈물 고였소…

그 전란이 휩쓸고 간 땅
그 좌와 우
미움과 주검 널리던 땅
어디에도
옛정이 남아 있지 않은 땅
차 고장으로
옛정이 처음으로 묻어나
서로 노래하고 춤추는
한 세상을 이루기 시작했다

고갯길 내려가며
버스 꽁무니 길게 따르는 먼지구름에
누구의 노래가 함께 가고 있었다

옥순이
옥분이
어머니 무덤 찾으러 가는 길

해는 져서 어두운데
찾아오는 사람 없어…

그 노래 속 가을 어느 마을 감나무에
우르르 모여들어
열린 감들
꽃보다
더
꽃
꽃등불이었다

엄면장 마누라

군산 영화동 폐허에 피난민들 천막 쳤다
냉면집이 생겨났다
커다란 가마솥이 걸렸다
커다란 김이 솟아났다
냉면사리 길고 길었다

그 냉면집 불 때는 키다리 아낙
틈만 나면 자랑이었다

내레 이래 봬두
재령군 임평면 면장 마누라입네다
지금이야 우리 남편
비행장 인부 노릇이지만
6년이나 면장이었수다
우리집 논 나무리벌 절반이었수다

누군가가 그 자랑에 대들었다
도대체 부엌 부뚜막에
금덩어리 몇이나 두고 왔대서?

그런 고까운 소리 들으나마나

내레 임평면 면장 마누라입네다

이보라우 면장 마누라
장작개비나 더 처넣으라우
아궁이 꺼져 냉면사리 죽다 살았어

재령군 임평면 엄수길 면장은
면장이 아니라 부면장이었다
1943년부터 1년 반 동안
서무계장에서
부면장으로 승진했다
1945년 일제가 물러가자 성불사에 숨었다

1950년 1월 하순
그 부면장이 남쪽으로 내려온 뒤
면장이 된 것
마누라 뻥이었다 그 정도 뻥은 뻥도 아녀

군산 미군 항만사령부 석탄배 떠나는 뱃고동소리 컸다
면장 마누라는 귀가 크다
누구 없을 때도 혼자 중얼거린다
내레 면장 마누랍네다

제석

큰 절간
1백20명이 나란히 누워 잘 수 있는
큰 방이 있다

자남산 보제사 나한보전
왕궁보다 더 웅장하였다
왕이
3만 승려를 초대해서
공양을 베풀었다 웅장한 회식이었다

승려들은 수시로 왕실에 드나들어
대토지 소유
노비 소유로
권세에 발을 들여놓았다

제석이라는 사미승도 제법 야욕 있었다
남편 잃은 과부공주와 정을 통해서
몰래 씨를 받았으나
태어나자마자 죽었다
다시 정을 통해
씨를 받았으나
그 아이도 죽었다

이 사실이 알려지자 야욕은 행방불명이었다

누구는 거란족에게 갔다 했다
누구는 금나라에 갔다 했다
북관 여진족 재가승이 되었다 했다

고려 송도 또는 어디에도 제석은 없다
좋아

신현구

왜 그대 고향밖에 모르는가

황해도 평산군
멸악산맥 남쪽 기슭
대관봉 마을 건너 온정리
마을사람 마흔일곱 명 중
인민군 나간 사람 아홉 명 있다
노새 한 마리 있고
개가 다섯 마리 있고
기르는 토끼 스물세 마리 있는 마을이었다
쥐들도 많았다
어쩌다 삵과 오소리가 번갈아 나타나고
멧돼지 세 식구가 내려와
감자밭을 다 밟아버리기도 했다
갈까마귀떼 당당하게 내려올 때도 있다

노새가 히힝 울었다
저녁연기를
높게 높게 뽑아올리는 굴뚝이
노새 울음소리를 듣고 있었다

열다섯살 신현구
늘 몸을 다쳐야 했다
가시덤불에 긁혀 피가 나고

나무를 자르다가 손을 다쳤다 언젠가 중이 되고 싶었다

그런 열다섯살 신현구가
갑자기 날뛰는 노새인 듯
새끼멧돼지인 듯
자라난 마을이 숨막혔다 천만다행 전쟁이 그 마을은 비켜갔다
꿈속에서
날개가 어깻죽지에서 자라났다

꽝꽝꽝
얼어붙어 터지는 얼음 두께 9쎈티미터의 추위
모진 밤
중국 의용군 떼거리들
압록강 건너
청천강 대동강 건너
예성강 도하작전 때였다

신현구는
옛 동학 접주 출신
어머니 손가락지 둘
몸에 품고
예성강 하류 나루를 헤엄쳤다

두 개의 콧구멍에 숨 드나들고 물 드나들었다

15분쯤 지나
강 건너 새말에 이르렀다
똘똘 말아 몸에 묶은 옷 풀어 입었다
얼음 옷이었다

돌아섰다 어머니의 목소리가 헛들렸다

너 하나라도
살아라
어서 가거라
어서 가거라

그 말이 귀에 남아 있었다
어머니!
하고 건너온 고향 온정리 쪽을 향해 불렀다

그렇게 떠난 뒤
휴전 몇십년 세월
63세였다 아들 둘 딸 셋 손자 손녀 일곱
딸 하나는 이혼했고 딸 하나는 미혼
새벽녘 해묵은 가락지만이 어둠속에서
그 멈춘 과거만이 먼동 속에서
그의 힘이었다
언제나 마음속 다시 강을 건너고 산을 넘었다

5대의 피리

그렁그렁 목구멍 가래 끓는 소리 그친 뒤
아버지의 유언이 가까스로 나왔습니다
딱 한마디
피리를 잘 간수하라는 것
무슨 사연이기에
그다음
아버지도 아들에게
피리를 잘 간수하라는 것

그다음
아버지도
부디 피리를 잘 간수하라는 것

5대째 아들이 죽어
청상과부 며느리가 피리를 간수할 수밖에 없었습니다

몇대째나 한번도
누가 불어본 적 없는 피리였습니다
며느리가 몇번 불어본 뒤
마침내 피리쟁이가 될 수밖에 없었습니다
달밤에 달이 가지 않았습니다
모든 목숨 잠든 밤이었습니다

5대 피리소리 들리는 곳은

그 전라북도 순창 피종리 세상 떠난 장길수네 집이었습니다
달밤에 달이 묻혔다가 나와 가고 있었습니다

그해 8월

갓난아기
두 이레 지나
16일째
아직 이름도 짓지 않았다
눈도 뜨지 않았다

1950년 8월 7일

항구의 창고들이
미국 전투기들의 집중폭격을 받았다
소이탄이 작렬했다

항구의 언덕배기
채 눈뜨지 못한 갓난아기 다리부터
조용히 죽어 있었다
엄마는 그것도 모르고
그냥 오들오들 떨고 있었다

이런 세상 갓난아기 그 생애가
무엇하러 있었던가

이휘소

혹은 벤저민 리

1977년
시카고 한인병원
김완일 원장과
이휘소 교수가
원장실 문 잠그고 단둘이었다

말이 없었다
이교수의 다리에 마취주사를 꽂았다

다리살을 베어
세로 4센티미터
가로 10센티미터의 그 살 속에
50분의 1 축소한 투명용지 서류를 넣고
봉합했다
수술 끝났다

일본 토오꾜오 학술회의 참가 명목으로 미국을 떠났다
5월 19일 일본 도착
서울에 전보를 쳤다
5월 20일 극비 공항 대기
KAL 항공기가 왔다 김호길 기장이 그를 태우고
김포공항에 도착했다

헬리콥터가 이교수를 태우고
청와대로 갔다
박정희 대통령과 지하실로 갔다
대기하고 있던 의사가
이교수 다리 수술
피 묻은 투명용지 문서를 꺼냈다

단거리 대전차 로켓
다연발 로켓
장거리 미사일 제조원리 중거리 로켓 문서였다

대통령이 눈물을 글썽였다
고맙소 이박사
천만에요 조국을 위한 일이라면……

지하실에 대기중인 의사 집도
이교수 다리 수술을 마쳤다
그는 토오꾜오로 쥐도 새도 모르게 돌아갔다 학술회의에 참가했다
그리고 미국 시카고로 돌아갔다
페르미연구소 핵물리학의 권위 이휘소
미국 안보의 요인 이휘소
그가 미합중국 국가기밀문서 반출을 마치고 돌아갔다

1977년 이교수는 80번 프리웨이 노상에서

교통사고로 죽었다
FBI CIA 요원이 현장을 포위했다
의문이 많았다 미국이 24시간 감시하는 사람의 죽음이었다

1979년 6월 카터 대통령 한국 방문
인권탄압 중지할 것
긴급조치 해제할 것
핵개발 중단할 것
이 카터의 요구가 거부당했다
1979년 10월 YH사태 부마항쟁에 이어 유신체제 박정희 대통령 피살
되었다

어느 결혼

결혼이 독립운동가 결합이고
신혼생활이 각각 독립운동이었다
아직 그들에게는
남자도 여자도 아니었다 동지였다

1919년 1월 중국 남경
남경의 선교사 사택 한 방을 빌렸다
3·1운동 직전 창립한
신한청년당 당수 서병호
서간도와 북만 독립운동가 김필순이 하객으로 참석했다

김규식과 김순애의 결혼식
맞절을 했다
그리고 사진관에 가서 결혼 기념사진을 찍었다

서병호는
김규식의 손윗동서
김필순은
김규식의 매제
독립운동 가계의
동서가 되고
처남매부가 되었다 순수의 시대였다

신혼부부는 첫날밤 합방도 하지 못한 채
신랑은 제1차 세계대전 청산을 위한 빠리강화회의에 갈 준비를 서두
르고
신부는 빠리강화회의를 받쳐줄
국내 봉기를 위해
부산으로 가야 했다

강연 원고와 활동 구상 그리고 여권수속 배표 구하기
옷 꿰매기
짐싸기로
며칠 밤낮이 지나갔다

하객 서병호는 본국으로
김필순은 만주와 연해주로 떠났다
1919년 3월이 잠든 물이다가 깨어난 물로 오고 있었다

설악산

설악 단풍 모두 눈부셔
설악 백설 모두 눈부셔

설악 신록 모두 가슴 뛰놀아

이런 곳이 1950년 10월 격전지였다니
골짜기에
해골바가지 처박혀 있다가
비 온 뒤 급류에 떠내려갔다

이런 곳이 1951년 7월 격전지였다니
이런 곳이 1952년 9월 격전지였다니
그 단풍들 모두 눈부셔

세계 제일의 고고학자 제러미 쉬프
떠내려온 해골바가지의 신원 알아내봐

설악 급류 물소리 눈부셔

송탄 피난민수용소

수용소라 부르지만
쇠울타리가 있는 것도 아닙니다
그저
숯고개 너머
중고품 천막 치거나
합판 판자로 움막 지어
비바람 우선 막은 곳이었습니다

바야흐로 중공군이 메뚜기떼처럼 내려온다 합니다
또 송탄에서
조치원으로
아니면 대전으로 옮겨가야 합니다

끝내 임시수도 부산으로 갈까 합니다
이런 어수선인데
북녘땅 신안주에서 온 유병철이 아내가
아들을 낳았습니다

누비옷 속에 움츠러든
유병철에게 무슨 풍류가 남았던지
허허 철새 한 마리 태어났구나 하고 막소주 반되 마시고
자못 기뻐하였습니다

다섯 시간의 결혼식 강좌

태초에 말밖에 없었나봅니다
원
그이들에게 복화술(腹話術)이라도 있어야 했습니다
무슨 말잔치 그리도 길고 길었던지요

6·25사변 1년째
경인국도 오류동에는
평안북도 일대에서 내려온 사람들이
미군 통역 노연택의 집 한 채에
모여 살았습니다
이쪽 방 식구가
저쪽 방 식구들이 먹는 장국냄새에 침 삼키면
뱃속 회가 마구 움직여댔습니다

몇번을
저 북녘땅 압록강 아래에서
대동강 아래에서
그리고 삼팔선 언저리에서 잡혔다가
기어이 도망쳐 넘어와
남쪽 사람이 되어가고 있었습니다

함석헌은 신의주학생사건 주모자로
소련군 정보부에서
사형집행 직전에 살아났습니다

송두용도 살아났습니다
그이들과 함께 함석헌의 재종제 함석조
최창환이네
유달영이네도 함께 살았습니다

함석헌은 서울 YMCA 모임에도 가고
호남
영남 교회 모임에도 강연하러 갑니다
두 벌이면
한 벌은 남에게 주었습니다
거지 아이 데려다 밥 주었습니다

그런 피난공동체에도 결혼식이 있었습니다
신랑 최진삼
신부 함은자 함석헌의 딸이었습니다

신부신랑 늘 입던 허름한 옷 그대로
걸상에 앉혀놓고
유달영이 결혼론을 말했습니다
송두용이 결혼철학을 말했습니다
노평구도
송석도 장광설 인생론과 애정론을 말했습니다

이때 질세라 신랑의 장인이며

신부의 아버지인 함석헌의 길고 긴 결혼강화도 있었습니다
서울에서 기차를 잘못 타서
뒤늦은 유영모도 와서 천하 담론으로 축하했습니다

오전 열시부터
한 사람
한 사람의 축사가
오후 세시에야 겨우 끝났습니다
다섯 시간을
신부신랑은 꼼짝 못하고
오줌도 못 싸고 앉아 있었습니다
쌕쌕이 제트기들이 흔들어대며 지나갔습니다

노평구 축사 요지
결혼한 지 사흘 만의 부부싸움을 얘기했습니다
몽둥이 들고 때리며
당장 나가라 소리치니
신부 가로되 가라면 가야지 하며
곱게 곱게 옷 입고
얼굴에 분 바르고 연지 찍고 나서는 얼굴 보니
너무 예쁘더라
너무 예뻐
그리도 밉던 생각 다 없어지고
분통 다 녹아

118

가긴 어딜 간대
가면 때리겠다 했더니
가지 못하고 들어오더라
그러니 암만 미워도 싸우지 말우 때리지 말우
남자 비겁한 놈은 여자 때리는 놈이라우……

유영모 축사 요지
둘이 다 서서 일구라
오류동 기차표 번호가 253319이니
둘 다 서서 일구라
이 차표 오래 가지구 있으라우
기차표 선물이었습니다

아버지 겸 장인의 축사 요지
어느 서당아이가 얼마나 못났던지……
제가 방귀를 뀌고는
선생님 앞에서 면구스러우니
옆에 있는 애보고
이 자식아 소리나 좀 내지 말고 뀌지 하고 욕했다
그 안 뀐 놈은
제가 안 뀌었다고 대들지 못하고
바보같이 가만히 있었다
그게 바로 신랑 최진삼이다
그리고 중학교 문턱에도 못 가본 신부 은자다

그래서 내가 이 바보들이 적당하길래
이 결혼 결정했다

과연 말집안 말세상의 인사들이니
말잔치 결혼식이었습니다

그 신혼부부 바로 자식들 낳으니
대구 동촌에서 낳으니 동일이
포항 영일만에서 낳으니 영일이
서울서 낳으니 경일이 응일이
너무 순해서 순일이
너무 착해서 선일이
아들 하나 딸 다섯이었습니다

일찍이 결혼은 타락이라던 바보 총각 최진삼이 장가가
떠돌이 피난살이에도 아비 노릇 다했습니다 까마귀가 까욱까욱 짖었
습니다

춘정

사내는 가을을 못 견디고
계집은 봄을 못 견디거니와
명종조
호조판서 어윤빈 대감께서는 거꾸로
화창한 봄
괜히 성났다

오래 입어온
관복 오늘따라 미웠다
도포자락
긴 소매도 미웠다

다 벗어 동저고리 바람에 가슴문이 활짝 열렸다
아무도 모르게 나서는 길
따르는 아랫것들 꾸짖어 물리쳤다

대감 대감 지긋지긋한 대감 노릇 잠시 놔두었다

봉은사 건너
능수버들 강기슭 주막에 이르렀다
강물 속에 잉어 놀고 강물 위에 물잠자리 논다
무슨 꽃 같은 인연인가
새파란 주모 마침 어제 왔다 하는데
동동주 두 되가웃

말도
노래도 놔두고
입에는 그저 신선이요
눈에는 타는 놀이었다
누가 먼저인지도 몰랐다
골방으로 스며들어
서로 옷고름 부랴부랴 풀었다

장안의 명기 여기 어림없다 실로 저 깊은 데 끝 모를 운우에 잠겼다
봄날이 갔다

꿈결이었던가 강물 안개 속
밤늦게 나른한 몸 돌아와 다시 대감이었다
뚝섬 주막
그 골방 어둠 벌써 그리워
그만 사랑채 황촉 촛불을 껐다
진짓상도 사절
자녀들 밤인사 사절

나 보기가 역겨워

수씨 자손들 어찌되었나

강원도 화천
휴전선 비무장지대 수피령 골짝
배 곯던 놈
배고파 도둑질하다가
도망친 놈
주인네 마누라와
야반도주한 놈
무슨 놈
무슨 놈
노략질 현감 욕하다가 신세 조진 놈
무슨 놈

하나둘 모여든 첩첩산중

험한 산중
호랑이 산중이라
포졸 따위
아전 따위 그것들 미치지 못한다

그렇게 살아가는데
일본이 조선 국권을 삼켰다
토지조사사업이다

측량이다
조선 국토를 삼키기 시작했다
인구조사로
조선인을 다스리기 시작했다

그런 인구조사로
일본 말단관리가
여기 수피령 골짝까지 샅샅이 찾아내어
인구를 점검할 때

일자무식이라
모른다
성도 없다
이름다운 이름도 없었다

그저 털 많으면 털보
코가 크면 코주부
눈이 작으면 참새눈
다리 하나 절면
절뚝발이였다

여편네 이름들은
달래나물
개나리

살구씨
대접보지
도토리
초생달
여우어멈
나귀똥
샛별년이었다

그런데 성이 없다
흔한 것
똥 같은 김씨
똥통 같은 이씨
오줌 같은 박씨
오줌통 같은 장씨
권씨
심씨
임금 성
정승 성 하나 없다
천하 비천한 종놈이건대 성 하나 없다

일본 말단관리 문득 떠오른 것
아 여기가 수피령이라 했겠다
수피령이 무슨 뜻인지도 알 바 없었다
물 수(水)자로 성을 지어

수씨라
조선 대장(臺帳)에 수씨를 써올렸다

수씨 조상
하나가 아니라
무더기였다
수피령 사람들
다 수씨 조상

그뒤로 수피령 골짝 수씨 집성촌
세상에 알려져
세금 물리고
부역 나가고
파출소 순사 조사 받았다

흩어지기 시작했다
수피령도 옛날
하나둘
흩어지기 시작했다
함경도 갑산으로
건봉산으로
만주 간도로 흩어져갔다
이리하여 수씨 자손 온 세상에 퍼지기 시작했다

1955년 비무장지대
수씨 하나 없이
다시
수피령 골짝 떡갈나무숲이었다
골짝 아래
작은 솥단지 하나 반쯤 묻혀 있었다

수피령 골짝 그 위쪽에 육군 제5사단본부가 들어섰다

세상으로 퍼져간 수씨 한 사람
비록 유명하지 않되 시인이었다
김소월 흉내내어

나 보기가 역겨우면 오지 마소서
나 보기가 아니 역겨우면 꼭 오소서

이런 노래 읊은 시인 수명길이 있었다
해방 전 원산에 살았고
사변 뒤 송정리 살았다
송정리역 철도보수원 키다리였다 모주꾼이었다

사마귀

일제 36년이 지나간 뒤에도
엄청난 6·25 지나간 뒤에도
조선 오백년의 어거지 가문 그대로였나니
혈통은 늘 아버지였고 할아버지였나니
어머니야 할머니야
다만 배만 빌려주었나니

내 9대조 좌의정이요
내 7대조 이조판서요
6대조 대사간이요
5대조 전라감사요
증조할아버지님께서는 중추원 참의셨나니
내 아버님께서는
하 수상한 세월이라
경상북도 부지사로 벼슬을 그만두시고
낙향하여
나라를 걱정하시다 난리를 만나셨나니

그 사람 이청구의 입에서는
어머니나
외갓집 사연은 한번도 나오지 않나니

눈과 눈 사이 사마귀도
아마 몇대조 이래의 사마귀인지 모르나니

용돌리 두 집

군산 십리 밖 용돌리
하와이무궁화 기어오른 전나무 울타리
선산 김씨 재준 영감네 큰댁
본채 방 넷
사랑채 방 둘
행랑채 방 하나
그런데도 피난민 한 식구 거절했다
사나운 개
마구 날뛰며 짖어댔다

청풍 김씨 평모네 집
본채 방 둘인데
방 하나 비워 피난민 한 가구 들였다
헛간에 붙어 있던
허섭스레기 쌓인 방 비워
오들오들 떠는 피난민 한 가구 들였다

타관사람 맞이함이 이렇게 두 가지였다 겨울 밭보리 푸르렀다
함박눈이 내렸다

용돌리 피난민 그럭저럭 열한 세대였다
똥냄새 달라진 변소도 늘어났다

이정순의 넋

인공(人共) 3개월 다 지나갔다
면인민위원회 간부들
도망쳐야 했다
눈에 핏발 뻗쳐
그냥 도망치지 않았다

1백50명 비행장 야간작업이라고 끌고 가
일제말
관동군 방공호마다 밀어넣었다
생매장이었다
죽창에 찔려
염통이 튀어나온 채
벌거숭이로 강간당한 채
돌멩이로
머리 맞아 죽은 채
아니
산 채로 밀어넣고 흙 덮었다

용둔부락 미인 이정순
아버지가 반동
옛날 수리조합 이사장이어서

그 아리따운 외동딸
이놈 저놈 윤간당한 채 묻혀 있었다

거의 썩어가는 시신인데도
어찌 그다지
지그시 눈감고 죽은 얼굴
조용하고
조용하더뇨

다음해 1주기 무렵
전쟁은 아직도 그칠 줄 모르는데
옥정골
이정순의 친구 고옥희의 꿈에
이정순이 나타났다

옥희야
나 돌아왔다
우리집 삽살개
어머니 따라가며 들길 갈 때
오줌 누어
이정표 남겼단다
나도 이 하늘에 이정표 남겨
다른 길 가지 않고
나 돌아왔다

고옥희 잠 깨어 혼자 울었다 첫닭이 울었다

사미승 등명

평안도 후창 후창강 강물소리 힘차다
바람소리 힘차다
아기 태어난 지 이레 만에
어머니는 숨졌다
암죽 먹었다
여덟살에 아버지 숨졌다
열살에 머슴이 되었다
열다섯살에
열일곱살이라 나이 올려
평양 군대에 들어갔다

머슴 때는 퉁소를 불었으나
군대에서는 나팔수였다
총을 잘 쏘았다
명중
또 명중이었다

부패상관 두들겨패고 뛰었다
탈영
샀전 삼킨 공장주인 죽이고 뛰었다
쫓기는 살인범
떠돌다
묘향산 보현사 불목하니가 되었다

한 뜻있는 비구의 소개로
금강산 신계사로 갔다
지담대사 제자가 되어
법명 등명(燈明)
세상의 등불 되라 했다

새 속명도
범도라 받았다
큰뜻을 도모하라 했다

신계사 암자 사미니와
눈맞았다
그녀 옥녀와
물 떠놓고
부부가 되어 떠났다

큰 운명이 시작되었다 홍범도의 운명이었다

과부 문씨

일찍이
그리도 정 많던 지아비
살짝곰보
넉넉한 심성에
정 많던 지아비
일제말 남양군도 징용 가서 돌아오지 않았다

논일 밭일 다 그녀의 것이었다

큰놈 자라났다
유복자 작은놈도 자라났다

6·25사변에 큰놈 군대 가서 돌아오지 않았다
살았는지
죽었는지

아버지 얼굴 못 본 작은놈
대처 구경 갔다가
돌아오는 길
적령기 아닌데도
국민방위군에 강제로 끌려갔다
훨씬 뒤에야 그렇다는 소식이었다 캄캄한 날들이었다

그녀 혼자 삼복더위 논에 나가 두벌 김매고 있었다

남평 문씨 그녀 등때기에 햇볕이 무정했다
이를 일러
노자가 하늘은 불인(不仁)이라 했다던가

성혜랑

사연이 너무 많은 것 이야기가 많은 것
탄식할지어다

1950년 6월 28일 아침
전쟁 4일째
남쪽 국군은
북위 38도선 언저리에서 녹은 흙처럼 무너졌다
밀려왔다

어제는 포성이 은은히 들렸고
오늘은 포성이 쿵쿵 다가섰다

서울 동소문 한 여학생은
동생과 함께
부모와 오빠 사진
어머니 장롱 속
하얀 레이스천을 싸가지고 떠났다

언젠가 피아노 연주복 맞춰주겠다던
그 레이스천이었다

1950년 8월 북의 인민군 큰소리쳤다
남반부 완전해방 눈앞에 있다고
부산만 남았다고

낙동강 하류만 남았다고
1950년 9월 북의 인민군 당황했다
전진만 있다가
후퇴만 있었다

여학생 성혜랑도 북으로 갔다
북에서도 더 가서
압록강 건너
중국으로 갔다
다시 북에 돌아왔다

쏘비에뜨로 갔다
스위스로 갔다
김위원장의 아들을 키운 이모였다
프랑스로 갔다

그러는 동안
한 여학생은 이야기가 많은 숨겨진 노파가 되었다

그해 겨울 들판

겨울 들 푹 쉰다
부지런한 주인이면
갈아엎어
추운 바람 쏘이는
겨울 들 푹 쉰다

전사통지서가 왔다 등사판 글씨였다

아들 김승호 하사의 유골상자는 아직 오지 않았다

아버지 김칠성은
하루아침에
쉰한살에서
일흔살쯤 늙어버렸다

마누라 방바닥 쳐 울부짖는 소리 두고
혼자
겨울 들에 나가 있었다

어디 바라볼 데도 없었다 담배 세 대째였다

김석원 장군

야전의 귀재였다
1사단장 시절
준장으로
예편되었다 사변 전

7월 초
그는 다시 현역으로 복귀
수도사단장이 되었다 사변 직후

전쟁이 한 장군에게 다시 철모를 쓰게 했다

그뒤 수도사단은
한국전쟁 야전의 중앙이었다

후방의 아이들이 그 이름을 가지고 놀았다
김석원이다
김석원이다 후퇴하라
살고 싶으면 후퇴하라
호랑이 김석원이다

그는 윤선도와 한용운이 누구인지 몰랐으나 제 부하들은 잘 알았다

여자 몸값

전선에서 남자는 싸구려다
철의 삼각지
하룻밤 세 시간 전투에서
아군 97명
적군 142명이 죽었다

후방에서 여자는 싸구려다
하룻밤 사랑값이
러키담배 한 갑 값이었다
임시수도 남포동
하룻밤 넋을 빼주면
다방 하나 차지한다
후방에서 여자는 싸구려가 아니다

18세기까지
조선 함경도에서
딸 낳으면 경사났다
남도 장사꾼에게
베 한 필 받고
내주는 계집아이였다

19세기까지
조선 평안도에서
아들 낳으면 통곡했다

땅에 묻어버리거나 불알을 발라버렸다
병정세 바쳐야 하기 때문이었다

전선에 정일권 참모총장 나타나면
그날밤은
춘천에서
홍천에서 색시 실어왔다

각하 객고는 그때그때 다 풀으셔야 합니다

니나노는 똥값이고
마담이나
미스 김은 금값이었다

어느 부부

서울 후암동 일본인 병원 자리 한 내과의원에는 입원실이 셋이었다
입원환자 아홉
전쟁이 났다
으레 있어온 삼팔선 충돌사건이 아니었다
사흘 뒤
나흘 뒤
서울을 내주어야 했다

환자들 하나둘 나갔다 의사도 떠났다
남은 늑막염 환자 백수길
나이 서른하나
몸 약한 아내의 간호밖에는
약도 없었다

6월 30일 콩나물국이 먹고 싶다 말하고 눈을 영영 감았다 야간중학
교사였다
서울 중앙청에는 인공기가 내걸렸다
아내는 다음다음해
피난지 칠곡 과수원 부근 판잣집에서 눈감았다
친정언니네가 입은 옷 그대로 종이같이 가벼운 시신을 묻었다

이런 죽음들 이런 삶들 전란중에 있으나마나
슬픔도 별로 필요없었다

한 부엌

함경북도 경성읍 밖
두만강밖에 없다
돌밭에
조를 심어
조가 자랐다

모진 칼추위에도
다음해 봄 용케 살아 있다
벌레 먹은 복사나무
복사꽃 핀 날 아낙들 웃음 빛났다

가난뱅이 안덕수 내외
박기준네
부엌 하나로 의좋게 살았다

안덕수네
박기준네
함께 밥해서 나눴다

그러다가 두 가족이 말다툼 있는 날
안덕수네가
먼저 밥해서 퍼간 뒤
박기준네가
따로 밥을 안쳐 퍼갔다

안덕수네 딸 일순이와
박기준네 아들 성호
두만강 모래톱 물버들숲으로 가서
돌아오지 않자
두 가족이 찾아나선다
별수없이 사돈이 되었다

가난은 흩어지기도 하나
합쳐지기도 한다
메운 땅 밟고 밟아
다져지기도 한다

주저앉은 사람

전쟁에는 죽음이 가장 무섭다
전쟁에는 배고픔이 가장 무섭다
산 자
3천만명 중
몇십만명만이 쌀을 먹었다 고기를 먹었다

온 세상이 배고팠다

어느 때는 피난민이 나을 때가 있다
어느 때는
토착민이 더 배고팠다
길 나서다가
거시시 주저앉아야 했다

어디 가서 거지 노릇 할 힘도 없다
도둑질할 힘도 없다

오로지 쌀밥 한 그릇이 가물가물 소원이었다

고향

남으로 간 사람 3백만명 안팎
남에서
북으로 간 사람 10만 이상
그 10만명 처음에는 눈부시었다
그러나 하나하나 사라져가고
얼마 남지 않았다

남에 온 3백만명은 뿌리 같았다
뿌리뽑힌 자라고
노래했으나
뿌리가 깊숙이 내렸다

고향이란 가슴속 동산의 무덤이다
고향이란
그곳을 떠난 자의 기억이다
고향이란 시간이다

남북 이산가족 1천만은 한국사의 한 시작이다
결코 돌아가야 할 과거가 아니라
내일의 시작이다

돌아가고 싶다
돌아가고 싶다
두만강 기슭 고향으로 돌아가고 싶다

대동강가 내 고향으로 돌아가고 싶다
가서 썰매 타고 싶다
어머님
어머님 살아 계신지요

이런 사람들과 다른 한 사람 있다
오종철 씨

함경남도 원산 사람
해방 직후 삼팔선 넘어온 사람
두더지 노릇
양아치 노릇
그러다가
새로 태어나 야간대학 나와
섬유공장 차리고
피혁공장 차렸다

단 한번도 고향타령한 적 없다
경기도 여주군에
산 하나 샀다 논 2만평 샀다
3대 조상 빈 무덤 썼다
그곳이 추석 때 고향이었다

신국이 할아버지

여든두살
신국이 할아버지
통
밖에 나오지 않고
방안 퉁소 불었다

태평소라던가

그 퉁소소리 쉰 듯
안개 는개 젖은 듯
한나절도 잠시였다

마당 그늘 병아리들도 말 없고
두 마리 돼지도 입 다물고 듣나보다

전쟁 3년 전쟁 난지 모르고
갖은 사연 있었으나
그런 것 통 모르고
방안 퉁소 해질녘에 이르렀다

1954년 대숲바람 여울지는 날
퉁소 두고
저승 갔다

노처녀 기명실

광주 서석동
서석국민학교 옆집은
밤이면 큰 고요였고
낮이면 늘 국민학교 아이들 뛰노는 소리 떠들썩하였습니다
빨래들도
아이들 떠드는 소리에 말라가고 있었습니다

빨래 널러 나온 그녀

봄에는 살구꽃 같고 복사꽃 같고
여름에는 부용꽃 같고
가을에는 다도해 바다국화
구절초 같은 처녀
기명실이었습니다

아버지 기세묵 씨는 『당음(唐音)』을
허벅지
손장단 맞춰
주룩주룩 낭송하였습니다

그런데 아리따운 딸 명실은
첫선을 본 이래
웬일인지
웬일인지

선 124회째나 보게 되었습니다
죽어도 보지 않을래요
하고 거절해도
어머니 성화에 끌려
보고 돌아왔습니다

나이 31세가 되었습니다
29세 한해 동안
서른살 전 시집가야 한다고
45회나 선을 보았습니다 징그러웠습니다
그 가운데서
한번은
약혼식 날짜까지 정했다가
남자 쪽에서 숨긴 일 드러나
그만두었습니다

교통부 표지계 계장
피난민 출신
육군 중위
육군 이등상사
두부공장 사장
목재업자
염전 주인
담양군청 주사

여수항 관리사무소 부소장
충장로 다방 주인
화순 농촌 유지의 아들
광주극장 전무
광주시청 병사계 서기
한번 만나고 만 사람들이었습니다

그리도 아리따운 얼굴인데
무슨 일이든지
잘 풀리고
무슨 일이든지
잘될 얼굴인데

시원시원하여라
넉넉하여라
향기로워라
향기로워라
한없이 그윽한 얼굴인데
어쩌자고
선만 보면
어긋나버리는 선만 보는 것인가
어쩌자고
이 아깝디아까운 처녀에게
신랑감이 도무지 씨가 말라버린 것인가

기어이 아버지가 나섰습니다
한 1년쯤
선보지 말고 푹 쉬어라

1년 뒤
서석국민학교 교감 오창식 선생
2년 전
아내 잃은 오선생과 선을 보았습니다
어머니 대신
아버지가 데리고 나가 보았습니다
14년 밑으로 전처 소생 하나가 있었습니다

돌아오는 길
아버님! 이번이 마지막입니다 가겠습니다
가서 그 집 아들 키우겠습니다

오르테가 킴

시간은 오늘과 어제가 함께 있는 것
시간은 여기와 저기가 함께 있는 것
긴 슬픔마저
시간의 핏줄 아닐 수 없는 것

어머니는 검정 치마 흰 저고리 무명이었다
어머니는 그 옷밖에
어떤 옷도 입은 적 없다
수수밭에서 돌아와
머릿수건 벗으면 아름다웠다

평안북도 운천 산골
어머니 두고
떠난 아들에게
시간은 여기와 저기였다
50년 전
어머니의 검정 치마 흰 저고리 그 모습 그대로였다

열여섯살 인민군 김영만
북에서 남으로 와
남쪽 바다
여수까지
그의 대대병력이 내려왔다
마산전투 앞두고

섬진강을 건넜다

낯선 풍경은 곧 잊어버렸다

마산전투에서 포로가 되었다
거제도 포로수용소
열렬한 공산당 포로들 당당했다
반공포로들도 따로 모이기 시작했다
김영만은
북도 아닌
남도 아닌
중립국 인도로 갔다

인도에서 멕시코로 갔다
쿠바로 갔다 일행

쿠바 아바나 구시가 빈민굴 골목
오르테가 킴

한국말 한두 마디조차 잊어버렸다
검정 치마 흰 저고리
안개 속 어머니의 모습 눈썹 위에 밍근밍근 남아 있다

남자현

1872년 태어나다 1933년 죽다

경북 영양 석보에서 태어나다
열아홉살에 시집가다
남편 김영주
김도현 의병부대 참전중 전사하다

유복자 키우며
시집에 머무르다
1919년 만세운동 일어나자
두메에서 떨쳐나
만세 부르며
고향을 떠나다

한 아낙 포부를 나라에 두다

압록강 건너
서간도 서로군정서
독립군 주방에서 일하다
주방 떠나
일본 총독 암살을 위해 잠입하다
실패하다

만주 길림으로 가서 독립운동을 이어가다

1931년 김동삼 장군 체포 압송중
구출계획 세웠으나
실패하다

1932년 국제연맹조사단에
손가락 두 마디 잘라
혈서 써
독립청원을 하다

일본 만주 전권대사 격살하려다 체포당하다
심한 고문 받다
1933년 하얼삔에서 죽다
백계 러시아 공동묘지에 묻히다

유복자 어디에 살아 있는지 죽었는지 모르다

외팔이 박

1950년 6월 28일 새벽
한강 인도교는 폭파되었다
귀청 찢어지는 폭음
그 아비규환 올데갈데 막혔다
그 정적 여기저기 주검 죽다 만 것 널렸다
그 비명 그 신음

전쟁 뒤
부랴사랴 다리를 건너가던 서울 피난민들
약 1천명
거기서 폭사당하고 말았다 두 다리 잃었다

그 가운데
팔 하나 떨어져나간 사내
떠내려가는 상자
한 손으로 붙잡고
노량진에 닿았다

그가 피 멈추고 살아서
1951년 임시수도 부산 남포동 어깨두목
외팔이 박이었다

제놈들 먼저 도망간 놈들
서울시민 안심하고 그대로 있어라

방송한 뒤
제놈들만 도망간 놈들
대통령놈
장관놈

국군놈들 무슨 놈들
뭐
국민을 위한다고?
뭐 나라를 지키는 간성(干城)이라고?

외팔이 박 라이터불 끄며 욕을 퍼부어댔다 쉿
담배연기 쌍! 흩어졌다

국군 군번 1번

대한민국 국군 군번 1번
이형근

그는 1번 긍지로 시작하고
1번 긍지로 완결했다
1950년 6월 제2사단장

훤한 대머리 전이었다
외탁 살결 백색
신장 1미터 76
체중 81킬로그램
늘 다문 입

그는
6·25전쟁 이전부터
이미 전쟁을 위한 스파이가
국군 안에 암약한다고 믿고 있었다
그래서 국지전이 아니라
전면전 징후를
육군본부에 누차 보고했다

반응이 없었다

군 인사이동이 있었다

전후방부대 교체
장병 절반에게 휴가를 내주어
후방으로 보냈다

6월 25일 전쟁 발발 이전
6월 24일 밤
서울 장교구락부 낙성식 연회로
고급장교들
새벽까지 만취한 채
탱고와
블루스 춤

이형근은 개탄했다 지휘봉으로 허공을 때렸다
아우
이상근 대령에게
상황 주시하라고 알렸다

아우는 전쟁 초기 전사했다

채병덕

요정 기생 김부전과 자주 자주 밤을 지냈다
일본군 장교였던 그가
어쩌자고 대통령의 눈에 들었다
눈은 작고
손바닥은 두꺼웠다 쇠두껍이었다
부관이 시달리는
상관이었다
대한민국 육군참모총장
육군중장 채병덕
지프를 타면
지프 한쪽이 기우뚱했다

뚱보다

육군본부 벽돌건물 서쪽
오래된 플라타너스나무 그늘이 부동자세다

그가 탄 지프는 멈추기를 싫어한다

급하다

전쟁이 일어났다
판단은 막혀 있고 분노는 터졌다
그는 부르르 떨었다

치 떨었다
그의 반격명령은 실패였다

늙은 대통령은
이런 장군을 아직 믿고 있었다 홍두깨의 밤이었다

그는 서울 사수를 외쳐대고
수원으로 갔다
당장 총장자리 물러나시오
후배 장군의 충고에 화가 났다
수원에서
대전으로 갔다
부산으로 갔다

더이상 갈 데 없다 물러났다

하동전선 괜히 거기 가
적의 총탄에 맞아 죽었다 무슨 백의종군이라고

신성모

어딘지
아니
턱인지
어깨인지
등인지
아니
뼛속인지 헛바람 스며
오래 전 숙종조 궁중 내시 같은 사람이었다 잔꾀였다

이 사람이
남한의 불행에 기여했다
이 사람이
북한에 기여했다

돌아와 삭발머리였다
영국배 타던 마도로스
영어가 능란했다
영어 능란한 사람이라
영어 능란한 대통령의 사랑을 받았다

일약 국방부장관이었다

꿈 같았다

전쟁 직전
점심은 평양에 가서 먹고
저녁은 신의주에 가서 먹는다 했다
이때다 하고
우리 국군 압록강까지 추격해
민족의 숙원인 바 통일을 달성하고 말 것이라 했다
헛소리였다

전쟁 직후
전선은 서울 외곽인데
라디오 방송으로
국군의 총반격으로 적은 퇴각중이라 했다
거짓말이었다
그는 임시수도 부산에서도
대통령의 사랑으로
늘 큰소리였다 몇십년 만에 자국눈 오다 말았다

그러나 국민방위군 사건은
더이상 그를 장관이게 할 수 없었다
파면이었다

신성모
그 이름은 제1공화국의 오욕이었다
그 이름은 시대의 백치였다

그 이름은
늙은 독재자에게 필요한 교활한 환관 나리였다
그뿐이었다

다섯살 용식이

가난이 고향이었다 정말
다섯살 아이
한나절 입을 움직이고 있다
입속에
무슨 사탕이 들어 있나?
입속에
무슨 사탕이 녹아가나?

아 해봐
요녀석 무얼 먹지?

아 하고 어린 입이 열렸다
그 애틋한 혓바닥 위
차돌 하나

배고파서 무얼 먹고 싶어서
차돌 주워
그것을 입속에 넣고
우물우물 빨아대고 있었다

해설피 좌악 퍼지는 소름 뒤 손대 내리는 산바람 내려왔다

홍총각

어미가 수수밭 풀 매다가 마련 없이 태어난 아이
만삭의 배 빠져나와
밭두렁에서 태어난 아이

어릴 때 이름 밭돌이였다가
이팔(二八)이었다

머슴살이로 생의 장엄을 시작하였다
보리 두 섬을 졌다
소 병나면
소가 되어
따비를 헉헉 끌었다

서른 넘어 장가 못 갔다
사람들이
이팔이라 부르다가
총각이라 불렀다

홍총각
달밤에 퉁소 애끊게 불었다
홍퉁소라 불렀다
장차 서북 봉기 홍경래 장군 선봉장으로 싸우다
죽었다
머슴으로 죽지 않았다 퉁소가 살아남았다

수복 이후

인공 3개월
수도 서울은 모든 것이 파괴되었다
빈집들
미처 떠나지 못한 사람의 집들
모두 다
비 오는 날
낙숫물소리만 하루 내내 쉬지 않았다

인공 부역자 40만명

사형
무기
징역 30년
15년
5년

밀고로 검거
무고로 색출
오랜 원수를 빚쟁이를
빨갱이로 조작 고발
서대문형무소
거기 무기수 김청랑
눈썹과 눈썹 사이
검은 사마귀 늘 경건하였다

인공 시절 서울시 인민위원회 궐기대회
단 한번 참석한 일밖에 없었는데
빚진 자 유민우의 모략으로
궐기대회 악질 선동자로 기소되었다

그는 고문으로
영양실조로
우울증으로 죽어갔다

그 끝에서 뇌졸중으로 죽었다
무기수가 2년 미만의 단기수로 끝장났다
사체 인수자도 없었다

경기도 검단산 기슭 형무소 무연고자 묘지 풀밭에 묻혔다

폐허의 아기

1950년 10월 1일

서울은 거의 폐허였다
인공 3개월 뒤
인민군 떠난 폐허였다
국군이 왔다

인공 3개월 동안
미 공군 폭격기와 전투기는
날마다 서울을 폭격했다

국군이 왔다

학살당한 엄마 시체의 젖을 빨고 있는 아기가
폐허에서 살아남은 자였다

누가 그 젖먹이를 엄마 시체에서 떼어냈다
아기가 사납게 울었다

시온애육원 68명 중의 한 고아
일찍부터 찬송가를 잘 불렀다 뒷날 찬송가 부르는 일 없었다

빨갱이 1

두메일수록 음력이다
생일도 음력
제삿날도 음력이었다
한해 농사
보리씨 묻고
메밀씨 묻을 때도
다랑논
볍씨 뿌릴 때도 음력

기억 속에서
모든 날들은 음력이었다

그이는 콧물 매단 채 말하였다
입김이
푸짐하게 나와 추운 하늘 속 흩어져갔다

그러니까 음력 6월 12일이었어
인민군이
이 산골마을 앞을 지나갔어
인민군 4사단 병력이라고 누가 말하였어
남원에서 함양 거쳐
북쪽 거창 산골에 이르렀어

따발총 거꾸로 세워 멘

인민군은 너무 어렸어

난리 난 것 틀림없었어
어디로 피난 가야겠다고 생각하고
외양간 소를 끌고
산청 처가에 갔어

거기도 인민군이 지나갔어

다시 소 끌고 돌아오고 말았어
거미줄 걷어내고
방에 불 때어
푸른 곰팡이 말렸어
그렇게 살다가
산에서 내려온 사람이 나를 데려갔어

산에서 식량짐 지고 오르내리다 잡혔어
25년 징역이 떨어졌어
옥방에서 무릎이 망가졌어 이빨이 빠져나갔어
빠진 이 창살 사이로 내던졌어
이따금 울었어
나는 순 엉터리 빨갱이였어

빨갱이 2

나는 빨갱이가 아니었다
어느날
내 아이 담임선생 만나
삼거리 주막에서
술 한잔 대접했다
막걸리 한 되 하고 반 되를 더 마시는 동안
담임선생은
내 아이를 칭찬했다
공부는 어중간이지만
아이들 싸움도 잘 말린다 했다

그러다가 눈썹 사이 주름 잡히며
김선생은 말하였다

앞으로는
모든 사람이 다 잘사는 평등시대가 옵니다
땅은 지주의 것이 아니라
모든 농부의 것이 됩니다

나는 술맛을 잃고 눈을 번쩍 떴다
주막 안에는
할멈과
술꾼 두 사람이 있었다

며칠 뒤
사복형사가 나를 잡으러 온다는 말을 들었다
동네 이장이 고개를 저었다
이상하다
이상하다
성님은 빨갱이가 아닌데……

겁이 났다
이십릿길 처갓집
그러다가 다른 집으로 피했다
여기저기 옮겨다니다가
너무 신세지는 것이 싫었다

그때 누군가가 산으로 가는 길이라 해서
그 사람 따라갔다
나는 빨갱이가 아니었다
그러다가
나는 빨갱이가 되고 말았다

지리산에서 내 집 쪽을 바라보았다
내려가고 싶었다
내려가고 싶었다

빨갱이 3

외삼촌은
내가 일곱살 때
자전거 뒷자리에 태우고
미루나무 신작로를 달렸다
외삼촌은
나의 꿈이었다

외삼촌은 일본 유학생이었다
고등문관시험에 합격했다
외갓집 잔치에는
온 마을사람이 다 왔다

그러나 외삼촌은 군수 발령 따위 내던지고
서울로
부안으로
대구로 떠돌았다

1943년 수원 정거장에서 체포되었다
대구형무소 6년 징역
외삼촌은 사회주의자였다
외삼촌은 혁명가였다

나는 감옥의 외삼촌을 생각하였다
동네 지주네 아들 봉진이와 놀지 않았다

동네 면장네 딸 예쁜 숙례도
이제는 생각하지 않기로 했다
그 대신
가난뱅이 수만이랑 태랑이랑 놀았다
보리밥 깜밥 나눠먹었다
내 연필을 주었다

나는 15세부터
외삼촌의 사회주의자였다

하지만 아무도
내가 사회주의자인 줄 몰랐다
밤중에 혼자
벌벌 떨었다

외삼촌 유상섭은 끝내 네번째 감옥에서 눈감았다
스딸린 죽은 다음날이었다

나는 외삼촌의 책 한 권을 뒷산에 가서 태웠다
엉엉 울었다
여우가 울던 곳
여우가 없었다

빨갱이 4

원당리
그 인심 순후한 마을에도
미움이 끼쳐들었다
그 우애 가득한 마을에도
가난과 함께
서로 감싸주는 마을에도
저녁연기 깔리며
서로 타성바지도
한핏줄인 마을에도
미운 살이 끼쳐들었다
어쩔까나

윗뜸 재복이네
3년 전
논물 싸움으로
아직껏 윤철이네와 말을 하지 않고 지낸다

그 재복이가
윤철이네 담벼락에
벽보를 붙였다

'이승만은 미국놈 앞잡이이다'
'대동청년단은 이승만의 개들이다'

지서 순경 득달같이 자전거 타고 나타났다

벽보 붙인 것
왜 신고하지 않았느냐고
윤철이를 잡아갔다

그날로 윤철이는 빨갱이가 되어버렸다
신세 조져버렸다
윤철이 마누라 빨갱이 여편네
윤철이 아들 용섭이 빨갱이 새끼
윤철이네 삽살개 빨갱이네 개새끼였다

꽃 금각

아리따운 소년이셨다
남정네들마저
헛숨 내쉬며
남모르는 애욕 일으킬 만하셨다
아니
싱그러운 이슬 거미줄
싱그러운 이슬 꽃술
쏜 화살촉 정기 담은 소년이셨다
감히 누가 넘보지 말아야 할
어린 노인이셨다

저 먼 곳 백운산 귀양살이하는 허봉의 고독에
어린 소년 그가 금각(琴恪)이셨다
열살에 읽지 않은 책 없다 하셨다
스승 허봉께서 칭송하기를
그대가 내 스승일지언정
어찌 내가 그대의 스승이겠는가

그 소년 열여덟에 폐질로 죽어가셨다
하늘이 만약 내게 몇년을 더 빌려주신다면
아직 읽지 못한 책 다 읽고서
세상 마치고 싶습니다
기도는 해서 무엇하겠습니까
아버님이여 어머님이여 저를 위해 울지 마소서

179

이런 말 남겨두고 눈감으셨다
꼭 긴 것만이 생애인가
꼭 남기는 것만이 온 생애인가 제비 강남 가셨다

교장 신진섭

교장선생님은 둥근 검은테 안경잡이였습니다
코밑의 수염
늘 가지런하였습니다
건기침 인기척을
빈 곳에 남겼습니다

학교 꽃밭에서도
사택 꽃밭에서도
꽃 가꾸는 시간이 따로 있었습니다
맨드라미
분꽃
과꽃
옥잠화
국화
철따라 꽃들이 오손도손하였습니다

어느날 밤
산사람들이 들이닥쳤습니다
학교 등사기를 내놓으라 해서
학교 물품을 내놓을 수 없다 하였습니다
할 수 없다 죽이겠다 하였습니다
교무실을 열어주었습니다
등사기를 가져갔습니다

다음날 경찰이 교장을 두 손 묶어 데려갔습니다
산사람을 도운 죄였습니다
역적이고
빨갱이가 되어버렸습니다
두 다리 두 팔이 늘어졌습니다
거의 송장이 되도록
방망이 맞았습니다

교장 그만두고
형무소 죄수 되었습니다 10년 징역 시작이었습니다

형무소 화훼반 기결수가 가장 부러웠습니다
그들은
날마다 꽃을 길렀습니다
달리아와
장미를 길렀습니다
그 꽃들은 감옥 밖으로 팔려나갔습니다

아 꽃을 가꾸고 싶었습니다 지난날의 꽃밭 그리웠습니다

여원재

전라도 남원과
경상도 함양 잇는 고개
남원은 광주 나주로 이어지고
함양은 합천 창녕으로 이어진다

여원재 달밤

조선 선조 원년 미친 노인 하나 있었다

달 보고 소리쳤다
도적이 몰려온다
도적이 몰려온다
귀 자르는 도적
코 베어가는 도적이 온다

남원부사 이춘발이 이 일을 보고받았다
흐음 귀를 자른다?
술 취한 자리였다
형방 시켜
강상죄 죄인 한놈 귀를 자르라 했다
강도 죄인 한놈 코 베어라 했다 술 취한 분부였다

장차 임진 정유 왜란
일본군은 조선 백성의 귀와 코

몇십만개를 잘라
소금에 절여 실어갔다
귀무덤 코무덤을 만들었다

여원재 미친 노인 망건 남기고 어슴새벽 어디로 사라졌다

변영재

그다지도 덕망이 높았지
그다지도 신망이 깊었지
거창군 신원면 면장 변영재
자전거 타고 퇴근하다가
마을사람 만나면
어느새 자전거 내려
안부 묻고
제삿날 물었다

인민공화국 세상이 되었다
그해 여름 내내

지서 순경이나
대동청년단 지부 다 도망갔으나
오직
변영재 면장은
대한민국 신원면 면장에서
인민공화국 신원면 인민위원장이 되었다
대동청년단원도 돌아와
함께 살았다
그러다가 인민군 후퇴로
다시 대한민국이 돌아왔다

인민위원장은

다시 면장으로 그 이름이 바뀌었다
변영재 한 사람이
그렇게 한 고장의 난세를 무사하게 넘겼다

이래야 했던 시절이었다
아니 거창학살사건이 있기까지는
이래야 했던 시절이었다
그러나
한두 군데
턱없이 그랬을 뿐
그러지 말아야 할
학살과
보복학살의 험한 시절이었다

죽어 무덤만이 그 저주들 소마소마 벗어나
자손의 잔디가 무자손의 잡초에 밀려나고 있었다

한홍철

그는 당나귀귀였다
그는 뱁새눈이었다
그는 합죽이였다
그는 독수리코였다
그는 5척 단구
늘 백구두
두 손가락에 가락지를 끼었다

서북청년단이었다
제주도에 가서
제주도 도민 3분의 1 학살했을 때
거기서 앞장서서 활동했다

육지로 돌아와
여러 도시에 나타나
건국준비위원회 패거리
한독당 패거리 싹 쓸어냈다

그는 술집에서 늘 혼자 소주를 마셨다
살기 충만의 눈빛 한바퀴 돌리고 벌떡 일어섰다
외상이었다

어떤 인민군

거창고을 산중에도
인민군이 왔다
인민군 몇명
면 단위로 왔다

열아홉
열여덟
열여섯살짜리 풋내기였다

순 촌놈들이라
몇마디 말 오고 가면
영락없는 산골 아이들
밤 박꽃처럼
순박한 아이들이었다

군기는 제법 엄했다

한 녀석이 외딴 마을에 가서
소녀를 꼬드겨 일을 벌였다
이 일이 알려지자
전우들의 심판으로
총살당했다

인민군은

국민학교 아이들에게
아니
인민학교 아이들에게 열심히 노래를 가르쳤다

원수와 더불어 싸워서 이긴…

아침은 빛나라 이 강산…

태백산맥에 눈 날린다 총을 들어라 출전이다

그리고 「김일성 장군의 노래」도 가르쳤다
가르치다가
가르쳐
함께 노래 부르다가
그 여름날과 함께
어느날 사라졌다

그뒤 국군이 왔다 무거운 철모 쓴 국군이 왔다
우물물 검사한 뒤
우물물 실컷 마시고 싸움터로 떠났다

이종찬

다 쓰지 않고
나머지를 천지에 돌아가게 한다

이런 글씨 액자가 걸려 있었다
그 액자를 내려서
벽에는 아무것도 없었다

거기 한 사람이 서 있다

가장 장군다운 장군
가장 인간다운 장군
가장 부패하지 않은 장군
다 맡겨두고 떠난 뒤
맡겨둔 것
언제까지나 그대로인 장군

대한민국 육군의 명예 이종찬

후배들
부하들의 마음속에 있었다
전쟁 당시
산중 사찰 태우지 않았다
태운 사찰
다시 짓는 데 팔 걷고 나섰다

하루 말 몇마디면 되었다
원 뿌다구니판 별사람 다 보겠네

허황후

고대 가야 바다의 길을 연 나라
봄날
김수로왕이 왕으로 추대된 지 6년이 지나
남쪽 바다에
이상한 배가 나타났다
붉은 돛
바다 위 피어난 꽃 한 송이인가
망산도에 닿았다

배에서 내린 천축 승려 장유
이어서 숙연히 내린 천축 처녀 허황옥

가야사람들이 그들을 에워싸 모셔왔다

총각 김수로왕
먼 천축 아유타국에서 온 처녀를
왕후로 삼았다
차차 가야말 익혔다
밤 금실
낮 금실 너무 좋아
항상 붙어 있었다

아들 낳았다
아들 낳았다

아들 낳았다
아들 낳았다
아들 낳았다
아들 낳았다
아들 낳았다
딸 낳고 아들 낳았다 또 낳았다
또 아들 낳았다

한 아들은 태자로 삼고 두 아들은 죽었고
일곱 아들은
지리산 칠불암 일곱 승려가 되었다
장유대사가
그들을 맡았다

늙은 허황후는
왕에게 젊은 비빈을 권하고 권한다
갖은 보석도 비빈에게 주었다
새벽마다
서녘 칠불암 쪽으로 향해 섰다

김종원

일인에게 개
만인에게 이리
사람 속에
이런 사람이 없다면
어찌 개도 이리도
사람 속에 있겠나

계엄민사부장 김종원
이승만의 개
신성모의 개였다

거창양민학살사건은
아무리 군이 숨겨도 하나하나 드러났다
국회조사단
임시수도 부산에서
거창군 신원면으로 갔다

김종원의 머리가 빨리 돌아갔다

국군을
지리산 빨치산으로 위장시켜
따발총 위협사격을 하자
조사단은
나 살려라 도망갔다

그뒤 그는 작전명령 위반죄로
군사재판 3년 선고였는데
두어 달 뒤
이승만 특별사면
신성모 장관 형집행정지로 내보냈다

개주인 이승만의 아까운 개
군인 대신
경찰관으로 특채
경찰국장
치안국장
다시 만인의 이리였다

어떤 교훈도 진리도 그에게는 낙서일 뿐
오직 권력의 급소에 눌어붙는 것
그리하여 권력을 실컷 빨아먹는 것
그의 하루하루

거창 이복남

1951년 1월 이철수는 열네 살이었습니다

할머니 유분녀
아버지 이종묵
어머니 백씨
동생 철호
머슴 박서방
식모 쌍가마 참례
이렇게 여섯이 빨갱이라는 죄로 학살당했습니다

그런데
외갓집 갔던 철수와 누이동생 복남이는 살아남았습니다

국군은
열 살짜리 복남이를 끌어다가
손바닥에 못 박아
빨갱이라고 말하라고 협박했습니다

빨갱이 아니어요
빨갱이 아니어요
하고 마구 울부짖었습니다

그러다가
빨갱이입니다

하고 말해버렸습니다
기절했습니다

세상은 얼어붙었습니다
하늘
푸르게
푸르게 얼어붙었습니다

오빠 철수는
세상이 무서워
국군이 무서워
산속으로 숨어들었습니다
어이할 수 없이
빨치산 소년이 되었습니다

1956년
대전 적십자병원 간호원 이복남
오른손바닥 못 박혔던 흉터 조용합니다
어린 시절 오른손잡이가
이제 왼손잡이로 바뀌어 조용합니다
피하주사 주삿바늘 들어갔는지 아닌지 모르도록
주사 잘 놓았습니다
혈관주사
그 누구도 뜨끔! 아프지 않았습니다

왕건

고려의 성종에게
송나라 태종이 간절한 편지를 보냈다

항상 백제의 백성들을 평안하게 하고
장회(長淮) 족속을 영원히 무성케 할지어다

고려 왕실은 백제계 후손
장회는
장강과
회수 일대의 재당 신라인
해상 백제계였다

그러나 왕건은 백제로 돌아감이 아니라
새로운 개천(開天)
한반도 최초의 민족국가 세움에 있다

너무 많은 정략부인을 두었다
정략처가를 두었다
바다에서 올라왔으니
육지에서 여기저기 음기를 얻어야 했다

처음 겨레의 동서남북 댕돌같이 열렸다

신중목

새들이 나뭇가지에서 일제히 날아갔다
공포 속이었다
국회의원도
백골단의 테러로 벌벌 떨고 있었다
오직
자유당만
이승만의 충성만
대낮에 활개치고 있었다
백주의 테러는 테러가 아니라고
내무장관이 말하고
치안국장이 말하고 있었다

이 공포 속
가장 용기 있는 사람이 일어섰다
온 가족
공포에 질려 있어도
막무가내로 일어섰다

전시국회
거창 지역구 신중목 의원

그는
국방부 허위보고를
거창 양민학살은 사실이 아니라는 보고를

그러다가
한발 물러나
피살자 1백명에 불과하다는 보고를
뒤집었다

그러나 국회는 그의 진실을 거절하고
이승만 정권의 허위를
진실로 만들었다

그는 밤마다 협박받았고
그는 날이 날마다 고독했다
그의 지역구는 지옥이고
그의 마음도 지옥이었다

그의 고향에는 그에게 표를 찍은 학살당한 원혼들 바람 속에서 울부
짖고 있었다

임채화

다섯살 때 어머니를 잃은 것보다
열한살 때 어머니를 잃은 것이 더 큰 슬픔이었다
다섯살 때는 모르는 슬픔이었다

땅 위에서
슬픔 먹고 자라났다
고모 치맛자락
이모 치맛자락

외숙모 치맛자락
다
어머니 치맛자락만 못한 것도 실컷 알고 자라났다

진진한 흙에 뿌리내리지 못하고
돌 위에 뿌리박아
팍팍했다
비 맞으며 춤추던
잎새 시들었다

세살 때
아버지는 세상 떠났다
그뒤 자꾸 기우뚱거리는 세월
1951년 1월 열한살 때
어머니는 박산골로 끌려가

마을사람들과 함께 죽었다
왜 죽어야 하는지 그 시퍼런 까닭 모르고 죽었다

빨갱이라는 이름
공비 내통자라는 이름뿐이었다
기역자도
니은자도 모르는
어머니의 뼈인지
다른 사람의 뼈인지 모르는
해골바가지 몇개

어쩌다 흙 밖으로 나왔다

스무살 임채화의 눈이 붉었다
이 세상은 잘못되었다

왕작제건의 씨

고대 후기 바다의 사나이 장보고
상해 앞바다 주산열도에서
바다를 주름잡은
해상 백제인 출신

백제가 멸망한 뒤
백제인 1만 2천 그 일부
중국 남방 복건성 은광 개발에 몰아넣었다
또한 무역과 조선(造船)
그 험한 사업에 몰아넣었다

바닷바람 속
백제인 세력
주산열도 무역을 좌우했다

왕작제건도
주산열도 바다 위
동남아 누비는 무역상이었다
그의 아들이
곧 왕용건

왕용건
어린 시절 아버지 없는 자식이었다
어머니로부터

고려 송악 벽란도 항구의 하룻밤으로
태어난 자신을 알았다
아버지 찾아 송나라 가는 배를 탔다

신라 변방
작제건의 씨 3대에 이르러
왕건이 태어났다

젊은 날 궁예 휘하
나주 해상세력과 손잡고
궁예의 나라를 인수했다
나주 호족의 딸을 왕후로 삼아
그 배에서 낳은 아들을 후사로 이었다

고려는 바다의 나라였다
이념은 옛 고구려에 두었으나
태생은 황해 동중국해 남중국해
그리고 태평양 서북 일대 난바다
그 바다의 씨 떠다니다 암암한 뭍에 닿아버렸다

박영보 면장

거창양민학살사건의 이름
청야작전!

신원국민학교 교실마다 잡혀온 1천여명
한 장교가
이중에 군경가족 있느냐고 물었다
몇가족이 나왔다
사실이었다

또 몇사람이 나왔다
사실이 아니었다
살기 위해
군경가족이라고 말했다

그때 면장 박영보가 나섰다
유들유들한 얼굴
큰 점 하나 눌어붙은 얼굴
그가 한 사람을 끌어냈다
네가 무슨 군경가족이가
또 한 사람을 끌어냈다
네가 무슨 군경가족이란 말이가

오백 몇십명 면민들 패패이 묶여갔다
비탈진 산자락

후미진 산골짝 거기 총소리 퍼부었다
곡두같이 생시같이
조용해졌다

10년 뒤 4월혁명이 왔다

위령비 세우는 날
피살자 가족들
박영보네 집에 몰려갔다
십릿길
그를 끌어다가
무덤 앞에 세웠다

그가 도망쳤다
사람들이 돌멩이를 마구 던졌다
도망치다 쓰러졌다 붙잡아다 불태웠다

1년 뒤 5·16쿠데타가 왔다
사람들은
박영보 살해사건으로 체포되었다

지난날의 청야작전 아직껏 욱대기 펴 끝날 줄 모른다 길고 길다

시시한 원한인데

옛 시대 함부로 이름을 부르지 않았다
이름은 거룩하였다
이름은 귀신만큼 높았다

윗말 정자나무집 아저씨
안골 어른
중뜸 우물갓집 며느님
아무개 아버지
아무개 어머니였다

그러다가 장황한 그것보다
격조 있고
편한 것이 자(字)였다 호(號)였다

손윗사람의 이름 감히 부르지 않았다
'저희 아버님 갓머리(宀) 밑에 보일 시(示)요
나무 목(木) 변에 곧을 직(直)이라 하옵니다'
종식(宗植)을 그렇게 풀어 아뢰었다
그러다가
'종(宗)자 식(植)자이옵니다'

조선 세종 때
유계문(柳季聞)이
경기관찰사로 제수되었는데

관찰사의 '관(觀)'자가
그의 아버지 유관(柳觀)의 관자와 같아
부임하기를 고사하였다

그러자 아버지가 자신의 이름
관(觀)을 관(寬)으로 바꾸어서야
아들은 관찰사로 부임하였다

이런 세상 살아오는데

허나 미운 사람 싫은 사람은
거침없이 이름 불렀다
그 송만득이란 놈
그 장지수란 놈
그 성옥순이란 놈
그 성옥순 딸년 찢어죽일 년

1951년 여름 경북 칠곡 논둑길
오래 앓고 있는 송금석이
가까스로 자리에서 일어나
미운 사람 하나하나 입에 달았다
조경욱이 너
김만제 너
이세교 너

이세춘이 너
내가
네놈들 죽이고 죽을 끼다
내가 그냥 죽을 줄 아나?

다음날 그냥 죽었다

지난날 물싸움 땅싸움 하던 마을의 미움 끝났다
오호라
세상은 지금 한창 미움의 시절
덩달아
너도
나도 미움의 사람이었다

어떤 대동청년단

무서웠다
그들 일당이 나타나면
마을 하나
쑥대밭

닭을 잡아갔다
돼지도 잡아갔다

쌀독도 퍼내었다

빨갱이를 잡는다면
모든 무법이 법이었다
처녀도
무엇도 모가지 비틀어 겁탈했다

면사무소 사무도 좌우했다
면장은 허수아비
대동청년단과
지서 순경이
모든 것을 좌지우지

북한 출신 서북청년단은
주로 사람을 죽이고
남한 출신 대동청년단은

주로 약탈을 한다
이런 반공으로 한 정권이 터잡아갔다

아 그들 후손의 시대 어서 오라

배꼽 깊은 사람

배꼽 깊으면 복록이 따른다 하였다 최한기가 말했다
배꼽 깊어 은행 한 알
오얏 한 알
들어갈 만하면
큰 이름 떨친다 하였다

배꼽에 뜸 뜨면 자식이 생긴다 하였다 진작 허준이 말하였다

이어사나 이어사나
요내 노야 부러진들
요내 손목이야 부러질쏘냐
요내 배꼽을 준들
요내 노야 놓을쏘냐 남해 처녀사공이 노래하였다

1951년 1월 함경남도 흥남부두
피난민들 LST 타려고 몰려들 때
거기 깔려죽은 시체
배때기 드러난 시체
처녀의 배꼽 깊고 깊어라

무슨 복록인가
무슨 명예인가
무슨 정조인가
이 무슨 억울하디억울한 저승 축복이란 말인가

1·4후퇴의 아기

1950년 12월 24일
이승만은 마지못해 서울 시민에게 소개령을 내렸다
중공군 인해전술이
다시 서울을 위협했다

미8군 사령관 리지웨이는
한강 이남으로 후퇴명령을 내렸다

1951년 1월 3일
새해는 무슨 새해 포부
정부는 부랴부랴 개코로 떠났다
서울 시민 30만
얼어붙은 한강 위를 건너
남으로
남으로 또다시 떠나야 했다

서울 종로구 와룡동
선일인쇄소 막내로 태어난
갓난아기
아직 호적에도 오르지 않은 아기
이름도 짓지 않아
아가
아가
쌀벌레야 쌀벌레야

하고 부르는 아기

엄마 등에 업혀
한강 빙판길 건너갔다

그렇게 인생의 처음을 시작했다
천만다행 수원에서 화물차를 탔다 응애응애 울다 말았다

젖먹이 신이

중국 상해 불란서 조계
숭산로 감옥 부근의 공동묘지
한 여인의 소나무관이 묻혔다
김구의 아내 조붓이 묻혔다

어린아이 인이와
젖먹이 신이를 두고 묻혔다

젖먹이는 소젖을 구해다 먹였지만
잘 때는
어머니 대신
할머니의 빈 젖 빨다가 잤다

한두 해 뒤
말을 배울 때
할머니는 알아도
엄마
어머니는 몰랐다

아버지는 임시정부 촛불 바람 막는 홀아비였다

이규완 자손

6척 장신 체중 19관 거한
신발 한 켤레
30년 동안
수선하고
수선하여 신었다 이규완 나리의 오랜 신발 만세

함경도 관찰사로 부임해서도
밥상 기다리는 동안
짚신 삼고
그물 얽었다
뒷간 볼일 볼 때도
헌 창호지 노끈을 꼬거나
끙끙 뒤보며
어망 짰다

망건도 구멍났다
집에서 입는 옷은
누더기
집에서 신는 짚신도
해진 한쪽만
새 신으로 바꿔 신었다

아들 장가들어
새 며늘아기 맞았다

새아기더러
'너는 어떻게 뒤를 보느냐?'고 물었다
며느리
얼굴 붉어져 아무 대답도 못했다
'아가
뒤를 볼 때도 시간 헛되이 하지 말고
실꾸리 들고 가 감든지
또 무슨 일거리를 가지고 가서
뒤보아라'라고 타일렀다

아차 시집 잘 온 것인가 잘못 온 것인가
눈앞이 어둑어둑했다

6·25 때
그 이규완 나리의 증손자 하나
원산에서 부산까지
그 천릿길 걸어서 내려왔다
부산 범일동 판잣집도 호화주택 버금
헌 양복 한 벌로
부자가 번갈아 입고
볼일 보러 바깥출입을 했다
증손자 이철수 씨는 목청이 굵고
고손자 이병권이는 목청이 괜히 높았다

나 김우남

고조할아버지 탓이다
증조할아버지 탓이다
할아버지 탓이다

아버지 탓이다

내가 이렇게 지지리 못난 것
내가 이렇게 지지리 가난한 것

나에게
아버지의 유산 만평만 있다면
왜
내가 이런 변방 가게 앞에 얼쩡거리겠는가

내가
고조할아버지의 평양감사 고손자였다면
왜
내가 공술 석잔에 헤픈 웃음이겠는가

나에게 자랑할 것 없는
할아버지
아버지에게도
의존의 세월은 길었다

전란 속에서
함께 가던 사람이
유탄에 맞아 죽었을 때
그 사람 옆에 있던
김우남 씨

비로소 그는 그 자신이었다
할아버지가 아니고
아버지가 아니었다
굳이 할아버지의 손자가 아니고
아버지의 아들이 아니고
그 자신이었다

그때부터 따라지 신세 김우남 씨는
조상 원망하지 않았다
그 자신의 운명을 살기 시작했다

피난도시 국제시장에서 군밤장수였다가
구두닦이가 되었다
하루에 구두 2백 켤레 닦기도 했다 팔뚝 굵었다
히트송 「슈샤인보이」가 전파상회에서 울려퍼졌다

그 할머니

전남 여수 진남관 아래 그 집
수동이 할머니께서는
어린 손자 수동이 뱃속에
회충 몇마리 있는지도 다 아십니다

우리 손자하고 있으면
오동도 동백꽃도 보이지
아니 아니 바다 건너
거문도 동백꽃도 다 보이지 암

피난민 아이 영우는
그런 수동이가 한없이 부러웠다

아 나에게도 천안통(天眼通) 도통한 할머니가 있었으면 얼마나 좋을까

통영 쪽으로 가는 뱃고동소리가 들린다
아니 통영에서 오는 뱃고동소린가?

간첩 시절

나그네 잠자리 내주지 않으면
가문의 수치였다
나그네 밥상 차리는데
찬밥 차리면
몇대 가문의 수치였다

60년 전까지만 해도
50년 전까지만 해도
나라 빼앗긴 시절에도
전쟁중에도
옛 인심의 흔적 아직 그대로

지팡이 하나
갈아입을 옷 여벌 가지고 떠난 길
먹는 일
자는 일은
가는 데마다 그 마을이 따뜻이 베풀었다
사흘 머물러
병들면 약까지 달여주었다

옛날 네덜란드 표류선 생존자 하멜 일행 그 녀석들도
제주도와 전라도 거쳐
서울에 호송되어오는 동안
이 세상 어느 나라 기독교 신자들로부터

받은 대우보다
더 따뜻한 대우를 받았다
인간이
인간을 만나는 대우였다
지친 걸음걸음
조선의 백성들 인심 순후함이
어찌 다른 나라와 견주어지랴 하고 감탄해 마지않았다

몇백년 뒤
이런 손님 대접이
전쟁 이후 사라져버렸다

아니 손님 박대뿐이 아니라
손님을 고발하기 시작했다

수상한 자 간첩이다
떠도는 자 간첩이다
이른 아침 바닷가 배회하는 자
아무나 보고
실실 웃는 자 다 간첩이다
신고하라
신고하여 팔자 고치는 보상금 타라

이제 이 나라 산야에 나그네가 없어졌다

김선기

대구 10월사태 뒤
대구 일대에는
칠곡 일대에는 시체가 뒤엉켜 썩고 있었다
산 자도
누구나 공포 속

도망가
여기저기 숨은 자도 하나둘이 아니더라
숨어 있다가
잡힌 자도 하나둘이 아니더라
거리는 플라타너스 잎사귀
바람에 구을러가며 먼지떼 곤추서더라

도망 안 간 사나이
서울에 스며들어
잠은
한강 인도교 밑에서 멍들어 자고
아침밥은
옛 친구의 집 찾아가
친구의 밥 나눠먹었다

그런 중에도
어릴 때
마을 어른들한테 배운 시조

시조를 읊었다 목젖이 사뭇 떨렸다

청사안리 벽계수우야 수이 감을 자랑 마라……

대학시절 독립운동 뛰어들어
감옥 세 번
몇백석 가산도 날려버렸다
해방 뒤 좌익에 앞장섰다가
다시 수배자 신분

다 망가져
동촌 변두리로 밀려난 집안
그 녹슨 양철집 지붕 밑
너무 오래 산 할머니는 설미치시어
선기 온다
선기 온다
늦가을 나무 잎새 지는 소리 들어도
선기
선기 온다…… 하다가
선기 온다!
하고 말하고 세상 떠나시더라

돼지고기 세 근

1926년
쫓기는 신세에다
굶는 신세
장강 기슭 떠도는 임시정부

임시정부 국무령 김구는
진작부터 생일 따위는 없애버렸습니다
나라 찾는다는 자들이
어찌 제 생일상이나 받아먹겠는가
그렇게 자신을 다그쳤습니다

그런데 그의 생일을 알아낸 나석주가
제 옷을 저당잡혀
돼지고기 세 근을 사왔습니다
모두 눈이 번쩍 뜨였습니다

그 고기로 오랜만에
아침밥상의 궁상을 면했습니다

백범 꾸짖기를
아니됩니다
아니됩니다
독립운동에 생일은 없습니다

나석주는 곧 폭탄 던져
왜놈의 간담을 녹게 하였습니다
몸을 바쳤습니다
영영 생일 없는 사람이 되었습니다

보안사 사병 정우신

1970년대 중반 한국은 흑암시대였다
제1차 오일쇼크 지나
박정희 유신시대
박정희 독재시대였다
검은 차에 실려가면 끝장
공포의 두 축
중앙정보부 보안사령부
거기에 끌려가면 끝장

중앙정보부는 민간 전체
때로는 군 전체 감시한다
보안사령부는 군 전체
때로는 민간 전체 감시한다

보안사령부는
날마다 군 장성 동태를
사령관을 경유하지 않고
국방부장관을 경유하지 않고
바로 담당부서 사병이
청와대로 실려가 보고한다

제1군 사령관 아무개는
어젯밤 원주시 학동 소재 요정 '미란'에서
원주시 소재

융창기업 대표 아무개와 함께
술을 마신 뒤
요정 별관 침실에서
요정 접대부 임옥희와 동침하였음
수도경비사 참모 박아무개 대령은
서울 용산구 서부이촌동 소재
쌀롱 '쏘나타'에서 양주 두 병을 마시고 귀가하였음 등등

보고 사병 정우신 하사
청와대 가서
대통령 앞에 설 때
대통령 얼굴 볼 수 없었다
대통령 배꼽 위로
시선을 올려서는 안된다
하반신만 보고 보고해야 한다

지난 2년 동안
날마다
대통령 외유와
지방시찰 이외에는 날마다
청와대에 갔으나
대통령 얼굴을 본 적이 없다
하반신 향해서 보고하고 '충성!'을 외치고 물러났다

제주도 중산간마을

1948년 4·3사태가 지나갔다
아직
공포는 남았다
살육도 남았다
적의와 원한 깊은 골짝에 그냥 잠겼다

제주도 인구 3분의 1이 없어졌다
한라산은 구름 속에 있고
저녁 파도는 늘 높았다

한라산 중산간 일대
수북리
갈고개
굴말
인당리 등 일곱 마을

그 마을들
할멈이나 헌 아낙들만 살아남았다
처녀란 처녀 다 없어졌다
서북청년단이 다 망가뜨렸다
남은 아낙들에게
사내 씨가 말랐다

아낙들 의논이 퍼져갔다

그 의논만이 새로운 삶
20리 저쪽 오름 넘어
한 젊은이 살아 있다는 것을 알았다
나이 31세
장가 못 간 벙어리

그 벙어리 불러다가
씨를 받았다
대낮에도
밤에도
이 마을 아낙 다섯
저 마을 아낙 넷
또 저 마을 아낙 둘

이렇게 날마다
날마다
하루 걸러
밤마다 씨를 받아
아낙들 아이 뺐다

그래서 죽은 남편 성씨의 자식을 낳았다
벙어리는 폭삭 늙어
나무지팡이 짚고 먼 수평선 눈감고 바라보았다

옹기장수 맹길이

조선 광해군 시절
단발령 밑 옹기장수 맹길이

옹기짐 진 지게 받쳐놓고
휘파람을 불어댔습니다
저 멀리 금강산이 귀기울여 듣고 있었습니다

네 다리 이불 밖으로 나온 것 보고
더덩실
더덩실
내 아내
남의 사내
네 다리 보고
칼을 뽑아드는 대신
더덩실
춤추는 처용의 노래 곡조였습니다

산천초목은 연초록에서 진초록으로 건너가고 있었습니다

제법 나이 들어도
상투 올릴 줄 몰라
애시당초 긴 댕기머리 그대로였습니다
퀴퀴 머리냄새 썩은 냄새였습니다

휘파람 불다가 어쩌다가
지친 등짐 몸이라
스르르 잠들어 휘파람이 사라졌습니다
저 멀리 금강산도 귀를 되닫았습니다
꿈속에는 없는 복이 있었습니다

지친 잠
꿈속에서 그가 고을 제일의 부자가 되었습니다
60칸 큰 집
누마루에 서서 하도 좋아
혼자 춤추었습니다

그런데 그 꿈속 춤바람에
꿈 밖의 지겟다리를 걷어차
옹기란 옹기 다 깨어졌습니다

잠 깨어 맹길이 놀라자빠졌습니다
옹기란 옹기는 다 조각나버렸습니다
혼자 중얼거리기를
한번 큰부자가 되면
반드시 빈털터리가 되는 법이로세

다시 처용노래 곡조 휘파람 불었습니다
빈 지게는 가벼웠습니다

어떤 한약방

제주도 서귀포는
남중국해 가을 흑조(黑潮) 짙푸른 바다로
늘 물먹은 듯
숨찹니다

파도들 쉴 줄 모르고
숨찹니다

파도는 한순간도 죽지 않습니다
파도쳐야
파도쳐야
다른 파도들과 함께 죽지 않습니다

제주도 서귀포에는
서귀포 솔동산 저 아래에는
서시한약방이 있습니다
서시란
옛날 옛적 진시황이
불사약 구해오라던
서시 일행
그 사람의 이름을 딴 한약방입니다

1948년
제주도 4·3사태 때

한라산 남쪽 기슭 산속에는
바닷가 마을
위미리
서귀리
중문리 등지에서
안덕 등지에서
산방산 등지에서
올라온 사람들이 있었습니다

4·3 주동자 이덕구가 싸움을 지휘하였습니다
여기저기
산사나이들
군대와 경찰에게 이기다 밀리다 하였습니다

산사나이의 한 사람
현병수도
경찰과의 전투에서 중상이었습니다
한밤중
비 퍼붓는 중
그는 서귀포 윗마을
그의 집에 스며들었습니다
어디서 죽으나 마찬가지였습니다
피를 너무 흘렸습니다
다리 하나가 썩어가기 시작하였습니다

집에 왔으나
어디에 병원 있고 약국이 있겠는가
세상은 온통 싸움판
적 아니면
아군
아군 아니면
적뿐이었습니다

어린 아우 현병구
일흔 노구 어머니로부터
약초 하나하나 알게 되었습니다

다음날부터 그 아우
어머니의 가르침대로
풀섶에서
약초들을 캐왔습니다
그 약초들을 찧어서
형의 상처 부위에 붙였습니다

오늘도
내일도
또 내일도
그렇게 시작한 약초 캐기였습니다

전투 끝난 남쪽 기슭
온갖 풀들을 다 알게 되었습니다

형 병수는 차츰 나아갔습니다
벽장에 숨어 나아갔습니다

이덕구가 생포되었습니다

죽은 자는 죽어 무덤도 없이 묻혔습니다
산 자들은
생포되어
처형되거나
고문 끝에 감옥으로 갔습니다
쥐도 새도 모르게
살아 일본으로 도망간 자도
숨은 자도 있었습니다

현병수는 2년 더 살고 죽었습니다
아우 병구는
어느새 약초에 통달한 한약방 주인이 되었습니다

서시한약방
서시한의원은 그렇게 시작되었습니다

그러나 현병구 원장은 아들에게 가업을 잇지 말게 하였습니다
두 아들은 각각
국민학교 교사이고
밀항으로 건너가
일본 오오사까 이끼노꾸에서 부자 철물상입니다

정순산

아기 낳을 때
거의 난산이었다

잠방이 바람의 남편이
산모 배를 넘어가면
아기가 순산한다 하였다

남편이 떠돌이 목수로 집을 비웠는지라
대신으로
마을 총각이
산모 배를 넘었다

아기가 잘 나왔다 아기 이름 정순산이었다

돌아온 아버지 목수 정일만이 자화자찬
허어
허어
우리 동네 인물 났네
정일만이 새끼 내 새끼 개천에서 용 났네

소위 학도병

중학교 4학년 또는 5학년짜리들
북쪽 인민군 내려올 때
무더기로 불려가
입대한 젊은이들

중학교 4학년 또는 5학년

고등학교 1학년짜리들
1·4후퇴
북이 내려올 때
마구 불려가
입대한 젊은이들

10대 후반 젊은이들
그 풋오얏들
그 풋능금들
그 풋대추들

포항전투에서 죽어갔다
중부전선에서 죽었다

대한민국 수복의 땅 전투가 끝나는 곳 모두 무덤이었다

망우리 묘지

공동묘지도 전쟁은 가만두지 않았다

망우리 공동묘지는
서울의 저승
1950년 9월 30일
그곳조차
싸움터였다

6천개의 무덤들은 엎드려 있고
유엔군과
인민군은
무덤 사이
총탄 빗발치다가
서로 달겨들어
총검으로 찔렀다

전사자의 시체가
무덤 사이
여기저기 널브러졌다
흑인병사
백인병사의 시체
국군의 시체
인민군의 시체
벌초하지 않은 풀 깔고 나뒹굴었다

사투 1시간 15분
쌍방 시체 73구
이상

망우리 공동묘지는 다시 묘지로 돌아갔다

칠석 장군

신장 7척
그가 일어서면
앞산이 일어선다 하였다

1388년
삼도 바닷가 왜구가 끓었다
앞산이 여기저기 달려가 물리쳤다

1389년
박위 원수 수군으로
대마도 정벌에 나섰다
그도 뒤따라가
대마도인 3백명을 잡아왔다

이 공으로
공양왕한테 칠석이라는 이름을 받았다
그가 바다에 떠 있는 사이
고려가 가고
조선이 왔다

조선 태조의 명을 받아
경기도 수군절제사로 부임했다 곧 죽었다

그는 고려인이지

조선인이 아니었다
한 죽음이
그 경계를 깨달았다

관은 배에 실려
경기만 연평도 바다 한바퀴 돌고 뭍에 올랐다

1950년 9월 27일

서울은 북의 인민공화국 3개월 동안
적의 도시였다
미 공군의 폭격이
연일 계속되었다
폐허가 되어갔다
폐허의 벽돌조각 틈에서
풀이 자랐다

국군이
그 서울을 탈환했다 새벽이었다
중앙청 국기게양대에
인공기가 내려지고
해병대 1연대 병사들이
태극기를 올려 네모 세모 펄럭였다

서울은 전시 계엄령 지역이었다
오후 일곱시부터
다음날 다섯시까지
통행금지 시간
들쥐들의 시간이었다

폐허의 여기저기는
검문소였다
돌아온 경찰은

여름 3개월의 부역자를 잡아들였다
열살 미만 어린이들도 잡아들였다

중구 주자동 국숫집 아이
일찍부터
모진 세상을 알았다
때리는 자와
맞는 자의 세상을
그런 공포 속에서도
도둑이 있는 세상을
절도
강도도 잡혀와
몽둥이로 맞는 세상을 일찍부터 알아야 했다

절도가 부러웠다 강도가 부러웠다

김윤근

해방 뒤
이승만의 돈암장에 찾아갔다
이승만의 행동대장이 되고 싶어
큰절을 열 번이나 드렸다

기특하군
그래
날 위해 잘해보라우

주먹 김윤근은 드디어 이승만의 신하이고 부하였다
지하실에 구금된
친일파 김성도도
운현궁 한독당 당본부 쳐들어가 빼내온 주먹이었다
차츰
차츰
이승만 막부의 신임이 두터웠다

1950년 겨울
그가 국민방위군 사령관이 되었다
징병 적령자말고
서른살
마흔살 남자도
마구잡이 강제소집
충청도에서도

전라도에서도
소백산맥 너머에서도 끌려왔다

일주일 넘도록 굶었다
한밤중 거적 깔고 누웠다
소집된 자들
서로 원수가 되어
입은 옷 빼앗았다
신발 빼앗았다

김윤근 사령관은
제2국민병 방위군 예산 몽땅 삼켰다
오직 각하의 사랑이면 된다
밤마다 요정에서 마구 뿌렸다
오직 각하에의 충성이면 된다

탕! 왕주먹으로 상바닥을 치면 된다

인민군

1950년 여름
삼팔선 이남
남쪽에 와 있는 인민군

비행장 야간작업 감독하는 인민군

미군기 무서워
담배 피우지 않는 인민군
담뱃불이 5킬로미터 저쪽까지 보입네다

16세
17세였다

제 키만한 따발총 메고 있었다

두메산골에서 막 소집된 인민군
순박하다
부끄러움 많다

이런 소년들 그 엄청난 전쟁에 몇 삼태기씩 쏟아부어 없앴다

추교명

가을 추(秋)자 성은 아름답다
가을 추자 성은 슬프다
슬픈 단풍
슬픈 낙엽
슬픈 이별이 서려 있다 가을 사내 슬프다

장차
남과 북 오고 가며
전쟁 종식의 막후 활동가에게
가을 추자 성의 친구가 있어야 했다

1·4후퇴가 시작되었다

박진목과
추교명은
성북동에서 만났다

서로 헤어져야 했다
추교명이
쓰고 있던 중절모자를 벗어주었다
이태리제 고급모자
급할 때
팔아서 돈을 쓸 수 있다 하였다
그는 대머리였다

박진목이 사양한다
모자는
자네에게 필요하니
이것은 받을 수 없다 사양한다

아니오
집에 헌 모자 하나가 있소
하고 다시 벗어주었다

그렇게 헤어져
헌 모자는 남으로 가고
이태리제는 서울에 남아 있었다
담요 외투에
한복 핫바지 솜저고리
낡은 운동화 차림으로도
부자였다

모든 시민들은 다 상거지였다
북의 이승엽 만나
전쟁을 끝내자는 호소 앞두고
박진목은 상거지의 하나로 남아 있었다

최익환

다 떠나는데
다 황급히 떠나는데
1·4후퇴
다 남으로 남으로 피난길 떠나는데
떠나지 않은 사람

이 거대한 재앙
이 전쟁을
좌와 우
남과 북
동포가 서로 죽이는
이 전쟁을
어떻게든
두 손으로 막아보자고
떠나지 않은 사람

무질서
무법천지
도적들
빈집 터는 자
피난민 보따리 노리는 자
또 부역자 체포조 가운데
아무나 위협해서
잡아넣는다고

금품 갈취하는 자
아비규환
온갖 범죄

이 혼돈 뒤
1950년 12월말
서울은 텅 비었다 다 떠났다

다 떠나는데
떠나지 않은 사람
최익환

어떻게든
이 살벌한 죽음의 놀이 멈춰야 한다고
떠나지 않은 사람
최익환

오고 있는
북의 군대 만나
전쟁 종식 이끌어내려고
오고 있는
북의 고위층 만나
종전 설득하려고
서울 성북동 납작집

방 한칸에 머물러 떠나지 않았다
아니
피난지 부산은커녕
그의 고향 홍성으로도 떠나지 않았다

일찍이
손병희의 동학에 가담
민족에 눈떴고
의친왕과 함께
상해로 가려던 사람
감옥살이 뒤
대동단 이끌었던 사람
해방 뒤
민주의원이던 사람

후퇴 이후
북의 고위층 만나
종전 담판에 목숨 건 사람
굶주리며
추위에 떨며
늑막염 앓으며
떠나지 않았다

다시 수복

1950년 6월
서울은 적에게 함락되었다
1950년 9월
서울은 아군이 탈환하였다
1951년 1월
서울은 다시 적에게 함락되었다
1951년 3월
서울은 다시 아군이 탈환하였다

겨울밤
전신주 잘라 화톳불
초가집 불질러 불 쬐었다

동생 이상운
해방 전 옥바라지
해방 후 옥바라지 맡았던
형 이상호
이런 서울에서 살아남았다
살아남았다
1951년 4월
남산 벚꽃 피었을 때 눈감았다

식민지시대의 영문학도 이상운
항일운동 감옥

좌익운동 감옥 있다가
행방불명이었다

형 이상호 혼자 죽었다
콧날 길다
눈썹 진하다
그 눈썹 아래
눈뜨고 죽었다

이제 더이상의 함락도 없이
탈환도 없이
거대한 폐허에서
독재가 사나워졌다

못 살겠다 갈아보자고 야당이 외쳤으나
분단독재는 자고 나면 더 사나워졌다

나물도 이장 오영감

남쪽 다도해
섬들의 밤
불빛 없는 섬들은 사람 없는 섬
불빛 하나둘이면
사람이 사는 섬
그 불빛들 곧 꺼져
파도소리의 밤은 그렇게 캄캄하고 크다

나물도
진작부터
아이들도
젊은이들도 없다

노인네 25세대가 밤을 새운다
해소병 진한 기침소리가
파도소리에 박힌다
적막함에
묵은 정 깊다

이장 오태식 영감은 78세
이장 마누라 김입분은 81세
하루에 말 서너 마디
바닷바람 속
얼굴 주름살 대소 2백여개

이웃집 김홍관 영감이 놀러 왔다
77세였다

나물도 한 마을에서
한 바다에서
70년 이상 함께 살았다
여수가 어딘지
통영이 어딘지도 몰랐다

온통 육지가 전란중인데
나물도는
어제와
내일 사이 파도소리뿐
적막함에
묵은 정 올데갈데 모르고 깊디깊다

나물도 옆 무인도

나물도 옆
무인도가 둘

그중의 한 섬은 동백나무숲 아늑한 쪽과
온통 바위너설 황량한 쪽으로 비탈져 있다

괭이갈매기 모여든다
보금자리 모자라
서로 다투어
힘센 놈이 자리를 차지한다

거기에 짝지어 알을 낳는다

몇만 마리 갈매기한테
독수리가 오고
매가 건너오면 위험하다
어른 갈매기는
새끼 갈매기를 정신차리라고 마구 쪼아댄다

제 새끼 갈매기에게
다른 놈이 달겨들면 쪼아 죽인다
그 무인도
그 갈매기섬에
나물도 늙은 홀아비 오태식 영감이 건너갔다

밧줄 던져
벼랑을 탔다

간밤 꿈꾼 대로
섬 마루턱 넘어 동남쪽으로 내려갔다

아 거기 숨겨진 옹달샘 있다
물 마셔보았다
물 다디달았다

세상에! 이 샘을 이제까지 모르고 있었다니
오태식 영감
이 섬 첫번째 주인이었다
나물도 앞섬이라는 이름 대신
태식도라 지었다

태식도 동백꽃 가슴 두근거렸다 마누라만 하나 얻어오면 된다

장사꾼 오세도

살짝곰보 오세도
점포 없이
사무실 없이
5척 단구 몸 하나로
거간질 이문 챙겨 쌓이고 쌓였으니
얼마나 부자인지 아무도 몰라
철원 제일 알부자 속부자라 한다
포천
연천 제일 부자라 한다
그러나 얼마나 부자인지 몰라

전쟁 3년
중부전선 일진일퇴 거듭
한 고지 빼앗기고 빼앗기를
아흔아홉 번인 싸움터 넘어
북에 가서 물건 팔고
남에 와서 물건 팔아 이문 챙기니

어허 전쟁보다 더 무서운 것
오세도의 장사솜씨라

때로는 군수물자도 거래하니
북의 이상조와도 통하고
남의 정일권하고 통하니

때로는 군사정보도 거래
때로는 미8군과도 거래
아무도 그의 신분 모른다

목소리 높아
열여섯 소녀 같은 목젖 짖어
냄새 잘 맡아
십리 밖 콩나물국 냄새도 알까 지린내도 알까

지뢰 폭발로
그가 탄 지프가 파괴되었다
중상
제858부대 야전병원에 실려갔다
허리띠 속 미화 12만불 촘촘히 끼여 있었다

늙은 농부

서부전선
개성 가까이
지난날
광산 갑부 최창학 별장
장차 정전회담 첫 장소가 될 내봉장 단층집

그 일대
얼마나 밀고 밀린 격전지인가

저 멀리
태풍 뒤
갠 하늘 아래 태봉산 있고
그 아래
태봉벌 들 가운데
내일모레 휴전선이 그어진단다
그것도 모르고
허수아비 하나
오늘도 새보고 있다

어제 최광주 할아버지 기어이 남으로 갔다
아들 형제
하나는 죽었고
하나는 국군 하사
어디 있는지

어디에 살아 있는지

총성 포성 직후 새들의 눈에도 거기 온 평화의 풍경 아픔의 풍경일 것

장봉도

서해 갈매기 무정한 줄 누가 모르랴
영종도 삼목나루
뱃길 한나절
아직도 장봉도는 멀기만 하다

차라리 어둠이고저
날 저물어라
날 저물어라

두 나졸 호송으로
섬에 올라
어둑개펄
조개껍데기 밟다

귀양살이 첫날 한가닥 후회 남은 것 없다
술 한잔 없다

고려 광종 7년
연주성주 막하의 부장 이내청
노모도
아내도 자식도 다 죽은 연주성 떠나
여기 왔다

영호

황해도 곡산 출신 삼팔따라지였다 영검 받아
끝내 정신이상
밤마다
그는 전투경찰로 산청 쪽으로 올라갔다
밤마다
빨치산으로 산에서 내려왔다

으악 소리치고 나면
제정신이 돌아온다 사지를 오그려 태아로 돌아간다

4대독자 영호가
밤마다
50년대 지리산전투 시대로 돌아간다
환각
환청 몇해째

끝내 신내려
옆사람 장래를 틀림없이 알아맞혔다
덜덜덜 몸 떨며
당신 형이 모레 죽겠어! 어서 가봐! 어서 가봐!

영호 누나

오늘도 개인 날 기억 속에 누나가 온다
오늘도
그것밖에 남아 있지 않은 기억 속에서
누나가 오고 있다
마파람에 치마 부풀어

아홉살 영호 누나 영선이
여섯살 영호
단둘이 내려온 남한

누나는 죽고
영호는 전투경찰관이 되었다
지리산으로 갔다
싸웠다
싸우다가
머리 부상이었다

정신이상이었다

오직 하나의 기억이
가장 춥고 배고프고 뜨거운 현세였다
어떤 현세도
기억 속의 현세보다 희미했다

병원에서 도망쳤다
도둑 기차를 탔다
썰렁한 신탄리역 역전
그에게 두리번두리번 찾는 사람이 있다
누나
죽은 누나 영선이를 찾고 있다

준모 고모의 마지막 밤

석유등잔불이 세월의 어둠을 빛내고 있다
식민지시대
석유 한 방울은 피 한 방울이라고
할아버지가 말하였다

밤에 책 읽고 싶어도
어서
불 끄고 자거라
하고 어머니가 말하였다

해방 후에도
석유 한 방울이 피 한 방울이라고
누가 말하였다

밤이면
지친 몸들 바로 누워버렸다
그래서
어느 집이나 아이가 연년생으로 태어났다

전선에서는 전투가 한창이고
후방의 궁핍 속에서
어둠은 길었다

준모 고모는 내일 시집간다

그녀 방에만
불이 환히 켜져 있다
아무도 불 끄고 자라고 말하지 않았다
고모는
혼자 울고 있다
혼자 우는 그림자가
벽에 그려져 있다

다음날 준모는
새 고모부가 미웠다
연지곤지 찍은
고모가 불쌍했다 가마 속을 들여다보고 외쳤다

고모 가지 마!
고모 가지 마!

어떤 거지

식민지 후기
대구에는 대동청년단 사건의 주동자
이동하(李東廈)가 경영하는
하해(河海)여관이 있다

경북 유림단 사건으로 감옥에 갔다 온
이봉로(李鳳魯)가 경영하는
이화(李華)여관이 있다

또 하나 항일운동가
윤홍렬(尹洪列)과 황옥(黃鈺)이 묵고 있는
본정(本正)여관이 있다
애국자 뒷바라지 황봉이(黃鳳伊) 여인이 경영한다

고등계 형사 감시를 받는다
자주 그 여관에
예비검속 나와
붙잡혀가면
일주일도
10여일도 갇혔다 온다

그런 여관거리
거지 행색의 사람
몇번씩 오락가락한다

애국자 이상훈(李相薰)

저게 누구야
저 거지 누구야
물으면
바로 저분이
독립운동가 이상훈 선생이시다!

사람들은 그 거지가
대구거리를 걸어다니는 것만으로도
독립운동을 한다고 말한다

세 여관에는
이상훈
신재운
김찬기
허영 들이 자주 묵었다
하루 1원 정도의 숙식비 밀리기도 한다

경찰서 감방 10호

경찰서 감방 예심 사상범 하나둘 병들어간다
낮에는 변소 구더기가 기어나온다
저기압이든
고기압이든 상관없이 기어나온다
밤에는 빈대와 함께 있다

동경고등사범 출신 이성영

처음 들어왔을 때는
관식 먹지 않았다
그러자 옆에 있던 잡범이
얼른 갖다먹었다

사흘 뒤부터
하루 세끼 관식 먹었다
몇차례
잡범에게 빼앗겼다
배가 고팠다

먹으면
바로 꺼지는 배고픔이 길었다
감방 안은
늘 먹는 이야기였다
서로 이것이 맛있더라

272

저것이 맛있더라
주장하다가
멱살잡이 싸움도 일어났다

아프면 밥 먹지 못한다
슬프면 밥 먹었다
슬픔이 병보다 훨씬 좋았다

아 1년 이상
1942년 조선 경찰서 유치장 관식 먹고 나서야
밥을 알았다
하루 내내 밥 이야기로 모자란
밥을 알았다

지장암 단풍

설악산 내설악은 어머니 같다
금강산 내금강은
어머니 같다

내금강 장안사 위
지장암

그 암자에는 위풍당당한 스님

막 독일 뷔르츠부르크 철학박사 학위를 받고
돌아온 스님

보름달 중천에 떠
보름달 아우를 내려다본다

보름달 스님 백성욱

식민지 조선반도에 소문이 퍼져
일본에까지 퍼져

방학철이면
일본에서
조선 삼남에서
제주도에서 진지한 청년학도들 찾아왔다

고등계 형사도 늘 찾아왔다

어느 때는
옥색 치마저고리 다소곳이 선녀도 찾아왔다
청년들 그의 말 몇마디 듣고
돌아가는 길
단풍이 붉고 또 붉었다
단발령 넘어
거기 꿈결같이 식민지 속세였다

김춘보

저 봐라
헤엄도 칠 줄 아는 빈 병
물 위에
유유히 떠가는 것 봐라

뇌막염 앓은 뒤
고개 늘 삐뚜름하다
손도
제대로 놀리지 못하고
걸음도 뒤뚱거렸다

그래도 그 우둔한 손가락 애써
작은 벌레
기어가는 것
잡아먹고
배는 덜 고팠다

뒤뚱뒤뚱 강가에 나가
빈 병
떠가는 것 보며
마음 가득히 반가웠다 우둔한 팔 올려 흔들었다

전북 금산 5대 인삼밭 5대독자 김춘보

이극로

씨베리아 이르꾸즈끄에서
고려공산당 대회 뒤
몽골의 모래바람
초원 지나
중국 상해까지
걷고
또 걷고
걸어왔다 굶주리며 왔다

걸어와 상해 비밀회의에 참석했다 발바닥은 껌정 무감각이었다

잃은 나라에 이렇게 까마득한 사람이 있었다

이날치

한말 전라도 익산 심곡사 밑
이날치가 살았것다
가난으로
초가지붕 이엉 3년째 삭아
폭삭폭삭 꺼져 있건만
박넝쿨은 웬일로 힘껏 뻗어나
박꽃 여기저기
어둠속 뚫렸것다

이날치
뱃구레에 힘 모아
하도 입담 좋으니
그 입담에 원근의 사람들 모여들었것다

새소리도 오만 가지 그대로 냈것다

이른 아침 짹짹거리는 참새로부터
노고지리까지
박새
꾀꼴새
휘파람새
티티새
무슨 새
무슨 새

뻐꾹새

이날치 새소리에
새들도 화답으로 함께 울었것다

헌종
철종
고종 3대 임금들
이날치 입담과
그 녹수 같은 판소리 들으셨것다 상께서 흉내내셨것다

본디 판소리는
이런 입담꾼
안방 입담꾼
사랑방 입담꾼
거리 장바닥 입담꾼이 부르던 것이
어느덧 구중궁궐
상감마마께오서도 읊으셨으니

이날치의 두툼한 입술이 세상에 번져갔으니
가는 구름도 이따금 무슨 소리 끄르륵끄르륵 읊으셨으니
그것 하나로는 썩 괜찮은 세월이었것다

상해 현계옥

1941년 상해 공회당 누런 황포강 강물이 내다보였다
각국 합동예술제가 열렸다
중국
불란서
독일
영국
소련
일본

장내에는
각국의 국기가 걸렸다
밖에도
각국의 국기가 휘날렸다

오직 나라 잃은 조선만이
조선의 국기
태극기가 없었다

불란서 조계
독립운동가를 따라온
처녀 현계옥이 거기 있었다

예술제 끝날 무렵
순서에도 없이

갑자기 무대에 올라왔다
미처 진행자가 제지할 수 없었다

태극기를 꽂아놓고
가야금산조를 연주했다
유장했다
간절했다
자진모리 넋을 뺐다

장내가 물 깊이 가라앉았다
박수가 터져나왔다

중국사람 누군가가 울면서 말했다

소저(小姐)께서는
십만 대군의 조선독립군에 버금가는 일 하였소이다
소저야말로 그대 나라 독립을
세계 각국 사람에게 선포하였소이다 땅호아

남산 허백당

바늘 끝과 보리까락이 맞섰던가

남산에는 궁궐 10만 칸
다음으로
9만 9천9백99칸
어마어마한 집이 있다 하였다
온 나라
삼천리 방방곡곡
이 집 소문이 자자하였다

저 전라도 구례에서
경상도 상주에서
저 강원도 울진에서
이 소문 듣고
평생에 단 한번 구경하러 온 사람들

남산 기슭
한 칸 헛가리집에 이르렀으니
이것이
9만 9천9백99칸이란 말이었던가
하고
어이없이 주저앉았다가 슬슬 떠나갔다

과연 연산군 시절

홍귀달 판서가
단칸집
비바람 막을 수 있으면
그 집에서
9만 9천9백99칸의 큰 포부를
품을 수 있다 하였다
그 청빈과
그 포부가 퍼져나가
대궐 다음의 큰 집으로 소문난 것

집 이름은 허백당(虛白堂)이요
빈집이라
빈집
가진 것 없는 집

천년 부패의 땅에 이런 집 있다
천년 빈한의 땅에 이런
부자 더러 있다

얼씨구 좋을씨구 밤중에 설장구 너도 둥둥 뚝딱 9만 9천9백99칸으로
놀아보거라

나윤출

1·4후퇴 뒤
다시
서울은 인민공화국 국기가 휘날렸다
서울 용산구 인민위원장
나윤출은
몸집 우람
씨름선수였다

그는 반동분자 잡아들였으나 엄정한 조사 끝에 석방했다

용산구 반동분자 검거 1백65명 중
서울시 인민위원회로 이송한 자 9명뿐이었다

3월 15일 남쪽 국군이 서울에 돌아왔다
그는 소집한 의용군 80명 이끌고
의정부
동두천 거쳐
북으로 갔다
그의 부모와 아내는 가지 않았다
후암동 일본집 다다미방 벽에는
씨름판 사진이 걸려 있었다

이승태

17세에 체포되었다
지서 폭파계획에 가담했다
지서 건물 일부 파괴
도피중
체포되었다

고문 뒤
예심 유치장 1년이 지났다

미성년자 석방조치가 재가되었다
반성문에 담당형사가
나가면
대일본제국에 충성을 다하겠다고 쓰고
지장 찍으라 했다

나는 조선사람입니다
일본에 충성할 의무가 없습니다

나가면
내 조국에서 일본이 물러갈 때까지
민족해방을 위해 싸우겠습니다

또 소년은 말하였다

아버님은 나 때문에 앉은뱅이가 되셨습니다
나 찾아내라고
아버님께서 눈구덩이에 처박혀
고문을 당하셨습니다
그래서 동상 걸려
다리 하나 못 쓰게 되셨습니다

어찌 내가 일본에 충성을 다하겠습니까

이승태
소년은 청년이 되었다
해방 직후
건국준비위원회 청년부 차장

아름다운 청년이었다
여운형이 암살당하자
일주일 단식으로 애도했다 그리고 어디론가 사라졌다

사랑

나는 부모의 사랑보다
아비의 사랑보다
자식의 사랑보다
더 높은 사랑을 보았도다

1930년 가을
식민지 조국을 해방하기 위해
북만주를 떠돌던 젊은이의 시였다

이름 이익재
나이 27세
이런 시를 남기기엔
아직 이른 나이인지 몰라

그 사람이 전사하자
남만주 독립군 무현 황토산 기슭에 묻었다
나무비에
이 시도 새겼다

다시 세상은
부모의 사랑으로 돌아갔다
아내와 자식의 사랑으로 돌아갔다

모든 집들은 다른 집들과의 담이 높아갔다

노예 단천아

신라 후기부터 고려 초기
어떤 토호는 노비 3천이 넘었다
다른 토호들
노비 늘리기에 혈안
노비 몇이냐가 세력의 단위라

다른 토호의 노비 사들이기도 하고
속여
빼내기도

전투를 먼저 일으켜
포로를 노비로 늘리기도
민란을 일으켜
다른 고장 평민을 잡아다 노비로 채우기도

함흥 여진과의 전투
기세중 장수 휘하
여진 포로 90명 중
가장 힘센 사내 단천아(端川兒)

해서 토호와
호서 토호가 마구 차지하려고 다퉜다
차라리 아무도 차지하지 못하게
해서 토호의 아들 성진규가

독화살 날려 죽여버렸다

이 고려놈들 네놈들 자손 피칠갑 면치 못하리라

고려말로 외치고 뻗었다

퇴계 모친 박씨

이식(李埴)이 아내를 잃은 홀아비로
새 아내를 맞아들였다
계실(繼室)이다

시조부모
시부모
층층시하
전실 아들 둘 딸 하나 있었다

시집오자마자
숨쉴 겨를 없었다
숨쉴 겨를 없이
층층시하
살림에 파묻히는 동안
아들 다섯

막내아들 황(滉)을 낳은 몇달 뒤
지아비를 잃어
과부가 되고 말았다

시조부모 세상 떠났다
시아버지도 떠났다
시어머니 모시고
지아비 삼년상 치르었다

전실 아들
맏아들
다 장가보내어
제사 지내는 일 다 맡기고
안방 내주고
뒷방으로 옮겨앉아
누에 치고
밭농사에 하루가 저물어갔다

1470년 3월 18일 태어나
실컷 일하고
실컷 기르고
1537년 10월 15일 세상 마쳤다

막내에게 늘 타일렀다
글만 배우지 말고
몸가짐 삼가고
남보다
백배 애써야
과부 자식이라 손가락질받지 않는다고

그 어머니의 어린 막내가
장차 동양 근세 성리학의 으뜸이었으니

엄연하여라
천 길 벼랑
지척이어라

만
인
보

17

萬
人
譜

벽계정심

조선 태종에게는
수행도 자비도 내생도 필요없었다
칼이 있었다
오랜 불교를 폐지하였다 불교가 고려였다

태고 선종의 법맥 이어
제자 지엄에게 전한
방장 벽계정심(碧溪正心) 선사도 거든거든 쫓겨났다

쫓겨나
황악산 너머 물한리 두메
오두막 짓고 개잠 잤다
땔나무 팔아
하루에 한번 굴뚝에서 연기 날까 말까 하였다

제자가 몰래 찾아와 울고 갔다
하기사
그 나무꾼 선종이 국사(國師)의 선종보다 백번이나 옳은지도 몰라
낮달이
보름달보다 옳은지 몰라

벽계정심 곧 군티 없이 숨졌다

원혼

묵새길 슬픔도 소용없다

식민지의 밤
궂은비 그칠 줄 몰랐다
원혼들이
비를 맞고 우세두세 왔다 등불 달아 무엇하랴

해방의 밤
연사흘 외애밋들 바람 치며
저 산등성이
원혼들이 울부짖었다 마중 나가 무엇하랴

과부집 문풍지에도 넋이 붙었다

제주도의 밤
로울러작전으로
마구 학살당한
원혼들이
북촌 솔밭 떠나지 않았다 원혼조차도 이승 아니랴

젖먹이도
돌담에 숨었다 할아버지도 없다
제사 지낼 누구도
울어줄 딸도 없다

사변의 밤
몇백만의 원혼으로
아직껏
조국의 남과 북이
불러온 독한 세월
묻힌 뼈를 들썩여 잠들지 못한다

산 자들의 모든 아침과 대낮들마저
잠들지 못하는 밤의 나머지

모든 씻김굿 따위 오로지 산 자들의 것
빨갱이로 반동으로 죽은 자의 것이 아니라

그 노파

수많은 이야기를 가졌다
오막살이
썩은 지붕 노래기들 떨어졌다
낙숫물이 한식구였다

욕된 세월이 힘이었다
호열자도
잔병치레도 찾아오지 않았다
가난은
귀신들도 싫어했다 낮달이 식구였다

망국의 달밤 휘영청
일제시대
그리고 분단시대
물 한모금 넘기며
수많은 이야기를 잊어버렸다

돌아가시면
저희들이 제사 지내드리겠다고
건넛마을 언년이가 나물 캐다가 와서 말한 적이 있다
제사 필요없다고
오랜만에 웃었다

이빨 없으면

잇몸

잇몸의 웃음 그것이 다였다

공대순 영감

예니 염치니 인이니 성선설이니 다 허깨비
한번도 후회해본 일 없다
한번도 사과해본 일 없다 뻔뻔하고 완강하다

세 번 장가든
공대순 영감
아직도
쩌렁쩌렁 소리 힘차고
입술 붉고
눈썹 검다

병든 마누라 버려두고 혼자 나온 피난길

1·4후퇴
유리창도 없는 열차 타고
수원에서
대전 가는 밤

잠든 옆사람 안주머니 뒤져
금반지
금비녀 서너 개와
돈 2천원을 꺼냈다
큼
건기침 냈다

다음날
대전역에서 내려
우는 아이에게
꽈배기과자 한 봉지
사주었다

아이 어머니가
할아버지
고맙습니다
고맙습니다

공영감
큼큼
건기침 냈다

변계량

네살에 시를 달달 외웠다
여섯살에 시를 지었다
열네살에 진사시 급제
열다섯살에 생원시 급제

이색의 제자 변계량
고려가 가고 조선이 왔다

태조
정종
태종
세종 4대를 잘 먹고 잘살았다
살기를 탐내고
죽기를 피하는 사람이라고 누가 말했다

시조 몇수도 있다
밋밋하고 그저 바르기만 했다
바른 바가 무엇인고 마른 꽃 아니던고

스승도 독살되고 동료도 척살되는데
그는 아무 탈 없이
대대로 살았다 살다가 스르르 눈감았다

방바닥 파리의 다리 넷인가 여섯인가 열인가

주철규 소령

여학생들은 해군을 좋아한다
세일러복의 수평선
여학생들은 해군을 좋아한다
세일러복의 꿈

해군 주철규 소령
면도할 필요 없이 단정한 맨얼굴이었다
흐트러진 적 없는 걸음걸이
목포항 514함 함장
목포 세발낙지도
회도 먹지 않았다

술 취한 하사관이 물에 빠졌다
스스로 헤엄쳐 나오기까지
팔짱 끼고 있었다

목포 여학생들은
그가 독신인 것을 알았다
그가 지나갈 때는
모두 걸음을 멈추었다
그가 지나갈 때
목포 여학생들은 얼어붙었다

목포항에 대통령 부부 일행이 왔다

1950년 7월 1일
수원에서
대전
대전에서
대구
대구에서 다시 대전

이제부터 대전에서 이리
이리에서 목포였다

지방 공비가 알까보아
누구에게도 알리지 않은 도망이었다

7월 1일 새벽 세시
억수비 맞고 떠나
네시 이리역 도착했다
여덟 시간 기다렸다

겨우 3등 객차 두 칸짜리 탈 수 있었다

7월 2일 목포 도착
삶은 달걀과 과일과 빵을 구해다 먹었다
함장 주철규 소령의 거수경례가 너무 길었다
자네가 나를 잘 데려다주게

열아홉 시간 뱃길로 부산에 도착했다
비바람 쳤다
파도쳤다
대통령 부인은 멀미로 정신을 잃었다
대통령은 멀미가 없었다

경남지사 양성봉이 마중나왔다
자네 집에 신세를 져야겠네
그로부터 이승만은 부산의 대통령이었다
다 빼앗기고 있었다

한강도 금강도
낙동강 절반도 빼앗겼다

스무살 이래
미국 없으면 모든 것이 없다 미국만을 기다렸다

주철규 함장은 잔잔해진 바다로 돌아갔다
꿈속에서
연일 대통령을 보았다
동료 손소령의 누이를 선보았다 그의 바다는 섬들이 많았다

논

평택 들녘은 아이들 웃음소리가 있었다
처녀들 노랫소리가 있었다
그 환각 속

모심은 논들
아린 연둣빛
어린모들 있었다

이제 햇볕이다
물이다
세벌 김매면 벼가 익는다

대한민국 논이다가
조선인민공화국 논이다가
대한민국 논이다가
조선인민공화국 논이다가
다시 대한민국 논

미 공군 제트기가 지나간 뒤 들녘 고요하였다
슬퍼 마라
그대 자손 이 들녘으로 끊기지 않는다
불볕더위 벼가 익는다

논두렁에 집 나간 개와 개가 한참 뿔붙어 있다

파트너

비가 퍼부었다
북위 38도선 일대의 풀섶 실컷 젖어들었다
산 짐승들 버러지들
단단히 숨죽였다
조금 뒤 터질 전쟁의 예감
온몸에 찼다

비 퍼붓는 소리뿐
저 아래
다급한 물소리뿐

이윽고 어둠속 이학구 총좌의 진격명령이 떨어졌다

첫 포성 웅장하였다

서울 심야무도회 뒤의 국군장교 각자
농익은 파트너의 흰 알몸과 엉겨 널브러져 자고 있었다
1950년 여름
그 모독의 전쟁은 이렇게 시작되었다
신은 어디에도 없었다

임재열

임재열은 동네에서 통 말이 없었다
술 한모금 입에 대지 않았다
멍석을 잘 결었고
가는 새끼를 잘 꼬았다
누구를 똑바로 쳐다본 적 없다

저것이 어디 사내여
저것 바지 벗겨봐야 혀

그런 숫총각에게 소집영장이 나왔다

그때부터였다
전쟁은 사내의 눈에 생기를 불어넣었다
전쟁은 사내의 눈에 살기를 불어넣었다
돌변했다

전쟁은 사내들의 입에 욕을 가득 담아주었다
전북지방 씨벌을 씨팔로 바꿔놓았다
갈치가 칼치가 되었다

전쟁은 사내들의 시절을 만들었다
총 한방 쏘아보지 않아도
몇십명 쏴죽인 용사였다

제주도훈련소
논산훈련소로 가는 입대 장정들에게
떡 싸주는 어머니가 있어야 한다
떠나기 전날 밤
비로소 몸을 허락한 약혼자가 있어야 한다

이로부터 허공도 사내들의 집이다 마당이었다

3일 뒤 임재열은 입대한다
술 한모금 모르던 그가
날마다 술독에 빠졌다
한밤중 집에 돌아와 누이를 때렸다

이년아
이 오라비 죽으러 가니
얼마나 시원하냐 이년아 이년아

오빠
오빠
오빠 미쳤어 왜 이려

머슴 장도섭이

전쟁이 났다 한다
서울놈들
울며불며 도망치느라고 야단이라 한다
부자놈들 돈자루 메고 이리 갈까 저리 갈까 야단이라 한다

소 풀 뜯기러
버들방천에 나온 장도섭이
그런 전쟁 소식에 벌떡 고추 서서 힘이 났다

배도 고프지 않았다
힘껏
돌멩이 하나 공중에 던졌다

억울하고 또 억울한 신세
지겨운 신세
아무런 가망도 없는 신세
머슴 장도섭이
풀밭에 앉았다가 일어섰다 또 앉았다가 일어섰다
이제 내 세상 온다
풍덩 냇물에 들어가 가라앉은 냇물 잔뜩 휘저어놓았다

물속에서 고추가 뻣뻣했다

김금덕

대전 성남장 시절 만났다
부통령 함태영
국회의장
몇 장관 국장
편집국장
은행총재 등
서울 명사 3백여인이
이 방 저 방에 수용되었다

성남장 주인 김금덕 여사
이때 맞이하려고
우리 여관 객실 40실 도배했던가

벌써 인민군은
서울을 차지했고
수원이 내일모레 떨어질 판

대지 3천평 건평 백70평에
별의별 인사 다 들어찼다

백낙준 김석원 이범석 신익희
장기영 김유택 장경근 이선근
지청천 신태영 조병옥 최독견
신성모 등

밥상에는 으레 반주 주전자가 따랐다
하루에 쌀 다섯 가마
이시영은 밥과 국 열무김치와 된장찌개만 두고
나머지 반찬을
빈 소반에 남겼다

김석원 장군은
3백20명 의용군을 초모(招募)
예편이었다가
수도사단 단장 현역으로 되었다
충남 갑부 김갑순도 의용군 지원금 댄다고 나섰다

그런 중에
누군가가 대한민국 인사 1만명만 골라
일본으로 도망칠 배를 사자는 모의도 있었다

여관 주인 여장부 김금덕 여사가
그들의 모의에 들이닥쳐
꾸짖기를

당장 내 집에서 나가주시오
김일성이
대한민국을 망치는 게 아니라

312

당신들이 망치고 있는 줄 아시오

성남장 주인
배포 큰 아낙이더라
연민도 크고
분노도 큰 아낙이더라

이시영 옹 떠날 때 애틋하게 사모하기를
저런 어른 한번 모시고 살아보았으면……

서울 3일

최용건은 남반부 반동 다 즉결처치하자 했다
박헌영은
아니다
남반부 독립운동가
국회의원 정부 관계자들로 하여금
이승만 정권을 부정하는 선언을 시키고
국제적으로 활용한 뒤 결정하자 했다

김일성은 6월 29일 밤
서울에 왔다
서울 삼각지 우체국 건물 안
최고전략회의가 열렸다
박헌영의 제안을 받아들였다

서울 전쟁 3일간 인민군은 움직이지 않았다
북의 전략은
서울까지의 진격이었다

그뒤는 박헌영의 호언장담
남반부 전역
남로당 30만 지하동지들 봉기하여
무력 없이 해방되리라
허나 단 한 건의 봉기도 없다

6월 29일 밤
김일성은 남조선 인민봉기 기대할 수 없으니
삼팔선 원위치로 돌아가자 했다
그러나 남조선의 군 주력이 거덜났으니
쉽게 승리할 수 있다는 주장이 나왔다

드디어 한강도강작전 결정
소위 인민해방전쟁
남조선해방전쟁이 시작되었다

무적의 제105탱크사단이 앞섰다
그러나 오산지구부터
진격속도가 무디어졌다
전사자가 불어났다

서울 인민위원회 이승엽은 평양보다 서울이 좋았다
그러나 남로당의 시대 끝
조선로동당의 시대 시작
반동의 밤이 좋았다
미국 공습 뒤의 밤이 좋았다 만취는 금물이었다
쥐새끼 한마리도 없는
칠흑의 밤거리가 좋았다
이승엽은 경호원 없이
혼자 걸었다

미리 온 사람들

북위 38도선 일대의 짐승들이 달아났다
1950년 6월 25일
짐승 없는 산자락
총진격이 시작되었다
몇몇의 국지전은 위장이었다
북은 하나하나 준비한 전쟁
남은 갑자기 맞는 전쟁이었다
어?
어?
하고 남은 밀려났다
전사자가 늘고
전선이탈자가 늘어났다

6월 27일 화요일 서울에는 인공기가 냅다 휘날렸다

그러기 전
모든 오늘은 어제로부터 왔다
1950년 5월 23일
북위 38도선 넘어
서울에 미리 잠입한 자들이 있다

이주하를 따르는 남로당원들
이정구
박치순

박제욱
황병권 그들

진작 남에서는 이주하를 처형했다

그들 당원들은 해주 근거지에서
평양의 비밀지령을 받자마자
남으로 넘어왔다

넘어와
미리 남의 반동분자 명부를 작성했다
남의 회색분자 명부를 작성했다
남의 각계 지도자 명부를 작성했다

점령 후 남의 각 지역에서
그 명부가
점령지역 통치의 기본이 되었다
아니 남의 군부 안에도
진작 북의 요원들이 스며들어 있었다
국군 제1사단 문산전투
화천전투에서도
북의 요원들이 후퇴의 동기를 만들었다

원두석 그들

신윤복

아버지 신한평도 환쟁이
아들 신윤복도 환쟁이
아버지와 아들 술 취하면
어깨춤이 닮았다

건달을 그렸다
기생을 그렸다
다음날
옷 벗은 아낙과
그 아낙 몰래 보는 사내를 그렸다

신 오른 무당도 그렸다
어스름 달밤
숨겨둔 임 만나러 가는 참판댁 마님도 그렸다

인간은 정숙하지 않아
인간은 경건하지 않아
속임수가 있어
인간은 야해 야하고말고
조선 주자학 임종 여기
조선 사대부의 허위 여기

인간은 하늘에서 내려오지 않고
뭇짐승의 한핏줄 여기

빨래

피아골로 올라간 남편 임상래
전 남로당 소속 후보전사
어느날 밤 몰래
내려와
하룻밤 자고 먹새벽에 올라갔다

그때 정했다

검은 빨래 널어두면
위험하다는 것
흰 빨래 널면
안전하다는 것

몇달 동안
그 빨래로 남편 임상래가 내려왔다
그뒤
아무리 흰 빨래 널어도
남편은 오지 않았다
그날밤도 그날밤도

늦단풍
지리산 피아골 아래 아이 밴 아낙
뱃속에서 꿈틀 노는 아이한테
눈물바람 거두며 말했다

니 아부지 오라고 너도 빌어라
뱃속에서 빌어라

해가 져도 흰 빨래 걷지 않았다

새 모닝코트

인천은 땅보다 바다가 더 크다
땅에 보태려고
섬들이 몇개 바다에 떴다
외로운 팔미도 봐라
작약도 봐라
아유
큰 영종도 봐라

해방군 미군이 온단다
모두 항구로 몰려갔다
바람도 몰려왔다
인천항 부두 화물하치장에 환영인파 가득
엿장수도
단물장수도 왔다
떡목판 멘 녀석들도 왔다

미 육군 제24군단
미 해군 제7함대가 오끼나와에서 건너왔다
썰물에 앞서 상륙선들 바빴다
1천5백 노무자 동원
군장비 하역작업이 진행
트럭이 내려지고
휘발유를 주입했다
미군은 껌을 짝짝 씹었다

환영인파가 움직였다
연합군 만세
해방군 만세

그 인파에 대고 미군의 총소리가 났다

서울에서 부랴사랴
새 모닝코트를 맞춰입고 온
연합군환영준비위원회가 파견한 대표
조병옥
장택상
정일형도 당황했다

모닝코트 윗주머니에 꽂은 행커치프도
그들의 유학 영어실력도 당황했다

환영인파 속 몇사람은 총 맞고 죽었다

해방군이 아니었다
점령군이었다
환영의 대상이 아니라
공포의 대상이었다
쓰러진 자 두고

산 자들 흩어졌다
깟뗌!이라는 말이 들렸다

하달봉

일제 말기
천안 온양에서 장항까지
오고 가며
완행열차
사기쳤다
좀생이 사기꾼

해방 뒤
대전 논산 강경 이리
오가며
호남선 준급행
사기쳤다
좀생이를 면했다

1·4후퇴 뒤
대구 부산
오가며
군관민을 두루두루
사기쳤다

이제 좀생이가 아니었다
부산 제3부두
석탄을 중개한다 했다
사자평 산판

맡았다 했다
재무부 양조장
허가권을 얻어냈다 했다

아들이 대담하게 사채업자 사기치다 철창 떼들어갔다
면회 갔다
면회 갔다 돌아오다
지난날 사기당한 사람에게 붙들렸다

하필
내무부 치안국 특수수사대 경감이었다
우선 죽도록 쪼인트 까이고
등짝과
옆구리 시퍼렇게 멍들었다
그리고 피의자 진술서를 길게 썼다

사기죄
변호사법 위반
406건이었다
취조형사가
506건으로 불렸다
새로 물고문을 받았다

2층 취조실 유리창으로

포플러나무 잎새 날리는 것을 보았다
가을이다

두 사람의 죽음

권평근 47세
이석우 26세

권평근은 오랫동안 걸어둔 양복을 꺼내 입었다
항구의 신사가 되었다
이석우도 보안대 완장을 차지 않고
깨끗한 와이셔츠를 입고 나왔다 아름다운 청년이었다

1945년 9월 8일
인천항에 상륙한 미군을 환영하러 나갔다
아직은 일본경찰 경비구역
그곳에서
권평근
이석우가 일본경찰 총에 맞아 죽었다

해방의 기쁨 맛보고
해방군
연합군 환영하기 위해 나갔다가 죽었다
마지막 일제가 죽였다
아니 해방이 죽였다

조선노조 인천중앙위 위원장 권평근
민간보안대 대원 이석우
그들의 시체에 대해

미군은 일본경찰의 사격이 정당하다고 말했다

그날밤 조선노조사무소는
반일과 함께
반미를 부르짖었다
벽에 붙인 연합군 국기의 하나 성조기를 처음으로 내려버렸다

고려 현종

황소 머리는 비에 젖는데
황소 꼬리는 햇볕에 꼬리 친다
비가 오는 것도 한 몸뚱어리에서 이렇게 다르다
늙은 고려 현종
그 머리와
그 꼬리를 만져보자

고려 5대 경종의 헌정왕후는 색정이 진했다
경종이 죽자
청상과부로
궁밖 사원 별채에서 살았다
색정이 넘치는지라
이웃에 사는
작은아버지 안종과 밤낮으로 통정했다
색정의 씨가 나왔다 씨 낳자마자 숨겼다 또 낳았다

왕실에 후사가 없자
성종이
그 씨를 궁중으로 불러들여 키웠다
성종
목종 이어
신라계 여인의 씨를
신라 후예들이 왕으로 옹립했다

이로부터 고려 왕건의 정통은
해상 백제세력으로부터
신라세력으로 바뀌었다
현종 이후는
현종의 핏줄 아니면 왕이 될 수 없었다

거란 침입 이래
신라계 최승로의 손자 최제안
새로 고려 세계(世系)를 편찬하는
최항의 집에서 「훈요십조」를 찾아냈다 한다
날조였다

뒷날 김부식이 『삼국사기』 신라본기에서 말한다

우리 태조에게 비빈이 많아 그 자손이 번성하여
현종이 신라의 외손으로 왕위에 오른 후
대통을 이은 이가 모두 현종의 자손이었으니
어찌 그 음덕이 아니겠는가

이로부터 태조 왕건이 남긴 경륜은
어느새 다른 것이 되고 말았다
비가 오는데 꼬리에는 햇볕이 들었다
해가 나는데 머리는 비 맞고 있다
허 참 앞은 뒤가 아니고말고

꽃

4만년 전 선사시대
하나둘
동굴에서
움집으로 옮겨가 사는 시절
아비가 사냥터에서 죽으면
아들이
아비 주검을 업어다가
나무에 걸어놓고
그 밑에 꽃을 꺾어 바쳤다

4만년 후
한국 전라북도 진안
동부전선에서 전사한 아빠 유골로 무덤을 쓰자
네살짜리 아들이 꽃을 놓았다
뒤에서 엄마가 울었다

몇송이 들국화

미스 최

재혼이 유행이었다
허리 굵은 여편네보다
허리 잘록한 아가씨가 좋았다
거기에다
삘깐또 목소리까지였다
나이 쉰하나에
아들을 보았다

스물다섯 살 연하
재혼 부인
춘천의 다방 레지 미스 최였다

사단장실 수화기로
아기의 울음소리 들었다

흠
흠
그놈이 장차 대통령후보가 될 모양이로군
울음소리가 아주 힘차군

아내가 말했다
아니에요 성악가가 될 거예요
울음소리가 예뻐요 까루쏘가 될 거예요

엄마는 다방 시절
까루쏘를 자주 들었다

뒷동산

산비둘기 국 끓는 울음소리 들리고 있었어요
진복남 할머니 허리 펴며
뒷동산 보고 말하셨어요

저 상수리나무들
저 도토리나무들께서는
흉년 들면
마을사람들 굶는 것 알고
아니되겠구나
아니되겠구나
우리 상수리 도토리 열매라도
많이 열려
그것이라도 따다 먹게 해야겠구나

그래서 농사 흉년이 들면
상수리
도토리 풍년 든다
그것으로 사흘 굶은 사람들 구제하신다고요

또 진복남 할머니가 말하셨어요
봄이 와 밥맛 없는 사람한테는
참꽃들도 많이 피어나
참꽃 화전 부쳐먹게 해주신다고요

오늘도 진복남 할머니는 제트기 지나간 뒤 말하셨어요

저 비행기 귀신 떠나는 날이 언제 올까 내년일까 후내년일까

드골 장군

오늘도 드골 장군이 다방에 앉았다
종로 화신 뒤
거상다방 난롯가
난로가 잔뜩 달구어져
얼굴들이 익었다

본명 김철순
별명 드골 장군
직업 무직
가족관계 불명 아들이 있다고도 하고 없다고도 했다

하루에 한 번 이상
그 자라 입에서
반드시 '드골 장군'이 나왔다

불란서 드골 장군은 역적을 다 없애버렸어
히틀러에 빌붙은 것들
비시정부에 붙은 것들
처형하고
무기징역 살리고
공민권 박탈자만 60만명이 넘었어

헌데 이놈의 대한민국은
친일파가 애국자고

애국자가 거꾸로 역적으로 몰리고
빨갱이로 몰리고 있어
이러고도 무슨 놈의 민족정기야
도대체 이승만 박사란 양반은 어느 나라 대통령이야

끝내 며칠 뒤부터
드골 장군은 다방에 나오지 않았다
커피 외상값
8백환이 먼지 쓰고 기다리고 있다

새벽 미아리고개

모든 책 무능하다 고요하다
불운 가득 찬 고요

그토록 격렬하던 1950년 6월 27일
그곳
중부전선 의정부에서
빈 길 달려온 인민군 탱크들이 불을 뿜었다

지금 고요하다
그토록 요란하던 1957년 겨울
장작더미 트럭 전복되어
장작들 길 가득히 흩어졌던
그곳

지금 고요하다
또다시 태양은 떠오르고
한 많은 미아리고개
철사줄에 감겨 잡혀가던 남편도
울며 뒤쫓아가던 아내도 없어져버린
그곳

지금 고요하고 고요하다
소경
점쟁이 하나둘 모여들었다

고요도 타락한다
아직 저세상 가지는 않았수 떠돌고 있수
이레 정성을 드려보우 쌀 서말

박응서

영의정 박순의 서자 박응서
읽는 시마다
줄줄 외웠다
화술 뛰어나고 변론 힘찼다
시가 막힘없이 쏟아졌다
소나무 보면
소나무 시가 바로 나왔다
복숭아나무 보면
복숭아나무 시가 바로 나왔다

같은 신세
대감네 서자
참판네 서자
첩의 자식들 갈수록 세상 등져
술 질펀하고
시 흥건

그러다가 세상을 바꾸자는 뜻을 모았다

그런 뜻이
우선 문경새재 은 장사꾼 죽이고
은 7백냥을 강탈했다
다음해 잡혔다

마침 조정의 모사 이이첨의 술수에 넘어갔다
어린 영창군 옹립 자금 운운
은 강도짓을 했다는 허위자백

이로 인해
어린 영창 죽고
여러 권신들 죽어갔다

이 참변 속
박응서 살아났으니
그뒤의 인조반정 주동자 왈
함께 뜻한 사람들 죽고
어찌 네놈만 살았느냐

죽어야 했다

여관 풍경

밤중에 정전이 잦다
낮에는
종일 정전
불빛이 들어오지 않는 전기다마는 죽은 할아버지 같다
여관 두 방 사이
벽 위의 구멍
한 전기다마로
두 방 비춘다

그 구멍은 불빛만 나누지 않고 소리도 나눈다
이쪽 방에서
저쪽 방 소리가 들린다
그 소리에 잠 못 이룬다
대구에서 야간급행 일곱 시간 만에 온
대구 시인 박훈산이
벽을 치며 소리친다
씨팔 나 죽겠다 나 죽겠다

저쪽 방 숨넘어가던 감창소리 잠시 멈춘다
그 소리가 다시 살아난다

정전이다 어둠속에서 소리는 더 크다
씨팔 나 죽겠다

아방궁

그해 여름 지나
억새가 우거졌고 명아주가 덮였다
폐허 명동

다시 그해 여름 지나
억새가 우거졌고 명아주가 더 덮였다
가을이 왔다

손바닥 공터를 어린이공원으로 만들었다
어린이 대신
살아남은 자들
염색 군복
구호물자 양복
집 없는 잠바들

공원 가장자리 땅굴 몇개가 있다
일제말
일본 가게에서 파놓은 방공호

1950년 여름 내내
인공 점령기에도
방공호였다
1952년 겨울
그 방공호에 밀줏집이 들어왔다

양조장 막걸리가 아니라
밀주였다
석 잔이면 정신 놓았다
누군가가 그 밀줏집을 아방궁이라 했다

작곡가 윤용하가
두 끼 굶은 빈속으로
밀주 한 사발 넘기고
깍두기 한 조각 우적우적 씹으며 웃었다
서러운 눈빛
서러운
술 묻은 듬성듬성 수염발

일요일이면
성당 성가대 지휘하러 간다
일주일에 한 번
주일미사 성가대 지휘가
유일한 직업

한 달에 몇번 수선하는 구두
녹은 길에서 늘 샌다

김황원

12세기 시단의 풍운아였지
해동 제일이라 했지
이규보와 쌍벽이라 했지
정지상
이규보와 더불어
고려 3대 시인이라 했지

금문(今文) 버리고
고문(古文)으로 돌아갔다지

남도 광양현에서
산 보고
바다 보고 태어났지

개경 시단에 우뚝 솟아
탄복이 쌓였고
시기가 깔렸지

시의 황제 예종이 홀딱 반했지
사신
수령
한림원 학사

그의 기찬 소리 쩌렁 울렸지

선진(先秦)의 고문으로 가라
병려문 따위
한
당의 틀에 종노릇 말어라

평양에 갔다
대동강 부벽루
여러 시 현판을 꾸짖었다
이따위 떼어내라 했지
이것이 무슨 시냐고
이것이 무슨 대동강 절창이냐고
다 떼어냈지

그런 다음 그가 시를 지었지
한 줄이 나왔지

길게 뻗은 성곽 한쪽 넘치는 강물이요

또 한 줄이 나왔지

너른 들녘 동쪽에는 점점으로 이은 산이로다

이 두 줄 나온 뒤
앞이 막혀 캄캄했지

눈물 펑펑 쏟으며 떠나버렸지

이상한 일
어찌 그의 시 남은 것이 없으므로
이상하지 않은 일
시 남은 것 없으므로
천년의 시인이었지

이인수

인문은 야만의 도구가 된다
인문은 제물이다
식민지시대
영국 옥스퍼드대 영문학 전공의 수재 이인수
해방 후
그가 돌아왔다
고려대 영문학부의 자랑이었다

목포의 한 영어교사가
그를 보러
이틀 동안 열차를 타고 서울에 왔다
한국 영문학의 자랑이었다
면도자국이 서늘하였다
입에는 과묵을 매달아두었다

아내가 있고 아들이 있다
학교와 집 사이를 오고 갔다
전쟁이 났다
피난을 하지 못했다
인공 3개월간
월북했던 김동석이 내려왔다
그의 강권으로
대 미군 영어방송을 했다
변영태도 이인수의 영어를 따르지 못했다

수복 후
그가 검거되었다
고려대 김성수도
이승만에게 청원했다
여러 사람
구명활동

신성모가 눈치 빠르게 처형해버렸다

영국 시절
이인수는 화려한 연구자였고
신성모는 거친 파도 선장이었다
늘 이인수가 원수였다 그때부터였다
키 작은 신성모가
키 큰 이인수를 없애버렸다 기어코

양소진

열두살
밤길 무서운 줄 모르고 걸어가며
혼자 춤을 추었다
혼자 발림소리 노래하였다
도랑에 빠졌다

도깨비도 만나 길을 잃어버렸다

저 해주 관석정 폭포 밑
소리
소리
새벽 빨래꾼들 올라올 무렵에나
소리 멈추고 내려갔다

장구 없으면
몸이 장구였다
싸리나무 가지 장구채 되어
제 몸 장구 치며 노래 달았다

일찍이 서방 잃고
아이 기르다
못 견뎌
못 견뎌

나이 마흔에 장구솜씨 노래솜씨 춤솜씨
한꺼번에 되살아났다

그린 눈썹 지우면
눈썹 없는
심심한 눈
그 눈으로
인천 앞바다 오는 배 바라보았다

못 견뎌
못 견뎌

나이 예순에
벌렁벌렁
저녁 가슴 춤이 드는
밀물이었다

그들의 경어

1896년 무렵
배재학당 김필순과
구세학당 안창호가 친구가 되었다
덕수궁 돌담길
헤어질 줄 몰랐다
협성회 회원이었다

협성회회보 발간
뒤에 매일신문이 되었다
만민공동회 청중을 동원했다

덕수궁 돌담길의 밤
두 사람은 형제를 결의했다
동갑이지만
서로 형으로 받들고
자신이 아우 노릇을 마다하지 않았다

안창호

필순 형 나는 더 넓은 세상에 가서 공부하고 싶소

김필순

그럼 창호 형의 결혼은 어찌하시려우

이렇게 경어로 말하고
서로 형을 높이고
아우로 낮았다
한 사람은 태평양을 건넜고
한 사람은 대륙의 망명길 나섰다
망국의 시절
그들은 조국을 잊은 적 없다 오호라 순정

눈싸움

길고 긴 휴전회담
지겹고
지겨운 휴전회담
그 첫번째 회담 시작되었다

유엔군 대표 조이 중장
북 대표 남일 대장
판문점 밖은 아직도 격전

조이 제안
휴전선은 경기도 연천 철원
강원도 김화 간성을 잇는 캔자스라인으로 정하자

남일 제안
전쟁 이전 38도선으로 복귀하자

다시 남일
전쟁 7개월 동안
우리 인민군은 삼팔선 이남을 5개월간 점령했다
너희는 삼팔선 이북을 겨우 2개월 점령했다
너희가 소위 캔자스라인을 주장한다면
우리는 저 아래 낙동강을 휴전선으로 주장할 것이다

조이

아니다 전쟁의 제공권 제해권은 완전히 우리가 장악했다
일본과의 전쟁에서도
단 한명 병사도 일본 본토에 상륙하지 않고 일본을 항복시켰다

남일
너는 중대한 사실을 망각하고 있다
일본을 항복시킨 건
먼저 조선인민의 해방투쟁
8년간 중국인민의 항일전쟁
그리고 소련 참전이다
너희는 일본과 5년 싸웠으나
결국은 소련 참전으로 이긴 것이다

그뒤
장장 7시간 10분은 입 다물고 눈싸움으로 보냈다
눈감으면 지는 눈싸움

이 회담 광경을
영어사용자인
국방부 정보국 보도장교 김형기 소위와
조선일보 최병우 기자가 목격한다
다른 기자들은 최기자에게 매달린다

최병우는 뒷날 대만해협 금문도 전투현장에서

한국일보 취재 도중 사망
그의 아내는 뒷날
하버드대 한국사 교수 와그너의 아내가 된다

번진다

김명순

삼청공원에서 흘러오는 물은 맑다
사간동쯤에서
흐린 물이 된다
중학동 지나
청진동에 이르면
갖가지 하수와 더불어
버젓이 탁류 개천

그러나
아직 청계천을 만나기 전
청진동 개천 축대
제일식당
영춘옥
일미옥
탁주집
과부집 부흥식당
백만옥 사이
이름도 없는 주막 끼어들었다

어서 오슈
오늘 술국은
열 시간 곤 뼛국이라우
안주도
몸생각하며

마셔야 하우 운운
그 이빨 하얗게 논다

그 주막 주인 김명순
마흔인가
쉰인가
낮과 밤이 달라 보였다

뇌신을 먹는 여인
명랑도 가끔
먹는 여인

자유당 시절
하루도 뇌신 없이는 살 수 없어
하루도
뇌신 없이는
머리가 빠개지는 통증
뇌신 4년째
명랑 2년째

명랑 복용 뒤 10분이면
온갖 잡귀 물러가고
시원섭섭한 바람
머릿속

몸속 가득하다

잘 가슈
잘 오슈

국도극장

서울 을지로 4가 국도극장
해방 후
사변 후
한국 멜로드라마 총본산
국도극장

상영시간
동해물과 백두산이 마르고 닳도록이 장내를 채웠다
대한뉴스가 이어졌다
흑백의 공중
태극기가 휘날렸다
안면 경련의 이승만이 여기저기 쳐다본다
두루마기 단추 하나
마땅찮은 표정
리버티 뉴스가 이어졌다
트루먼이 중절모자 쓰고
쌍발기 비행기에서 내리고 있다 꺽다리였다
이어서
해병대 모집 광고
한번 해병이면
영원한 해병
다음은 영화 선전 광고
토막들
토막 장면들

그다음이 본론이다
「심야의 질주」
지나 롤로브리지다의 젖가슴이 좀 보였다
뒷자리의 사내 임병조
배 아래가 불쑥 고개 들었다
죽여버리고 싶다
옥자 그년
옥자 그년

이런 영화보다
한국영화가 제격이다
「별아 내 가슴에」
「홍도야 우지 마라」
「과거를 묻지 마세요」

부자 이종두

부자는 자빠져도 부자가 된다
부자는 엎어져도 부자가 된다
구한말
경기도 광주 퇴촌 일대 이천 일대
만석꾼

어쩌자고 선산 비석만 105기
일제시대 황해도 해주까지
소작전답이 퍼져갔다

해방 뒤 잠시 숨어 있다가
다시 나타났다
미 군정청 아놀드 소장에게 줄을 대어
서울 적산가옥 적산공장 인수하기에 바빴다

돈암장 이승만에게
금거북 한 마리 진상
금반지 1만개 녹여 만든 거북이었다
비서 윤치영 집사 이기붕에게도
금시계 주었다

이승만 왈
흐음 재미있는 선물이로군 고맙구먼

전쟁 뒤
10대 재벌의 하나
방적회사 2
설탕회사 1
인천 철강회사 1 베어링공장 1 운수회사 1
늘어났다 늘어났다

증조할아버지 이필화
할아버지 이석연
아버지 이장섭
이어서
이종두 시대

딸만 셋이었다 아들을 바랐다
세번째 여인 들어왔으나
거기서도 딸

그러다가 아이 밴 여대생을 들였다
낳은 아이가
용케 아들이었다

그 아이를 제 아들로 삼아 호적에 올렸다

정작 여대생 소실한테서

제대로 낳은 아이는
또 딸이었다

허허허 나는 땅부자였고 회사 부자였으나
아직 딸부자는 못되었도다
그렇겠지 딸 다섯으로야
딸부자 못되지

그뒤 더 낳았는지 그만두었는지

적막

새재 밑 귀머거리 노인
국군
인민군 성난 공방전 총소리 듣지 못한다
쿵
쿵
폿소리 듣지 못한다

달 밝다
소경 아니건만
전란도 통 모르고 눈감고 있다
잠들기 전이다
잠들기 전이다

술

대구 팔공산이 위태로웠다
대한청년단으로
1천8백명 유격대 편성

영덕의 3사단
의성의 수도사단 사이의 공백을 메웠다

정규병 하나도 없는 부대
소총 한 자루씩 주고
중위
소위 계급장이 나왔다

그러고도 지친 인민군 박격포 중대 몰아냈다
이어서
월성리
자양리도 확보했다

그 자양리 민가에서
소대장 이영주는
술을 퍼마시고 잠들었다
그 때문에
포위된 인민군이 통째로 빠져나갔다

육군본부 직할 제1유격대 무진부대 정진 소령

술 취한 소대장을 총살했다

누가 콧노래를 불렀다

사나이로 태어나서
한잔 술에
목숨 걸었다
이 조국에 태어나서
한잔 술에
청춘을 바쳤다

작은 의병들

최익현
유인석
신돌석
허위가 아니다

작은 의병 저희들끼리 나섰다

이를테면 순창골
어찌
어찌
총과 칼 장만해
모인 의병 16명

마을 부자 찾아가
군자금 30냥을 받아내어
산 넘고
내 건너

주재소를 쳤다

개떡 한 개로
이틀도 살았다
치고
숨었다

치고
숨었다가 잡혀
7년형 언도받았다
서른살 신구산

그리고 오태국
오제곤
진덕만

그리고 쌀봉이 아범
돌쇠
바우
개똥이
똥가래
밭가래
김성일
이용팔

그리고 이름도 없는
박씨네 머슴
술 열되 마신
열되

그리고 나중에 달려온

조병일
조병이
조병삼 삼형제 등

용 났다 범 났다

어느 후손

단군들은 있다
단군은 없다 없고말고

오랜만의 방

피난 갔다 돌아왔다 살아 돌아왔다
할아버지 할머니도
어머니도 없다
오직 나 혼자였다
띠뿌리도 캐먹었다
솔잎도 훑어먹었다
비름풀도 날로 먹었다
쉰 꿀꿀이죽
한 그릇 핥아먹었다
살아 돌아왔다
어느 집 헛간 거적 덮고 잠들었다
어느 집
빈 외양간에서 잠들었다

수복 뒤
폭격당한 서울로 돌아왔다
안국동 옛 기와집들
무너질 듯 별궁집들 남아 있었다

아직 주인 없는 빈집
나뭇조각 주워다
아궁이에 불 땠다
몸이 녹았다
내 이름은 이종수

얼마 만이냐
이 온돌방 아랫목
사진 액자 속
떠난 주인네 사진을 보았다
쌀독에 쌀 한 주먹 남아 있었다

맨밥을 먹었다
간장이 있으면 좋겠다
고추장이 있으면 좋겠다
묵은 김치가 있으면 좋겠다
그러고는 잠들었다
꿈도 개꿈도 필요없었다

외국 군대

외국 군대의 침입
1천번 이상

그러나 그들은 물러갔다
압록강
두만강 국경이 뚜렷해졌다

1882년 외국 군대가 주둔했다
아니 그 이전
원나라 군대 이래
임진왜란 이래
청나라
그 이래
일본
러시아
미국
소련
중국
유엔 깃발 아래 16개국

한때 중립국 감시군 몇개국 군대
1백20년 동안 외국 군대

매카서 장군은 인천에 있고

워커 장군은 워커힐에 있다
옛날 옛적 이여송
평양 무열사에 있었다
그의 동생 이여백과
서너 장수한테도
춘추대제를 지냈다

판문점 파견부대
조슈아 중위가
한국 이름
조수아(趙秀雅)로
인장 새겼다
아호도 지었다
미봉(美峰)이라나
뭐라나
호 지어준 사람은 시찰중의 정일권 장군이라 한다

현신규

30년대 조선총독부 임업시험장 기수
40년대 미 군정청 임업시험장장
50년대 휴전 뒤 학술원 첫 회원
60년대 농촌진흥청장
그리고 서울대 농과대학 교수

일본 유학에도
미군정에서도
그 이후에도
늘 농담 한마디 없는 모범생

리기다소나무 잡종송 종자를 퍼뜨렸다
양황철을 길러냈다
무엇보다 박정희 근대의 나무
희붐한 잎새
은수원사시나무가 산야에 번져갔다
박정희는
은수원사시나무가 아니라
현신규
현사시나무라 했다

70년대 현사시나무는 전국 방방곡곡에서 웃자랐다
빨리 뿌리내리고
빨리빨리 자랐다

바람 속에 떼지어 흔들렸다 빨리빨리의 시대 왔다

유신시대의 영광 현사시나무

바로 뒷시대에는 눈병 부르는 나무였다 베어내는 나무였다

서해 갯벌

김일성이 서울에 왔다 한다
이승만이 평양에 간다 한다
모택동이 누구여
모택동이 서울에 왔다 한다
또는
트루먼이 평양에 간다 한다

서울놈들
몇번이나 피난 보따리 쌌다 한다
육지놈들
갖은 고생 다 맛보았다 한다

서해 격렬비열도 끝섬

고기잡이 아홉 가호
그중의 한 집
수진이 에미
삐쩍 말라
대젓가락이라고 쇠젓가락이라고
가슴팍 없다

그 젓가락
오늘도 굴 따러 갔다가 와
영감 배 타고 갈 그물

378

숭숭 구멍난 그물 깁고 있다

하루에 서너 차례
비행기가 지나간다
지나가거나
말거나
파도는 쉬지 않는다
빈 주낙배
파도에 들썩이며 삐그덕인다

아직 돌아오지 않는
일모네 배
소식 감감
붉은 해가 풍덩 빠졌다
바다 전체가 놀라며 어두워진다

비행기 몇대가
지나가거나 말거나

어떤 김소희

사람이 무서울 때 사람이 아름다웠다
1951년 1월
박진목은 피난 가지 않았다
남아
다시 온 북에게 휴전을 제안할 뜻뿐이었다
하도 배고파
「심청가」의 김소희를 찾아갔다
한번 만나
안면이 있을 뿐인데

그 집도 피난 가려고 짐을 꾸리는 판이었다
그런 어수선인데도
초라한 방문객 맞아
병풍 친 안방으로 안내하여 써
가야금산조 하나를 다 들려주었다

세상 난리중인데
가야금산조에 허공이 떨었다
때마침 눈이 내렸다
술도 나왔다
김소희의 산조에 이어
김소희의 동생 창도 하나 나왔다
낭자머리 옥비녀 곱디고왔다

그런 뒤
다시 만날 때까지
부디 살아 계셔야 한다고
남은 쌀 닷 되와
먹다 남은 밥 싸서 주었다

헤어졌다

난초 그림

조선말 시흥 자하산 밑
신자하의 묵죽은 정녕 뛰어났다
그가 다른 사람의 묵죽을 칭찬하였다
그 찬시도 뛰어났다
아니 그의 동기창체(董其昌體) 글씨도 뛰어났다

사람을 그리는 데 한을 그리기 어려워라
난초를 그리는 데 향기 그리기 어려워라
향기 그리고 한마저 그렸으니
오죽이나 애 끊일라

수복 직후
이틀이나 빈속인 성우경 교수
먹을 것 뒤지러 들어간 집 마당에
주검 하나 있었다
썩은 살갗 쭈글쭈글
뼈에 말라붙었다

배고픈 것 없어지고 산 살갗 소름쳐 일어났다
거미줄 쓴 채
마루 한쪽 벽 애틋한 난초 찬시가 걸려 있었다

후백제 견훤

꾸짖지 말라
이런 사람도
세상에 있다 갈 까닭이 있다

아들에게 갇혔다가 도망쳐
적에게 가
세운 나라 아직 김나는 떡으로 내주었다

부디 생애의 끝은 다른 생애의 처음이 아니리라

달빛

조선말 『정감록』의 비기 따라
황해도 장연에서
충청도 단양에 정착한 최씨 일족
처음에는 타관이라
먼 일가
가까운 일가
서로 껴안듯 의좋았다

세월이 더해졌다

최씨 일족들
처음의 정 처음의 뜻 가시고
서로 밭뙈기 더 차지하려고
아옹다옹하는 사이
척지는 사이가 되어갔다

최영진의 아우 영수가 병으로 죽어가고 있었다
최영진이 등불이라도 살려
어둔 방 밝히려고
석유 한종지 얻으러 갔다가 거절당했다

죽어가는 아우 영수를 바깥 달빛에 비추었다
영수야 기운 내거라 기운 내거라
그러나 영수

달빛 머금고 눈감았다
형 영진의 눈물 한줄 달빛에 빛났다
역병으로 죽었다고
몹쓸 병
천벌받은 병으로 죽었다고
이웃 일가들
소금 뿌렸다

형 혼자
아우의 주검을 묻고 큰 돌로 눌러두었다
2일장

두 소녀

전선에서도
후방에서도 온통 적과 적
적군과 아군뿐
집 안에서도
골목에서도 아군과 적군뿐

천인공노할 원수
불구대천의 원수
그 원수들 없이 나 하나 없다

원당리 홍성자와 변옥희
단발머리
이쁜 손톱
함께 봉선화 꽃물 들이던 단짝
십릿길 이른 아침
하나는 여중
하나는 여상 다니는 단짝

함께 부르는 구슬 목소리
해는 져서 어두운데…
반공일 밤
뒷동산 개똥벌레 불빛 보며
노래 네 자락 다섯 자락 부르며
내려오는 단짝

6·25 인공 시절 3개월 앞뒤

하나는 사변 전 구장의 딸
하나는 사변 후 마을인민위원회 부위원장의 딸이었다

반동의 딸년도 반동이고
빨갱이 딸년도 빨갱이였다 적과 적이었다

밤 소쩍새
이튿날 낮에도 울었다
낮 부엉이
밤중에도 울었다
옛날의 뒷동산 단짝 노래
그 대신이었다

십릿길 비 오는 날 적과 적이었다

어느날

빈집 마당
좌익이 우익을 죽이고 있다

삽등으로
대가리를 후려쳤다
철사줄에 두 손 묶인 채
고꾸라졌다

다시 삽등으로
뒤집힌 가슴팍을 쳤다
피가 펑 나왔다

마지막 인사
반동놈으 새끼 잘 가라

또 어느날

역전 앞
우익이 좌익을 끌어냈다
좌익 여편네도 끌어냈다

이년아
네 서방 죽는 것 봐라

첫번째 몽둥이가 날았다
두번째 날았다
좌익이 쓰러졌다
세번째 날았다
좌익이 꿈틀댔다
네번째 날았다
좌익이 쭉 뻗었다

부동자세의 좌익 여편네
눈물 한방울 없다

간밤 끌려나가 네 사내한테
윤간당했다
눈물 한방울 없다

첫번째 몽둥이가 날아갔다
픽 쓰러졌다

두번째 날아갔다
꿈틀댔다
세번째 날아갔다
꿈틀댔다
네번째 날아갔다
꿈틀댔다
미친 듯이 날아갔다
꿈틀댔다
꿈틀대다가 뚝 멈췄다

이 쌍년아 빨갱이년아 지옥에나 가거라

오숙례

남편이 있었다
남편이 있기는 있었다

새벽 서너시에 들어오건
안 들어오건
그 마누라
검정 저고리
검정 옷고름 단정하였다

이웃 아낙이 일러바쳤다
입분이 아버지 비슷한 사람
경복궁 앞 지나가는 것 보았다 하데

또 이웃 아낙이 슬쩍 일러바쳤다
입분이 아버지
내무부 뒤
명동 술집에서 어떤 년하고 팔짱 끼고
나오는 것 보았다 하데

그래도 그 마누라는 단 한번 내색한 적 없다
검정 치맛말
하얀 치맛단이 단정하였다
그믐달같이
칼끝같이

친정아버님
친정 작은아버님
친정 작은어머님
오라버니
오라버니 친구들
그리고
여고 동창생들
다 반대하는 결혼인데
그녀 결심 흔들리지 않았다

친정어머님만 반대하지 않았다
숙례야
네 뜻 정녕 그러하면
네 뜻대로 하여라
누가 시집가느냐 네가 가는 시집 아니냐

결혼 며칠 뒤부터
남편은 남편이 아니었다 떠돌이였다

결혼 4년째
남편은 병들어서야 돌아왔다
갖은 병구완
갖은 병간호

한약 달이기 1년 반
그리고 남편은 눈감았다
남편 무덤에 일주일에 한번 다니러 간다

당신 좋아하는 술 가지고 왔소
『여원』 잡지 한 권
당신 좋아하는 미인들 데려왔소

술 따라 무덤에 뿌렸다
『여원』 화보 여자사진 펼쳐놓았다
오늘도 어김없이 미 공군 고공비행 B-29가 허공을 가로지른다

박낭자

고려 토호의 저택들
관아보다
더 광대
더 화려

지붕기와
담기와에는 빠짐없이
꽃
용
봉황
사슴
학 따위 무늬를 새겼다

양민천속의 초가삼간이야
그저 헛간 검불 속 짐승이었다
어디에 담이 있고
지붕에 기와 얹어놓겠는가

저잣거리는 어지러워
사람마다
비수를 품고 다녔다
호신용
살상용이었다

칼솜씨 그만인 처자 박낭자는
백주에도 포달진 복면강도로
지나가는 수레 올라타고
부자 옆구리에 칼끝을 댄다

봉물 털어
날개 펴 날아갔다
휘파람으로
「청산별곡」도 부르고 갔다

초포대장 김관충에게 잡혔다
미색이라
색심이 동했다
부하들을 물리쳐
단둘이 되었다
박낭자 몸소 옷 벗고
두 다리 쭉 뻗었다

고개 넘듯
고개 넘듯
운우지정 뒤
이때다 하고
늘어진 김대장을 벼랑 끝에 밀어 떨어뜨렸다

훨훨
날개 펴 날아갔다
휘파람으로
「청산별곡」 부르고 갔다
과시 박낭자

구창서 씨

지루하고 지루하고 지루하여라

무슨 일이 일어나야 한다
황등 구창서 씨
무슨 일이 일어나지 않으면
견딜 수 없다
무슨 일이 일어나야 한다
아주 작은 일이라도 일어나야 한다

오늘은 채석장에서
왜 남포소리 들리지 않느냐
무슨 일이 있느냐

오늘은 왜 중공군이 수원에서 더 내려오지 않느냐
오늘은 왜 중공군이 오산에서 더 내려오지 않느냐

이박사가 언제 부산으로 내려갔느냐
조병옥 박사 강연
왜 취소되었느냐

오늘은 왜 밴플리트 장군 얘기가 없느냐
오늘은 왜 무술경위 국회의원 납치사건 숭겁게 잠잠하냐

지루한 자리보전

무슨 일이 일어나지 않으면 살 수 없다
고양이가 쥐라도 잡아먹어야 한다
쥐가 고양이라도 잡아먹어야 한다

간첩신고

마을 건달들
불 놓아 겨울잠 자는 개구리 파내어 구워먹었다
이웃마을 4대독자 백년이가 지나간다

야 인마 공짜로 지나갈 테여
야 인마
돈 내놔
길값 내놔
안 그러면 4대독자 불알 둘 다 내놔

2백환 내고 울며 지나갔다

다음날 싸락눈 뿌렸다
낯모르는 어른이 지나갔다
두꺼운 외투 입었다
빙그레 웃었다
애들아 춥겠구나 곧 봄이 온다

이 말이 수상하다 해서
한 건달 녀석이 지서에 달려갔다
간첩이 나타났다고
간첩신고를 했다

그 어른

지서에서
다섯 시간
여섯 시간이나 잡혀 있었다
멀리 논산경찰서
대전 도경 사찰과까지

거듭된 신원조회 뒤에야
풀려났다

간첩은 밤낮없다
수상하면 신고하자
간첩신고 애국이다
신고하여 애국하자

김학수

그믐밤
지리산 시루봉이 엉엉 울었다 한다
다음다음날
서남지구 전투경찰대 전과가 발표되었다
아군 4명 희생
공비 89명 사살 소총 9정 노획

공비 중에는 아이도 여럿 포함되었다
아이 김학수
학생복을 벗겨 태웠다

인월 고모네집에 다니러 왔다가 공비로 죽어야 했다
순창국민학교 4학년
작문이 자주 뽑혔다 습자시간을 좋아했다
눈이 컸다 잘 울었다
짜아슥 사내자슥이 울기는…… 한두 번 아버지가 나무랐다

아버지는 공비 가족으로 다섯 번 조사받았다
끝내 아버지는 미쳐버렸다

빈대떡집

사변 전
명동
모나리자 다방
휘가로 다방
돌체 다방
문예싸롱
낙랑
동순루
담담
백화정
명동장
올림피아
무궁원
마돈나
코롬방
가르멘
추성옥
오아시스 다방
수복 후
이 다방 중 이 식당 중 절반이 없어졌다

살아서 돌아온 사람들
다시
폐허 명동에 돌아왔다

오아시스 다방 골목
빈대떡집
술이 좋았고 마담이 좋았다

모두 후퇴의 때 피난의 때
1월 4일 밤
빈대떡집 마담
마지막 밤에
술을 다 내놓았다
빈대떡도 다 부쳐 내놓았다

살아서
다시 만납시다
부디 살아서
다시 만나
한잔 나눕시다

마지막 술자리에서
손님도 눈물 글썽
마담도 눈물 글썽

명동은 텅 비었다

명동의 밤

수복 후
명동은 풀밭이 되어 있었다 벌레가 울었다

전쟁이 지나간 곳
그런 명동 시공관에서
계정식의 바이올린 독주회가 열렸다
아 집시의 탄식
사라사테 「찌고이네르바이젠」
독주회 뒤
폐허 명동의 풀밭에 달빛이 쏟아졌다
「찌고이네르바이젠」

만취한 박인환이 엉엉 울었다
「찌고이네르바이젠」

그러나 전쟁과 자유당은 백번이나 울지 않았다

양지다방 철학자

자네 스피노자를 읽으시게
자네 쇼펜하우어를 읽으시게
자네 니체를 읽으시게
자네 하이데거를 읽으시게
자네 야스퍼스를 읽으시게
자네 싸르트르를 읽으시게

자네 싸르트르 『존재와 무』를 꼭 읽으시게

종로 1가 양지다방 3층 단골 철학자 김철우 박사
주례를 부탁하러 온 청년
외국 유학 떠나기 전
인사하러 온 청년
공짜 커피를 마시러 온 청년에게
그는 책을 권한다
파이프 담배는 벌써 꺼져 있었다

마담께서도 아리스토텔레스를 읽어야 할 텐데……

유관옥 여사

이상하도다 한번도 이혼을 생각하지 않았다
철학자 김철우 박사 부인
그러나 부부생활이란
그녀에게는 남편을 반대하는 것

밤 잠자리도
남편의 발치에
머리를 둔다
코 고는 소리가 싫어서라 했다

남편이 책을 읽으면
그녀는 흘러간 노래를
큰 소리로 불러댄다
혼자 깔깔깔 웃어대기도 한다

남편이 양복 입고 나서면
그녀는 한복 입고 나섰다

무엇 하나
같은 것은 참지 못한다

남편에게 콩나물국을 주고
그녀 자신은 시금칫국을 먹는다

밤 초대에 갈 때
남편이 기다리는 동안
그녀는 화장시간을 길게 늘여서
끝내 가장 늦게 도착한 지각의 부부가 된다

남편 방 『헤겔 전집』과 달리
안방에는 김내성의 『청춘극장』을 비롯 반양장 책들이 쌓여 있다

뭣을 후회하느냐고? 저 철학박사와의 결혼이지 뭐겠수

근체시 한 보따리

선조가 승하하고
광해군이 등극하였다 조마조마하였다

1610년
명나라 가는 종사관이 되었다
자유분방 허균

한양에서 평양까지 가는 동안
근체시 4백편을 썼다
누가 감히 혀나 내둘러볼 일이던가
괴괴하여라

그 시보따리
스승 이달에게 행편으로 보냈다
스승의 강평이
여행중 행편으로 돌아왔다

순전히 무르익었건만
아직 성당(盛唐)의 품격을 섭렵치 못하였도다
스승에게 반박을 보냈다

스승께서 틀리셨습니다 변화를 모르십니다
지붕 아래에 또 지붕을 세웠으니
어찌 귀하다 하겠습니까

근체시가 비록 당에 가깝지 않으나
제 나름으로 이루어놓은 것이 있습니다
저는 오히려 당에 가깝다 송에 가깝다 할까보아
사뭇 걱정입니다
사람들이 제 시를 보고
이것은 허균의 시다라고
말했으면 좋겠습니다

과연 그는 공자 맹자 다음
허균이라
허자라 자칭한 오만 황홀하였다
과연 당나라 시인 흉내가 아니라
자신의 시를 쓰는 시인의 꿈

좋다

머저리

죽어간 사람에게 산 사람 면목없다
산 사람에게 죽은 사람도 면목없다

정거장에는 기차가 온 적 없다

전쟁의 여름과 가을이 갔다
겨울이 갔다
다음해 봄
살아남은 윤도준 머저리가 되어버렸다

피난
폭격
학살
보복학살
또 피난

살아남은 윤도준 머저리가 될 수밖에 없었다

아이들이 도준이 아저씨! 하고 불러도
눈에 초점이 없다
어이 도준이! 하고 놀려대도
야 도준아! 하고 대들어도
눈에 아무 초점이 없다

한 아이가 제풀에 화낸다
왜 이런 머저리가 죽지 않고 살아 있어?
우리 삼촌은 억울하게 죽었단 말야

창녀 금이

어제는 손님 아홉 받았다
짧은 시간 다섯
긴 시간 하나
긴 밤 하나
긴 밤은 너무 취한 놈이라
그냥 늘어졌다
그래서 다른 손님 둘 따로 받았다 한놈은 세번째였다

단골이라고
단골 애인이라고
다리 감고 잘해달라 했다
씨팔 불쌍한 새끼

오늘 낮
어이없게도 둘 받았다
한놈은 두꺼운 일본책 잡힌 외상이었고
한놈은 빳빳한 새 돈

오늘밤은 제발 한 놈만 받고 싶다
한 놈하고만
놀고 싶다
한 놈하고만
자고 싶다
공짜로

마이산 이갑룡 옹

1860년에 태어나다
젊은 날 댕기머리 말아올려
방갓 쓰고
세상을 찾아나서다

스물다섯부터
아흔여덟에 이르기까지
세상을 등지고
오직
진안 마이산 벼랑 밑
돌덩이
돌멩이 하나하나 쌓아올리다

돌탑 1백개 이상

아슬아슬하다
아무리 강풍 달겨들어도 무너지지 않다
10년을
30년을
50년을 무너지지 않다

수염 가슴을 다 덮다
머리 양쪽으로
백발 피어나다

마이산 일대
센 기운이므로
물고드름이 공중에 솟아오르다
어느날 이갑룡 옹의 백발도
공중에 쭈뼛 솟아오르다

선홍이

말복 무렵 햇빛은 소리치고 대기는 멀리까지 열려 있다
매미소리 맹위
칸나꽃 늦도록 불탄다
아 너무 무르익어 시들어가는 녹음 속
멧새알 속
멧새 새끼의 서투른 움직임 같은 적막 누가 알리

말복 무렵 선홍이 그자의 눈알 붉다
작두날이 바람을 벤다
섬뜩
바람의 피 내뿜어
석양이 온다

웬 지나가는 사람 쭈뼛거리며 길을 묻는다
선홍이
함께 걸어가며
자상하게 갈 길을 알려준다

하지만 개 잡을 때는 무섭게 달라진다
눈알 붉다

개를
소나무 가지에 거꾸로 매달아
몽둥이로 사정없이 패댄다

개의 비명
개의 절규

그다음 불을 가져다가 그슬린다
개의 비명
어쩌다가 매단 줄이 잘못 풀어져
털 그슬린
시꺼먼 개가
날뛰다가
달려들다가
마구 달려가버린다
개의 절규

그놈 잡으려고 선홍이도 달려간다
개는 벼랑에서 뛰어내린다
물속에서 솟구쳤다가
헤엄쳐
저 건너로 간다

얽은 선홍이 얼굴
곰보자국마다 꿈틀댄다
눈알 붉다

마을 장정 중의 하나가 말했다

선홍이 화 가라앉혀
다른 놈 끌어와

다시 한놈 잡아다가
나무에 단단히 매달았다
선홍이가 몽둥이를 들었다
개의 절규

남산 이승만

1956년 서울 남산에는
이승만 동상이 섰다
그뒤 평양 만수대에는
김일성 동상이 섰다
3만 3천개 동상이 기다렸다

이승만 동상에 다가섰다
동상 기단 정면
대통령 휘장 봉황 한쌍이 마주본다
그 위로
대리석 20층 쌓여
그 위로 우뚝
오른손을 쳐든 노인의 두루마기 동상이 섰다

그 아래에
지프차를 개조한 시발택시가 왔다
오색 테이프 얽히고설켜
남산 한바퀴 돌고 난 뒤
동상 앞 기념촬영

신랑 유연섭
신부 오학자

유연섭은 고졸인데 대졸로 속였다

418

오학자는 아버지가 면서기로 있다 죽었는데
면장이라고 속였다

그들은 결혼 뒤
8개월 만에 아기를 낳았다
혼전임신 숨기려고
팔삭둥이가 나왔다고 속였다

어허 좋을씨구
이렇게 속이면서
생은 발달하였다

1960년 여름
이승만 동상은 쓰러졌다
유연섭의 아들 성권이는
벌써 네살

신문을 보지 않는데
신문 둘을 본다고 속였다
라디오 없는데
라디오 본다고 속였다

아무렇지도 않았다

이종락

나라를 반드시 되찾겠다고 나선 망명

어느날 새벽 이종락은
고국의 가족이
하얀 옷을 입고 손짓하는 꿈에서 깨어났다

그뒤 병을 앓기 시작했다

독일인 병원
일본인 병원 전전
일본인 병원에서 죽기 싫다고
불란서 조계
병원으로 옮겼다

어느날
안창호가 병원을 찾았다
기독교를 믿으라 했다
병든 이종락
살기 위해서 예수를 믿을 수 없으니
병이 나은 뒤 건전한 마음으로 믿겠다고 대답했다

어느날
동지 정화암에게 조용히 말했다
화암 이제 죽나보오 내 몫까지 싸워주시오

그는 동지의 손을 잡은 채
눈감았다

아직 이렇다 할 독립운동 하지 않은 채

힘준 팔뚝에 송곳을 찔러도 찔러지지 않는 사람
바이올린에 능하고 스포츠에 능하고
술자리 노래 유창한 사람
그 이종락이 시대의 모퉁이에 잠시 있다 없다

귀향

아버지의 마지막

네 형은 꼭 살아 있을 것이다
내가 못 보고 죽는 것 한스럽구나
네 형이 돌아오거든
이 말을 전해주어라

그다음

어머니의 마지막

지금 네 형이 재를 넘고 있으니
어서 가서 데려오너라

해방 뒤 아버지와 어머니의 두 무덤 앞에 아들이 섰다
29년 만의 많은 눈물이어야 했다

아나키스트 정화암의 귀향
사회주의와
자본주의 어디에서도 초라했다

초라해야 했다
아나키스트는 더 오해의 대상이고 더 초라한 그림자여야 했다

파고다공원

원각사탑이 서 있다 때때로 얼음조각 같다
제2차 환도 이후
파고다공원은
얼음조각 언저리가 떠들썩했다
집 없는 자들의 집
일터 없는 자들의 일터였다

아침 열시부터
탑 둘레에 하나둘 왔다
저녁 다섯시 지나
하나둘 갔다

여기저기
백명쯤
또는 스무명쯤 모인 데서
헌 부채 꼬나쥐고
열변을 토해내는 자 있다

단군도 나오고
임경업도 나온다
김종서와
칠삭둥이 한명회도 나온다

후줄근하다

눈빛 탁하다 주름살 개펄이다

가로되
앞으로 백년이 지나면
우리나라가 세계의 중심이 된다
앞으로 50년이 지나면
우리나라는 동양 제일의 나라가 된다
앞으로 우리나라는
3백국의 조공을 받는다

날마다 빠지지 않는
김동복 씨
두어 시간 열변 뒤
누가 국수 한그릇 사주면
후루룩
국수물 비우고 나서
가로되

앞으로 대한민국이
세계의 대통령연합회
회장국이 될 것이여
두고 봐요
두고 봐요
아 국수 맛없다

맛있다는 말을
맛없다고 잘못 말했다

헌 파나마모자
중절모자
헬멧모자
밀짚모자
헌 군모
아니면
맨머리 상고머리들 휘둘러본다

이정의 무덤

이정의 그림에는 취한 산이 흔들린다 하였다
이정의 그림에는 없는 옛 벗이 홀연히 나타난다 하였다

대동강 연광정에 올라
흐르는 물 애틋 내려다볼 일
어찌 가만둘 일이던가
시를 애틋 주고받을 일

그것으로 모자란다면
옛적의 친구 이정의 무덤까지 찾아
술과 안주 진설하고
재배하고
메마른 산야 에워싸여 지그시 취할 일

누가 찾기나 하겠는가 그 무덤
그러나
딱 두 사람이 찾았다
한 사람은 허균
한 사람은 그를 따라간 사람

거기 이정의 그림 한폭 눈떠 펼쳐질 일

육군 소위 이갑수

한번도 일선에서 이탈한 적 없다
1950년 여름
추풍령전투에 투입
그 총알받이 중에서 용케 살아났다
그 이래
가평전투
대성산전투
원산전투
부전발전소 공방전
그리고 백마고지전투

일선에서 이탈한 적 없다

실로 황금 같은 휴가 2주일이 왔다
처음으로 철모 벗고
대한민국 육군 장교복 정장

그의 단정한 거동에
어린 아우들이 달려왔다
남도 고향 바닷가 보리밭이 달려온다
노고지리야
노고지리야

그러나 고향 며칠 따분했다

산에 올라갔다
휴대한 카빈총 들어
총탄 열 발을 허공에 대고 쏘았다
어서 전선으로 돌아가고 싶다 고향의 능구렁이 일상이 미웠다
빽 없이 일선에서만 살아왔다 일선이 좋았다

경기도 부천 아이들

한국의 첫 철도
경인선이 있다
철도 연변
몇채 판잣집

아낙이
두살 난 아기 업고
여섯살 옥순이
다섯살 옥남이
아랫도리 입을 것 없다
고추 나와 얼었다
네살 옥천이 콧구멍 괜히 크다

아무런 저항도 없이
가난으로
해마다 아기만 낳은 세월인가부다
새벽일 나간 남편 아직 돌아오지 않는다

아빠 언제 와?
....
엄마 배고파
....
엄마는 눈만 있고 입은 없다

몇마디 말이 무슨 소용인가
말은
배고픔에 대해서 말이 아니다

김제남

선조의 젊은 계비 인목대비 친정아버지
김제남

선조 승하
광해군 등극

서궁으로 나앉은 인목대비 뒤에
친정아버지라도 있어야 했다

어린 외손자 영창군을
왕으로 추대하려 한다는 누명 씌워
사약을 받아야 했다

사약 한 사발 비우고
앉은 몸이 무너졌다

묻혔다

묻힌 뒤 3년

묻힌 몸 파헤쳐서
백골이 토막토막 잘리는
부관참시형

뒷날 광해군 밀어냈다
인조 등극 직후
옛 관직이 복귀되었다
복귀되어 뭘해
불운의 극한 다른 것이 되지 못한다

미인 황정란

돌멩이들도 깨어난다
자수과 나온 미인 황정란이 오면 세상이 만등 불 밝혀 환하다
사랑하는 사람과
술잔을 들었다 술집이 환하다

그런 미인에게
옷고름 풀어 어둠이 다가왔다
하나둘 불빛을 껐다

병든 사람 최태웅의 약값 얻으러
폐허 명동 여기저기 돌았다 통금시간이 가까웠다

아편 만나
아편쟁이가 되었다 애인도 죽어 흙이 되었다
모두 다 무엇이 되어갔다

아편이 떨어지자 절망 끝
우물에 몸을 던졌다 툼벙! 소리 혼자 났다

무슨 미인 일생이 이래
술 몇잔 아편 몇번
그리고 애욕 몇번이 다였다

장례식 손님 셋

홍제동 화장터

오늘 정만이 아버지 관이
홍제동 화장장 쇠아궁이 화구에 들어간다
관 속에서
무슨 소리가 나는 것 같았다
착각

정만이 어머니
정만이 고모
정만이 이모
정만이 누나가 온몸 요동쳐 울부짖었다
생과 사만한 이별
어디 있으랴

정만이 어머니가 화구로 달려가다 막혔다
땅을 치며 울부짖었다
몇십년 함께 산 것
이것이었다

슬픔은 사나워지는데
누릿누릿 주검 타는 냄새가 풍겼다
화장장 다비승 붉은 가사가 흔들렸다
박석고개 관음사 대처승
오늘도 화장 다비 여섯번째

다비 염불
날마다 열번 열다섯번
돌아가서
느는 것은 소주뿐
마누라 대원해 보살하고 마시는 소주뿐

아들은 동부전선에 있다 엽서가 왔다
건봉사 일대에서 진격중이라 했다 북진통일중이라 했다

열쇠장수

판잣집도 자물쇠는 있어야 함
사립문 열고 자는 놈이 바보지
방문 잠그지 않고 자는 놈이 바보지
한여름밤
전선에서는 죽거나 죽이거나 하고
후방에서는 도둑이 노는 밤

자물쇠가 있어야겠다 꼭 잠근 뒤 밤바다 파도소리가 들려야 한다

서울 공덕동 먼지바람 몰려왔다
골목 어귀
자물쇠 열쇠 장수
자물쇠 주렁주렁 매달린 옷 입고 걸어간다
무거운 쇳덩이 매달린 옷 입고 걸어간다

열쇠 사려
자물쇠 사려
열쇠 고치려 열쇠 고치려

열쇠 사려
열쇠밖에 믿을 것 없음
열쇠 사려 자물쇠 사려

지나가는 두 중학생이 물었다

아저씨
열쇠하고 자물쇠하고 누가 더 좋아요

열쇠장수 웃었다

이놈들아 집에 가거든
네 부모님께 여쭈어보아라

무덤

한강 하류 상초리 언덕
무덤 있다
밤마다
무덤 울었다

아들 허균이 역적으로 사지가 찢긴 뒤
아버지 허엽의 무덤 울부짖었다

무덤 울음소리 들리는 마을사람들
하나둘 떠나야 했다
밤마다
무서워 몸을 떨었다

사간(司諫) 심대부가 위로시를 지어 읊었다
초당의 정령이시여
밤마다 통곡하시기를 그치소서
금그릇 튼튼한 명당도
역시 인간세상 아니리오
밤마다 통곡하시기를 그치소서

그뒤로 밤마다 무덤이 더 울었다
울다가
울다가
무덤이 입을 다물었다

중학 동기

한반도는 싸움터였다 어디나
전선은
한반도를 쭉 훑어 남으로 내려왔다
또 전선은
한반도를 쭉 훑어 북으로 올라갔다
전선은
어느 한구석 남겨두지 않고
샅샅이 후비고 뒤지고
샅샅이 훑어갔다

또한 전선은 전선에만 있지 않았다
후방에서는
사람과 사람 사이에 증오
사람과 사람 사이에 기만
사람과 사람 사이에 약탈

차라리 저 식민지시대는 못난 놈끼리 동무였다
그러나 이 전선에서는
못난 놈끼리도 서로 적이 되었다

염기욱이 백우종을 밀고했다
해방 후 월북한 김진구의 아우를 만났다고
김진구는 보도연맹으로 죽었고
그의 아우는 월북했는데 만난 적이 없는데 만났다고

염기욱은 백우종의 중학 동기
염기욱의 청을 거절했다가
백우종은 밀고당했다
허위건 말건
간첩 신고하면 보상금
모든 미운 놈들 간첩이었다

영도다리

영도다리 건너면 영도였다 밤이면 불빛도 모자랐다
건너가고
건너오면 하루가 갔다
다시 밤이 왔다
통행금지시간 한참 뒤
가로등 저쪽으로
무엇 하나
보이자마자
다리 난간을 훌쩍 넘어 몸을 던졌다

다음날 신문 하단에도 나지 않았다

피난민 처녀 민진자
몇번 몸 준 뒤
다른 여자에게 가버린 휘파람 잘 부는 건달 박수병이
미웠다
그리웠다
미웠다
슬펐다

유서 따위도 없이 몸 던졌다
떠내려가
다음날 아침 충무 가는 배가 건져올렸다
영도부두에 내려졌다

행려사망자 처리
박수병은 민진자가 죽은 것도 모르고 휘파람을 불었다

무당 남공작

고려 무당들
백두산이야 아예 여진족 재가승에게 덤터기로 넘겨주었다
아니
백두산
백두산 혓바닥에 입언저리에 달고 있지만
누가 거기 범접이나 하겠는가
백두산 그 영봉은 자주 허봉(虛峰)이었다

그러나 지리산은 허봉 아니었다
지리산 천왕봉 마고할미 그다음
성모신사에 신 모시니
성모는 왕건의 어머니였다

온 나라 무당들이 모여들고 흩어지는 곳
백무동은
1백 무당 머물던 골짝

송악산과
지리산
고려 조선 1천의 무당 본산이었다

바다 건너
한라산도 절과 무당의 산
절 5백

당 5백이었다

큰 가뭄 들면
무당 7백인 불러모아 걸판지게 기우제 지냈다
덩더쿵
덩더쿵

하늘 흘겨 비를 빌었다
궁궐 어정(御庭)에서도
용의 형상 빚어
무당 1백인 불러다 근엄으로 기우제를 베풀었다

본시 무당이란 군사 융복 차림
쾌자자락
옷자락 활짝 펼치면
저것이
어찌 사람인가
공작 아닌가

그리하여 어여쁜 암무당 남생이를 남공작이라
남공작새라 하는데
어느 호색 사또가 은밀히 알아본즉

여자가 아니라 사내였다

444

사내로 부녀자 파고들어
복을 빌어주고
몰래 사통하는 사내였다 남공작 윤달이
두 눈썹 사이 검정 사마귀

그대 백가지 열락 있었으니
무서운 징벌이 있어 큰 가지를 잘렸다
가지 잘렸으니
영영 암컷이 되고 말았다

꿈속에 품은 지난날 마님의 백사(白蛇) 용트림 아휴!

고아 이요한

누구도 울지 않는다

1952년 부산역전
다섯살
여섯살
여덟살
아니 다섯살인지 여섯살인지
여덟살인지 모를 아이들

좀 크면 여덟살일 터
좀 작으면 여섯살일 터

헌 털실모자 쓴 아이들
대구에서 보내와
부산 송도 시온애육원으로 갈 아이들

이 빠진 아이
귀머거리 아이
긴 콧물 달고 있는 아이

굴 지나올 때
창 없는 열차
석탄연기 뒤집어쓴 껌정 아이들

446

누구도 울지 않았다

울음은 비겁하다 울음은 치사하다
아이들 중의 한 아이
이름은
이요한

대구예배당 목사의 성 그대로
이름은 요한복음 요한이었다

엄마 모른다
아빠 모른다

후일 이 아이가
4월혁명 때
경무대 앞
시위학생들 진압하는
발포 경찰일 줄이야

이요한 경사일 줄이야

지네춤

대한민국에서는 도둑이 될 수 있다
대한민국에서는 거지가 될 수 있다
거지의 자유
쑥대머리 귀신 형용 도둑의 자유야말로 자유였다

바야흐로
바야흐로
바야흐로
세상은 자유당의 것
사사오입으로
3선개헌 완료
백주의 테러는 테러가 아니라 우국충정이렷다

대한민국에서는
전쟁으로 죽어갈 자유와
전쟁으로 벼락부자가 될 자유가 있다

대구 수성천 다리 밑
소주 한사발에 취해
얼씨구절씨구
춤추는 거지가 있다

이름은 지네
어릴 적 이름 만수를 잊어버린 지 오래

발이 여럿 달린 지네
지네춤 추는 자유가 있다
춤추고 나서
똘마니를 마구 두들겨팼다

이 새끼들아
자유당 털지 말고
민주당 털어
자유당 털면 감옥이고
민주당 털면 애국자야
이 새끼들아

김진세

동지들 체포되었다
중국 천진으로 스며들었다
다닥다닥 빈민굴

독립운동가 김규식
그의 아내 김순애
그의 아들 김진세

아버지도
어머니도
1928년생 아들한테 조선말을 가르치지 않았다

행여
중국아이들과 놀다
조선말이 튀어나오면 끝장
일본군 특무
중국인 빈민굴에도 손을 뻗쳤다

김진세가 조국의 말을 배운 것은 서른살 뒤

상해에서
중경에서
임시정부 동포 사이에서
아주 서투른 조선말을 그때서야 배웠다

중국말이 훨씬 좋았다

서투른 말이
서투른 조국이었다

유정길

연탄은
대한민국 산천을 살렸다
대한민국 나무와 풀을 살렸다

연탄은
자주 대한민국 서민을 죽였다

유정길
연탄가스 중독
김치멀국을 실컷 먹었다
병원으로 실려갔다가 돌아왔다

정릉 청수장 아래 방 두 칸 자택

아내는 일하러 가고
딸은 고등학교
아들은 중학교

종일 멍청한 눈 뜨고
정릉천 물소리를 들었다
비 온 뒤
물소리 사나웠다
콧구멍 터럭이 길게 뻗어나왔다
때꼽재기 손톱도 길고 길었다

왕년의 어깨 유정길
연탄가스 중독 반신불수의 하루 내내 물소리를 들었다 듣고 잊어버렸다

길 건너 『순애보』의 작자 뚱보 박계주 씨도
연탄가스 중독으로 물소리를 들었다

판잣집 보금자리들

서울 성동구 변두리
금호동
옥수동
벼랑도 있고 비탈도 있다
풀섶도 있고
소나무 언덕도 있다
그런 곳에 막살이들 하나둘 자리잡는다
한강이 내다보인다

한강 건너
논고개 언덕
복숭아 과수원이 보인다
칠삭둥이 한명회의 압구정 자리
그 앞 강물이 깊디깊다

금호동
옥수동 가자면
을지로 입구 내무부 앞에서 버스를 탄다
그 버스 안에서
어쩌다 소설가 이무영과 그의 딸을 본다
을지로 4가
장충동 고개
문화동 이무영과 그의 딸 내린다

454

금호동 고개 부릉부릉 넘는다
버스 궁둥이
시꺼먼 매연이 화를 내고 터져나온다

판잣집들 판잣집들
밤이면
불빛이 있다

금호동 언덕 판잣집 하나
눈에 번쩍 뜨였다
빨간 장화
검정 투피스
늘씬한 미인이 집을 나선다
사내들 휘파람
불어댔으나
불어대나마나
버스를 탔다
어제는 봄날 같고
오늘은 추웠다

저녁 출근
명동 바 카사부랑카
어젯밤은 사보이호텔
오야붕 이기술을 받았다

순 공짜였다
오늘은 반드시 공짜 사절

소년

저 익산군 왕궁면 2월
똥거름 낸 보리밭머리
소병철
나이 열네살

제 또래 아이들 다 국민학교 학생이언만
네놈만 학교를 가지 못했다
부모의 극빈이
자식의 극빈

간밤 비행기 타고 외국 가는 꿈을 꾸었다
K-8 군사비행장
미 공군 제트기 4대 편대가
마름모꼴 지으며
보리밭 위 훑어갔다

똥냄새가 일제히 흔들렸다

소병철
공군이 되고 싶다 노란 두 눈동자에 눈물 고였다

수원 남문거리

군인
껌팔이
마차
소달구지
소달구지 지나간 뒤의 푸짐한 소똥 무더기
신문팔이
빗 참빗 유리구슬 싸구려 목걸이 장수
어린 거지
일제시대 트럭
미군 트럭

하루 내내 엎드려 있는 늙은 거지

어디에도 인정사정 보일 리 없다
배고픈 자 더욱 배고팠다
추운 자 더욱 추웠다
수원 남문거리
명구란 놈
어제도 오늘도 나올 똥 없다
팔달문 어디에도
밥 없다 국도 없다

빈 소주병 셋이면 빈 깡통 둘이면 풀빵 몇개 먹을 수 있다
소주병도 깡통도 눈 씻고 봐야 없다

있는 것은 오직
그냥 세상 밑창
명구란 놈 밥 한그릇 생각밖에는 어떤 생각도 없다

산중 대사님들 화두가 뭐하는 거유?

칠석

누가 임금이건 말건 숙종이건 경종이건
삼남 백성 바닥에야
무슨 상관인구
투전판 막판 마누라 잡히고
투전 끗발 죄어
마누라 내주고 말았다
하늘이 무너졌다

보퉁이 하나 이고 새서방 뒤 쭈뼛쭈뼛 따라간 마누라
어언 6년을 살았다
딸도 생겼다

7년째 칠월칠석날
큰 마음 작정했다
견우직녀도 만난다는데
궂은비 뿌리는데
옛 서방 찾아갔다
술도 한병 가지고 갔다

벌써 앞가슴 땀이 고였다
어서 가자
어서 가
실컷 품어보자

하늘이 무너졌다
옛 서방은 없고
옛 서방의 무덤이 초라했다

병신 같으니라구
빼앗겼으면 찾을 줄도 알아야지
등신 같으니라구

무덤에 술 따라놓았다가 다 마셨다 빙빙 돌았다
무덤 정수리에 주저앉아
오줌을 실컷 쌌다

눈 달렸으면 눈요기나 하구려
등신 같으니라구

심혜숙

전주 지방법원
법원장 딸 심혜숙과
버스 45대
전북 제일여객주식회사
사장 아들 오진구

오늘 맞선을 본다
법원장 부인
사장 부인 마주 으스대다가
두 사람 두고 자리를 떴다

심혜숙 머리를 들지 않는다
오진구 다른 데 보고 있다
반 시간이 흘렀다

두 사람 괜히 화가 났다
반 시간이 넘었다

심혜숙은 오줌을 참고 있었고
오진구는 피우고 싶은 담배를 참고 있었다

다방 가고파
현인의 「베싸메무초」가 번들번들 들리고 있었다
두 사람이

거의 동시에 일어섰다

그뒤로
심혜숙은 아버지 임지마다 맞선을 보았다
맞선 스물세 번
스물세번째 사내
고시생과
결혼했다
처가살이 고시생
사법고시에 합격

그녀에게 추억이란 맞선 본 수많은 사내들

청계천

입은 옷은 미국이었다
구호물자 바지에
염색한 미군 군복 상의
하지만
대학 불문과에서는
꿈 가득히
싸르트르
까뮈
앙드레 말로였다
겉은 미국
속은 불란서였다

그래서인가
서울 종로와 을지로 사이
그 긴 청계천
한국의 허드슨강이 아니라
한국의 쎄느강이었다

명동에도 쎄느다방 있었다

쎄느강은 빨래
쎄느강은 하수구
쎄느강은 참외만한 똥덩어리 떠내려갔다
쎄느강은 쓰레기장

쎄느강은
쎄느강 기슭 관수동 쪽에서
더 내려가면
거기 청계천 4가부터
생의 절정 판자촌이 시작되었다

판잣집 셋방
청계피복 공순이가 살고 있다
판잣집 주인
밤에는 사근사근 친절하다가
낮에는 욕지거리 티적거리기

공순이 조옥자
이런 서울살이 한 달이 갔다
손가락마디 쑤셔댔다
잔업의 밤중
빙빙 돌아 쓰러졌다
풀빵 다섯 개
하루 내내 미싱 시다
밤이 좋았다
이따금 꿈속
어머니를 보았다

유시택 씨

신문 1면
이승만 대통령 사진
탄신 79주년이라 했다

달걀 노른자 보름달 떠도는 모닝커피 한모금 뒤
다방 한복판에서
신문 1면
그 사진 뚫어지게 쳐다보다가
거기에 담뱃불을 가만히 댔다
구멍이 커져갔다

이승만 없어졌다

만년 원외 야당 유시택 씨 오늘의 정치투쟁이었다

여관

폐허는 끝이었다가 시작이었다
여기저기 여관이 섰다
삼일여관
중앙여관
고향여관
영진여관
제일여관
그리고 청춘여인숙 통일여인숙 호수여인숙

통금시간 소경 안마꾼은 자유였다
안마꾼 피리소리 멀어져갔다

갈색 뺑끼 칠한 베니어판 문짝
신발 담아둘 양철갑
낮은 천장
드르륵 쥐가 살아 있어 한세상 괜찮았다

방바닥 비닐 꽃장판
담뱃불 지진 불똥 널려
인간의 마음 그대로
베개 기름때 두껍고 두껍다

함부로 슬퍼 마라
얇은 벽은 옆방의 탁한 기침소리

감창소리
느닷없이 얻어맞는 비명소리
역력하였다

5촉짜리 전등
꺼졌다가
들어온 그 눈부신 5촉 광명
살아라 한다
살아라 한다

집에서 도망쳐온
진숙이와
강모
둘이 있는 방
8호실

진숙이 아버지 무서워
도망쳐왔다
이제부터 진숙이는 식모로 가면 다행
강모는 자전거포 점원이면 다행

하지만
한발 디디면 거기가
도동 갈보의 길

거기가
도둑의 길

모르겠다

동우수집(東尤壽集)

허허허
회갑축하연
뭇 축시를 모아
책 한권을 찍어냈으니

한말 대신들
황실 외척 민씨들
세도정치
장동 김씨 후예들의 축시가 즐비늘비했다
총독부 경보부장
경시총감
중의원 대의사
총독부 총독 비서관
도지사
도경찰부장
세무감독국장
법원장
군수 등등
전현직 관료 1백명의 축시
늘비즐비했다

또한 공주 유지
2백명의 축시들
갖은 아첨이 수록되었다

470

어디 그뿐인가
전국 갑부들
누구 시켜 써보낸 축시들
갖은 칭찬 갖은 꼬리 치는 예찬 수록되었다

공주 일대만 마름 40명
소작 2천 세대
기름진 논 1천5백 정보

충청도 갑부 김갑순
본디 공주장터 국밥집 아들
덜커덩 군수직을 목돈 주고 사서
군수 노릇 하며
이 땅
저 땅
다 고리채로 삼켰으니
싸구려로 삼켰으니
거저 삼켰으니

만석꾼이었다가
2만석꾼이었다
1천석이
소작료 수입 나락 1천석

30만평이니
1만석은
3백만평
2만석은
6백만평

집사 마름 소작인
산지기 머슴 종년
종놈들
바깥마당 안마당
수백명
허허허

기섭이

무작정 상경이었다
혁명은
거창한 것이 아니라 좁쌀이다
오늘 신새벽에도
밤기차 열한 시간 타고 오는 놈들
촌년 촌놈들
서울역이 꾸역꾸역 토해냈다

서울 가서
새 세상 열자꾸나 아쭈
서울 가면
무슨 좆 같은 수가 나겠지 아쭈

막막한 고향
찌들고
메마르고
아저씨는 빨갱이였고
형님은 전투경찰
오늘도
또 오늘도 어제하고 똑같은 고향

가마니 쳐
2등짜리 값 몇푼 받아
바지춤 속주머니 만들어

거기 넣고
서울길 나섰다
혁명이었다

쌀 한 가마 2천환
버스차장 월급
3천환
3천5백환

서울역전 색시값
숏타임 5천환
쌀 두 말가웃 날려라

전북 임실에서 온 기섭이
나이 26세
몸 하나 가물치같이 꿈틀댄다
잠바 벗어주고
역전 숏타임에
돈 주어버리고 나서
빈털터리로
목욕탕 때밀이가 되었다

아침마다
고향사람 만나지 않게 해달라고

빈 목욕탕 바닥에 머리 대고
넙죽 절하고 빌었다

목욕탕 주인이 보았다

야 너 단군교 믿냐

남산공원

1956년 80회 탄신기념
이승만 대통령 각하 동상이 우뚝 섰다
25미터짜리
그 아래
억조창생들
3천만 동포들
비둘기들
밤에는 서대문형무소 지붕으로 가고
낮에는
시청과 남산공원에 출근한다

김지미가 김진규하고 걸어가며
비둘기들에게
모이를 듬뿍 주며 웃는다
행복이 그렇단다
비둘기들 싸우며 쫓기며
쪼아먹는다

컷!
이쪽의 감독이 촬영을 정지시켰다
조감독이
조역과 단역에게 손짓한다
영화 촬영중

거지들 똘마니들 앵벌이들
이승만 대통령 각하 동상의 백성들
방 한칸 없는 놈들
그러나
방 한칸 없어도 되는 놈들

아 저 아줌마하고
하룻밤 자고 싶다
오줌 싸주고 싶다
떠나는 김지미가 원망스럽다

김지미 뒤
김지미 화장가방 든 여자가
더 좋았다
씨팔
하룻밤 자고 싶다

석양머리 남산공원
혁명은
남자에게 여자였다
여자에게 돈이었다

컷!

오산 상이군인 신영도

끄으
술냄새
배고픈 사람에게
그 냄새는 더 진하다

목 자른 군화
헌 군복 야전재킷에 상이기장 한줄 달았다

세상은 상이군인이 지배한다
나라 위해
몸바친 용사
그들은 강요밖에 기술이 없다
구걸도 강제
엉터리 물건
비싸게 파는 것도 강제

군밤장수 군밤 한봉지 거저 들었다

오른손 갈고리
갈고리만 쳐들면 되었다 기술이 없다

하루에도 스무 번쯤 내뱉는 소리
씨팔!

어쩌다 나타나는 헌병대 앞에서
얌전하면 된다
경찰은 저쪽에서 모른 척한다
소는 소고
닭은 닭

세상은 상이군인이 지배한다
군홧발로 짖는 개 차버린다
빈 깡통 차버린다
지나가는 하이힐 여자
야 이년아
한코 안 줄 테면
네년 핸드백에 들어 있는 것
내놔
하지만
오산 숯고개
상이군인 신영도는
바깥세상에 나오는 일 없었다

밤이면
그가 죽인 놈들
인민군
중공군
그놈들 낯짝이 자꾸 떠오르는 병에 걸렸다

대낮에도
문 처닫고 누워 있다
귀신들이
가득한 방이었다

북만주 취원장

살아 있는 자 살길을 찾아갔다
일본군 나남사단
두만강 건너
북간도
서간도 조선인 전멸작전이 벌어졌다

청산리전투 대패 보복하는
3광작전
보는 대로 죽여라
보는 대로 불질러라
보는 대로 빼앗아라

서간도 조선사람들
북으로
북으로
옥수수밭 수수밭 끝 하늘 끝
북으로 갔다

하얼삔에서 송화강 따라
백릿길
거기
북만주 휑뎅그렁한 평야 끝자락
거기
짐 부렸다

움막 치고 솥을 걸었다

석주 선생의 첫 말씀
이 송화강 강물은 저 백두산에서
흐르르 흘러 여기를 지나감이라…

제2의 독립운동기지로 정하고
살길을 찾았다
형과 아우
망명생활 정이 도탑다
이상룡과
동생
이봉희
정도 도탑고
의도 도탑다

취원장 거기
혹한 몇달 동안
정짓간
자작나무 장작불 꺼지지 않았다

조국

국부 이승만 대통령 각하 만세
대한민국의 명령으로
대한민국이 준 의무로
북괴를 죽이고 오랑캐를 죽였다
정정당당하게
놈들을 죽였다
놈들의 고통을 알 바 없다

조선민주주의인민공화국의 명령으로
놈들을 죽였다
김일성 장군 따라
놈들을 죽였다
놈들은 반동이다
놈들은 괴뢰다
놈들의 불행 알 바 아니다

축배를 들어올리자
조국을 위하여
조국 해방전쟁을 위하여
우리 모두 충혼탑 영령이 되기 위하여

으리으리한 정장(正裝)
남의 정일권
북의 오진우

무당 필례

황간 강신무당 필례의 눈에 보였다
빈 빨랫줄에
할아버지 신 내려앉으셨다
호박넝쿨 흙담 위
왕할머니 앉으셨다

인공 시절
미 공군 네이팜탄이 떨어졌다
쾅!

빨랫줄에
태연자약 할아버지 앉으셨다
내일모레 손님 오리라 굿 놀아라

목간물 데웠다 몸 설렌다

그해 종이 태극기

1945년 8월 15일 정오 일본 항복
무조건 항복
아니다
조건 항복
천황을 그대로 두는 항복
그날 이후
한반도에는 종이 태극기가 휘날렸다
간혹 일본국기 일장기에
태극과 사괘 덧칠한 것 휘날렸다

1945년 8월 20일
소련 적군 포고문이 나왔다

우리 붉은 군대는 조선인민이
자유와 창조에 착수할 수 있도록
모든 조건을 부여한다 조선인민의
행복을 창조하는 것은 조선인 자신이
하지 않으면 안된다

1945년 9월 2일

미국 매카서 사령부 일반명령 1호

조선의 모든 주민은 본관의 권한 아래서

발동한 명령에 바로 복종해야 한다
점령군에 대한 모든 반항행위 또는
안녕을 교란하는 모든 행위는 가차없이
처벌할 것이다

1919년 3월 숨었던 태극기가 방방곡곡에 휘날렸다
1945년 8월 이전 묻혔던 태극기가 다시 휘날렸다
해방군이 아니라
점령군이었다
그들에게 종이 태극기를 휘날렸다

전라북도 옥구군 미면 미룡리 용둔부락 진무길이
종이 태극기를 잘 그렸다
하루에 50장도 그려냈다
그것을 재 너머 옥정리에도 가져갔다
미제 부락에도 보냈다

1945년 10월 6일
용둔부락에 미군의 지프가 나타났다
태극기를 가지고 나가
그 지프에 탄 코쟁이를 환영했다

그들이 여자사냥에 나선 줄 누가 알았겠는가
동네 댕기머리 처녀들

486

아궁이 속
방고래 속으로 숨고
대밭으로 숨고
숨었다가 뒷산으로 끌려갔다

함경도에서도
소련군이 시계를 빼앗고 여자사냥에 나섰다 한다

옥정리 진무길 이종사촌 누나는 키다리 처녀
방문 꼭 잠그고
밤새도록 벽장 속 다리 굳어 앉은뱅이 되었다 꼽추되었다

영친왕

1948년
한반도 남쪽 단독정부 대한민국이 섰다
그 다음
한반도 북쪽 단독정부 조선민주주의인민공화국이 섰다
이로부터 권력의 시대가 열렸다
총을 쏠 권력이
적을 죽일 수 있는 권력이
새로 뻥끼 칠한 문을 열었다

상해 임시정부 국무총리라는 이름이 싫어
미국 가서
대통령이라는 이름을 쓴
대통령 이승만
다 밀어내고
죽인 뒤
기어이 이루고야 만
오랜 꿈
대통령 이승만

대통령 이승만
오랫동안 일본에 인질 잡힌
한말 영친왕이 돌아오는 것을 막았다
개인 이은으로
돌아오는 것도 막았다

이은은 세종의 후예인 셈
이승만은
양녕의 후예였다
이승만은
세종의 후예들이 급기야 나라를 망쳤다고
조선왕조 세계(世系)를 미워했다

이승만은 미국에서 조선왕족으로 행세
왕자 이승만으로 불리었다
이런 왕자라
왕자 이은
영친왕은
일본의 오랜 인질로 있어야
그의 일본인 아내 방자와 함께
일본 술 마셔야

1950년 여름 한국전쟁 소식 들으며
이은은
어디서 구해온
「심청가」를 듣고
「춘향가」를 들었다

달팽이집

이오준

어머니도 떠나지 않겠다 했다
아내도 떠나지 않겠다 했다
누나도
잠시 떠났다가 돌아오라 했다
다시 유엔군이
올라올 때 돌아오라 했다

이오준

전란중에도 껑충 컸다

빈 몸 쌀가루 한자루 메고 떠났다
1950년 12월
삼팔선을 넘었다
서울에 머물렀다
수원
대전에 머물렀다
대구
임시수도 부산으로 가는 도중
열차가 섰다
그동안도 섰다 가고 섰다 왔다

삼랑진 부근
누군가가 말했다
부산은 피난민이 너무 많다고
누군가가 말했다
부산은 피난민이 굶어죽어간다고
또 누군가가
멈춘 기차 안에서
발 동동 구르며
차라리 돌아가
고향에서 죽고 싶다 했다

삼랑진 들녘
산 높고 강물 넓었다
강물 둔치 곡식 심을 데 있었다

탁 트였다
에라
따라지 신세
여기 내려 살든지 죽든지 신세 조져보자

이오준

차 안에서 사귄
성완종과 내려섰다

산마루 훤히 보이는 언덕 밑 풀밭
누구의 허락도 없이
나무 구하고 나뭇가지 구해다
막살이집 지었다
청승맞게
어린 시절 요양하던
묘향산 보현사
노승 무상대사
읊조리던 시 떠올랐다

달팽이집 나에게 맞아
턱 괴고 저녁노을 맞는다
운운

흑석동

만화방 30촉짜리 낮은 천장 전등 하나
달랑 드리워졌다
구둣방 가죽냄새 틉틉하다
술집 손님 없고
파리가 주인 노릇 한다
이발소에 벌꿀비누 있다
풀빵집
옷수선집 재봉틀 칠 벗겨진 몸통 낡았다

가도 가도 판잣집
가도 가도
1인행 비탈길 골목길

저 아래 수도꼭지 하나 있다
10환짜리 동전 하나 가지고
빈 양철 물동이 줄지어 선다
물 한 지게 지고 골목길 숨차게 올라간다

이러구러 살아가노라면
전선에서는 사람이 죽어가고
후방에서는 사람이 태어난다

이틀 전 아기 낳고 나와 물지게 물 엎지르며 지고 올라간다
아기 엄마 젖가슴이

저고리 밑으로 풍덩 삐져나와
아기한테
아빠의 북녘 고향이름 달아주었다
유선천
선천아 선천아
우리 아기 선천아
일찌감치 달조각 빛나고 있다 달동네

정재호

스카치 온더락스
얼음 세 조각 서걱이거라
괘종시계
열시를 쳤다

한 모금 입안에 번졌다
괘종시계
똑딱
똑딱
바쁘다 온몸 안개 자오록

오늘은 마닐라 목재 두 척 들어왔다
내일은
일본 코오베에서
석탄 6천톤 들어온다

전투가 치열할수록
후방에서
재벌은
더 치열한 재벌이 되어간다

정재벌 정재호 사장께서는
오늘도
취침 전 한잔을 잊지 않았다

고려 문종

1046년 고려 문종이 왕위에 올랐다
몸이 뒤틀리는 병이 생겼다
그런 중에도
오직 송나라를 마음 깊이 섬겼다
송나라 신종은
의원 88명과
약재 백 가지를 보냈다

문종은 감격한 나머지
화엄경을 외우며
내생에는 반드시
중국에 태어나기를 기원했다
꿈속에서도
그는 송나라 도읍 개봉에 가 있었다

고려는 작은 중화입니다

송나라 사람이 건너오는
고만도
태안의 안흥정은
송나라 객관
그곳 송나라 손님들 고려는 동방예의지국이라 찬양했다
임금부터
백성까지

신라 이래

중화에 사대하니 이소사대 마지않으니

어찌 다른 오랑캐의 무례와 같겠는가

과연 문종은 죽은 뒤

중국에 태어나

많은 소중화를 장려했으니

해동 고려는 예의 지극한 누에처럼 두잠 석잠 둥싯둥싯 잠들었다

넝마주이 짝꿍

야 낙보야 짭새 오신다

저쪽에서 순철이가 알려준다
쳐들었던 집게 내리고
휘파람을 길게 불었다

싸리 추렁 헐렁하게 메고 나섰다
집게 휘둘러
천하에 널린 내 물건들 점고하신다

내 이름은 넝마주이
내 이름은 써라이
내 이름은 시라이 살쾡이
호적이름 낙보 잊은 지 오래

그러나 순철이만 만나면 내 이름 살아난다

남의 집 옷 걷기
슬쩍 들어가
빨랫줄 몇가지 걷어오기

순철이 만나야 내 이름이 살아난다

야 낙보야

우리 언제 이놈의 써라이막 면하냐
왕초 그 자식 못 벗어나면
너와 나
이놈의 영등포 떠날 수 없다
야 낙보야
어젯밤 꿈속에서
야 영흥극장 가시나하고 경인선 탔다
경인선 타고 가서 바다 보았다
바다 보며 씹했다

서울역 지게꾼

새벽 다섯시 경부선 열차 태극호가 도착했다
통행금지 해제 네시 직후
출구 앞에 나와 있어야 했다
이윽고 승객들이 나온다
짐값 흥정은 간단명료
큰 가방 하나
양식자루 하나
작은 가방 하나
지게에 졌다 짐 주인이 뒤따랐다

길 건너
버스정류장까지
짐삯 5백환을 내라 했다
양식이 너무 무거웠다 했다
양식자루 놔주지 않고 내라 했다
서로 삿대질

결국 지게꾼이 이겼다
백환을 깎아
4백환이 되었다
고맙소
잘 가우
이따위 인사 필요없다

지게꾼 김막동이
어제 아들을 잃었다
오늘 나와
첫 짐에 4백환 벌었다
저녁나절 일 끝나면
소주 한모금 먹고
죽은 아들 슬픔이
그때에야 솟아나리라

그러기까지
서울역은 슬픔 사절
이 막판에서는
슬픔도 군더더기 아닐 수 없다

김칠성

담벼락 밑
헌 구두 으리번쩍 닦아서 가지런히 늘어놓았다
구두들
벌받는 국민학교 아이들 같다
그 가운데
하얀 헌 운동화 한 켤레도
꼼짝없이 벌받고 있다
여자 슬리퍼 한 켤레도

아예
남의 집 담벼락에 못을 박아
우산도 걸어두고
가죽가방도 걸어놓았다
데릴사위 같다
데릴사위 같다

모두 착하디착하다

해 지면
구두를 지고 갈
큼지막한 륙색도 배고픈 채 걸려 있다

쪼그라진 파나마모자 쓴 구두장수 김칠성
두꺼운 입술

502

째진 눈
날선 광대뼈
어디에도 서러움 따위 모른다

세살배기 딸이
천연두 앓다가
죽었는데도
담배 한대 피우고 쌍 잊어먹었다

없던 것이
잠시 있는 것인가

DDT

1945년 9월 한반도 이남에 진주한
미 육군 제24군단
승리자는 성벽처럼 당당했다
오끼나와 격전
오끼나와에 상륙한 승리자 하지 사령관이
한반도에 건너왔다

처음부터 한국을 싫어했다
한국인은 고양이 같은 족속이야
이 말이 그의 첫말

미 군정청
을지로 남선전기 건너
미군 CIC

한국인 근무자 출근할 때면
개나 걸이나
누구나 DDT 창고로 데려다가
DDT를 뿌렸다
누구나 하얀 DDT 안개 뒤집어썼다

은총이었다
굴욕이었다

미군이 가게 될 거리
미리 DDT를 뿌려
온통 하얀 DDT 안개가 자욱했다

고양이 새끼들
그 연기 속에서 뛰놀았다
할로 할로 기브미 찹찹
찹찹 찹찹

벌써
서울에만 정당 정치단체 3백70여개

대동진 공화당
당수
나옥모 씨는
집 나서며
아들더러 호령했다

이놈아
미국놈 따라다니며
껌 얻어먹지 마라
미국놈들 천하 쌍놈들이다

나옥모 씨 회색 두루마기 담뱃불 구멍 났다

오늘도 나라 걱정 태산으로
남대문 근처로 나가야 했다
인력거 타본 적 없다
미군 스리쿼터가 DDT 뿜어대며 달려갔다

다섯 아버지

기구하여라 기구하여라
개화여성 시인 김원주와
일본인 대학생 오오따 세이죠오(大田淸藏) 사이
아들이 태어났다
일본 이름 마사오(正雄)

아들을 낳은 뒤
김원주는
조선으로 돌아와
수덕사 견성암으로 들어갔다
법명 일엽(一葉)

생부 오오따는
조선인 친구에게 어린 아들을 맡겼다

황해도 신천군 신천읍 무전리
송기수
정미소와 과수원 주인
그 송기수의 둘째아들로 입적
이름 송영업

그림솜씨가 일찍 나왔다
뒤에서 생부가
서울 김은호 화백에게 맡겼다

아들 없는
김은호의 아들이 되었다

서울 와룡동 이당화실
그곳에 김규진 이상범
그리고 제자 김기창이 있었다

소년 송영업이
소년 김설촌이 되어
어머니 소문을 들었다
수덕사에 찾아갔다
또 찾았다
어머니 일엽스님이 만나주지 않았다

수덕사에서
김천 직지사로 간 어머니를 찾아갔다
직지사 주지 김봉률 스님에게 맡겨졌다
대처승 김봉률의 아들이 되었다
일본 유학 때 낳은 아이라고
아내에게 속여
친자식으로 삼았다

그동안 네 아버지의 아들이 되어
기구한 세월

채색화가 무르익었다
드디어 어머니의 뒤 이어
삭발 입산
일당(日堂)스님이 되어버렸다

다섯번째 아버지는
성큼 거슬러
2천5백년 전 석가모니이셨다
저녁놀이 스미는 그림이었다
일당 채색(日堂彩色)

기섭 동무

중복 태양이 익을 대로 익었다
뜨겁다
낮술 취한 돌쇠 인민위원장이 말했다

반동 김진홍!
너 해마다 중복날 보약 먹었지
이제 보약 먹을 필요 없다 잘 가라

일자무식 돌쇠 위원장이 고개를 끄덕였다

민주청년동맹 행동대
일자무식 기섭 동무가 쇠스랑 뒤쪽으로
김진홍 영감의 머리를 쳤다

풀썩 쓰러졌다

송장을 묻어야 할 텐데유
까마구들 배고파
그냥 둬

다시 머리를 쳤다 갑사조끼 피범벅이 되었다

2개월 전 머슴과 주인
2개월 후 위원장과 반동이었다

기섭 동무가 쇠스랑을 든 채 부르짖었다
스딸린 원수 만세
김일성 장군 만세
조선민주주의인민공화국 만세

돌쇠 위원장이 어금니 뿌드득 언덕을 내려갔다 호주기가 날아갔다

장옥산

일호모방
일호석유
일호철강 사장 아들 김길우
삼방화약
삼방기계 대표 아들 윤성수

대선전기 사장 아들 임철국

대륙상사
대륙중기
대륙여객 사장 아들 윤필렬

홍일점
명주맥주
명주탄광
명주운수
명주수산 사장 딸 이은주

자유당 계열의 신흥재벌 아들들과 딸과
우연히 한동아리가 된 학생 권오병

아버지 문화재관리국 주사인데
아버지가
한일합작 목재회사 사장이라 사칭하고

한동아리가 된 권오병

한번 두번은
그 공자들과 공주와 어울렸으나
세번째부터는 버거웠다

구두도 미제 이태리제여야
손수건도 최소한 일제여야
선글라스도 독일제여야 했다
버거웠다
용돈이 뭉칫돈
1백만환짜리 수표 서너 장 획획 날려야 했다

명동 사보이호텔
을지로 반도호텔 방 빌려 노는데
획획 날려야 했다

가짜 목재회사 사장 아들 권오병
결국 백화점 여점원과 짜고
도둑질을 일삼았다

백화점 양품부를 털었다
팔아서 돈으로 쓰고
팔지 않고 입고 차고 신고 다녔다

어느덧 진짜 공자가 되어버렸다

열두번째 도둑질 현장에서 여점원이 잡혔다
권오병도 잡혀갔다

감옥에 가서
퇴역장군의 아들이라 사칭했다
간수한테도
승진시켜준다 어쩐다 했다
달걀 속에 양주 넣어 봉한 것
몇사람 건너
들여다가 마셨다

진짜 이름 장옥산

1920년 경신참변

망명지 만주땅 황야에서도
조선사람 마을에는
학교가 세워졌다
자식 가르치는 것
조선사람의 삶이었다
토방집 짓고
밭옥수수
밭보리 심었다

통나무 우물 정자로 올린 뒤
지붕은 돌이끼로 따뜻하게 덮는다

밭보리보다 밭메밀 농사 잘되었다
미친년 널뛰듯
마구 뿌려도
모진 목숨이라 잘 자란다

닭을 키우니
닭 모이는 강냉이
겨울양식 메밀국수 오지게 먹고 먹었다

밤이면
전나무 뿌리 불붙여 등잔불
내일 강냉이 한줌

소금 한줌 바꿔
김치는 엔간히 싱거웠다

학교에서
교가 부른다
신흥강습소 김창환 교관 구령소리
쩌렁쩌렁
앞산에 메아리쳤다

조선어
조선 역사
조선 지리
습자
작문
창가
산수 구구단을 배웠다

그런 마을 다 불질렀다
다 죽였다
다 뒤져갔다
이를 부드득 갈 누구 하나 남겨두지 않았다

소사역

경기도 소사역 일대
복숭아 과수원 텅 비었다 유엔군이 도착했다

역 구내 화물창고 안에서
숨었던 두 사람이 끌려나왔다
겁에 질린
소사인민위원회 연락원
원방길
원호준 부자
연락원이란 심부름꾼이었다

아들 호준이 울었다
아버지가 괜찮다고 안심시켰다
울음 그쳤다
벌벌 떨었다

고
고 깟뗌

철로로 걸어가라 했다

두 사람 뒤를 한번 돌아다보고 걸었다

다섯 걸음쯤

여섯 걸음쯤
그때부터 마구 뛰었다

탕!
탕탕!

두 사람 철로 위에 쓰러졌다

다시
탕!
탕! 탕! 탕! 확인사살

1950년 9월
미 육군 벤저민 조이 하사가
휘파람 불며 떠났다
한국인 통역 박두성도 함께 떠났다

소사 우익치안대가 외쳤다
유엔군 만세!

삼피(三避)

1911년 1월
나라 잃은 백성
왜적을 피해 떠난 것이
1피

1912년
왜적을 피해 떠난 것이
2피

1913년 여름
왜적을 피해 떠난 것이
3피

그뒤로 4피 5피 6피…로
1931년 만주사변중에도
1942년 대동아전쟁중에도 이어져 떠나고 떠났다
솥 하나 지고
이불 하나 지고
아픈 아이 업고 떠났다
몇백년이나
떠날 줄 모르던 농투성이들 떠나고 떠났다

나라 찾을 내일과
나라 잃고 굶주리는 오늘

긴 석양길 산등성이 넓었다
그런 행렬 가운데
장차
일본 천황에게
폭탄 던질 청년이 자라났다
이봉창 뒷날
제 이름 남지수
남봉창으로 고치고 폭탄을 만들다 잡혔다

차일만 할아버지

국군 북진중
한탄강 기슭 수리재말
1백 가구
얌전한 초가집들 다 타버렸다
다 죽어 고요하다

단 한 사람 살아남았다
병든 차일만 옹

죽은 마을 한번 바라보았다

혼자 기어나가
툇마루 밑 양잿물 먹어버렸다
그대로 속 타들어 다리 쭉 뻗어버렸다

아무도 없었다
아무도
알아들을 수 없는 한마디 말 있었다

제임스 하우스만

형 이 사람 하우스만 알아? 언제나 누구의 뒤에는 그가 있었어

1946년 7월
미 육군대위 하우스만
점령군 장교로 상륙했어

조선경비대 창설에도 그가 있었어
일본군 장교 정일권 백선엽을
조선경비대 간부로 특채했어

대한민국 국방군을 좌우했어

제주도 4·3 토벌도 그가 뒤에서 지휘했어
동지들의 명단 넘겨준
남로당 박정희도 그가 신분보장 살려주었어

제주도 양민학살도 그가 뒤에서 지휘했어

그는 늘 뒤에 있었어
그의 손은 한번도 피 묻힌 적 없는 손으로 악수했어
그러나 그는 죽이고 죽이고 또 죽였어 살리고 죽였어

홍진수

별명 자벌레
풀 매는 날
하루 내내 말 한마디 없다
누구는
혼자 일할 때도
구시렁
구시렁
씻나락 까먹는데
자벌레 홍진수는 말 한마디 소용없다
해오라기 저쪽에서 왔다가 다시 가고 만다

1951년 2월
제2국민병 징발 직전
마을 청년들
아주까리기름 먹고 설사했다
몸무게를 줄여야 했다
45킬로그램 이하면 무종 불합격

그러다가 뒤로 가며
40킬로그램이건 30킬로그램이건 다 을종 합격으로 입대시켰다

자벌레는 오른손 검지 한 도막
자귀로 찍어냈다
잘린 검지 도막 뒷산에 묻었다

열이틀 뒤 검지 아물어들었다
신체검사 병종 불합격

안심하고 두부장수로 나섰다
두부판 어깨에 메고
식전 걸음
두부 사려
두부 사려
저녁 걸음
두부 사려
두부 사려

아버지 어머니 세상 떠난 뒤
어린 동생 넷의 입에 밥을 넣어주었다
팔고 남은 두부도 넣어주었다

신민회

1910년 8월 나라를 잃었다

3년 전
나라 구하기 위해 조직한 비밀결사
신민회가 나섰다

양기탁
이동녕
신채호
이회영
김구
이승훈
안창호 들

1910년 11월 이동녕 양기탁
안동 이상룡에게 밀사를 보냈다
조상의 옛터 서간도에서
조국광복운동기지를 만들자는 것
이상룡 즉각 수락
가산을 정리한 뒤 합류

고향 떠나며 남긴 시 「거국음(去國吟)」

대지에 그물 친 것 보았거니

어찌타 영웅 장부가 해골을 아끼랴
고향동산에 좋이 머물며 슬퍼하지 말게나
태평성대 훗날 다시 돌아와 머무르리라

다시 돌아오지 않았다

어떤 풍경

변산 앞바다 낙배 떴다
난리 시절
오늘도 구릿빛 강동수
아버지 넋을 건지러
바다에 나왔다

새는 물 퍼내며

아버지
아버지
아버지 어서 나와요

1950년 여름
부안 인민위원회 정문 보초 강병환이 아버지 강병환이
수복 후
인공 부역자 한 무더기와 바다에 수장되었다

아버지 아버지 무서워하지 말고 어서 나와요

김오남의 소설

김오남의 소설 『세월』 상·중·하 권
『세월』의 주인공 손창익이
중권 후반에서
일본인 여급과 잠자다 죽는다

하권 후반에서 살아난다

독립군 아들이 돌아오자
친일파 아버지 손창익이 용서를 빌고
죽어간다

'반드시 이루어져야 할 만남은
죽음을 넘는도다'

석가나 노자가 남긴 말이 아니라
마을 원태 할아버지가 한 말

손창익의 아들 손명도는 어느날 밤 지리산으로 갔다
『세월』 속편이 있어야겠다
그런데 이번에는 작자 김오남이 죽었다
어이하나

그 아이

충남 아산 바닷가
무너져도 좋을
언덕
얼었다가 녹은
언덕

아 그 아이
혼자 되어
울음 징징 달고 다니는
김태섭이라는 아이

몇포기 명아주풀 따위 언저리
머리 박박 깎은
열서너살 난 아이

그 옆에
배 꺼진 염소 한 마리 있다

저녁바다에는 배 없다
산에도 나무 없다
부모가 빨갱이였으므로 붙잡혀 죽었다
아이 하나
외삼촌네 집에 와 있다

논일
밭일 익히며 자라났다
오늘은
멀리까지 나와
바다를 본다

아버지
어머니
어디에도 안 보인다

김재선

전북 남원군 주민들
다 엎드린 듯 없는 듯
죽은 사람 뒤에 살아남아
죽은 듯
밥 먹은 수저 놓는 소리도 없다

살아 있어도
날마다 사느냐 죽느냐 그것밖에 없었다

천왕봉이 보이건
구름 속에 숨어 보이지 않건
여기서부터
삼엄한 전투지역

휑한 거리
군대밖에 없다
자운영 들 건너
전투경찰밖에 없었다

그들에게 빌붙어 돈 버는 장사치밖에
갈보와 갈보 뒤의 포주밖에

전투경찰 소속
의용경찰 김재선 의경

결혼식
사모관대 신랑 노릇 일주일도 못되어
신부 남겨두고 소집되었다
논 2천평 사두었다

남원국민학교 교실 일박
다음날 전투지역 인월로 갔다
첫 전투에서 죽었다
어이없었다

그의 군복 주머니에는
약혼 기념사진이 들어 있었다
사진 아래
백발 글씨
'내 사랑 영원히'가 씌어 있다

석주 이상룡

눈빛 저 건너까지 닿았다
앉은키가 컸다
우렁우렁한 얼굴
앉은키 위에 솟아나 있다
빌려준 것 한푼 받지 않는 몸의 성벽

안동 임청각 저택 혼자서 으리으리하다
1905년 을사조약이
나라 내주기 시작했다
임청각 박차고 나가
저 가야산에 들어가 의병을 모았다

내가 지난 50년 동안
공자 맹자의 책을 보았는데
마침내 그것은 다 헛말이었구나

고향 동지 김동삼 등과 학교 만들어
민족자강운동 시작
매국노 송병준 이용구 목 치라는 상소 올렸다
이윽고 일가친척 다 불렀다
망국 전야
형제와 종형제 재종형제들 아울러
50여 가구
눈보라 망명길 나섰다

이에 앞서 노비 풀어
경어로 말하고
전답 다 나눠주었다

1911년 1월 5일
가족
친족
하루 잔치 벌여 보낸 뒤
고향을 등지고 바람 찬 길 나섰다

압록강 언저리
현지 사정을 알아본 뒤
가족들
친족들 만주땅 서간도 건넜다

이로부터 조국광복의 꿈 지지리도 지지리도 고난의 꿈

화전민 신두방

강원도 화천군 상서면 봉오리 산중
화전민 여섯 가호 중
두 가호
새 화전으로 떠난 빈집
자갈밭 강냉이가 제법 자랐다
한 대롱에
두 개
세 개 달려
강냉이수염 연분홍빛 꽃자줏빛

영락없이 멧돼지 손님이 나타났다
어미가 밭에 들어서서
강냉이 줄기를 눕히며 지나가면
새끼들이 눕혀진 대궁에서 강냉이를 따먹는다

새끼들 배불러
딴전피울 때에야
어미는 남은 강냉이로 배를 채운다

화전민은 그들만 사는 것이 아니다
멧돼지 손님하고 함께 살아야 한다
행여 그 손님들
밭이 아니라 집으로 쳐들어오면
빈 깡통 두들겨댄다

멧돼지 손님 받아가며
남은 강냉이 익어간다

지난해 상처한 홀아비 신두방
혼자서 투전을 연습했다
한번 화천 장날에
투전판 목돈 딸 생각
꿈틀
눈썹에 욕심이 나왔다 들어간다

마누라 제삿날이 다가온다

해당화

고려 태조 왕건은 물을 섬겼다
관음도
해수(海水) 관음을 섬겼다

오행설
물은 만물의 으뜸이며
북방에 해당한다
흑색에 해당한다
그래서 북방진출의 수덕(水德)을 내세웠다
또한 고려는 물 건너 드넓은 뱃길로 나라를 일으켰다

송나라 강남
유구
왜
월
안 가는 데 없이 건너가고 건너왔다

고려 부안 모항 뱃사공의 자식 차옥생
저 아래 철산바다 법성포 뱃사공 딸 임해당화에게
배 타고 장가갔다
아들 낳았다

유구로 건너갔다
유구 처녀와 살며 딸을 낳았다

10여년 뒤 돌아왔다
아내 묻힌
해당화의 무덤 긴가민가
씻김굿 차려
혼을 달랬다
굿판에 소나기 퍼부었다

치순이

쇠정지밭
바우배기밭
갈메밭
잿정지밭
성문 밖
방앗달밭
방죽밭

일년 내내 일이었다

첫딸 치순이는 살림밑천
일밑천

새벽부터 물 긷기
밥하기
방아 찧기
쇠죽 쑤기
들밥 나르기
마당 쓸기
재 퍼내기
남새밭 벌레 잡기
빨래하기
비 오는 날 가마니 치기
밤에는

호롱불에 헌옷 깁기
감기 들 겨를 없고
별 볼 어둠도 없다

사람으로 태어난 것이 아니라
그저 일꾼으로 태어났다

가슴속에는
한 가지 소원 있다
일 많은 집으로
죽어도 시집 안 가는 것

그러다가 선보아
시집간 데가
어쩌자고 방앗간집

심부름하는 아이 하나와
아침부터
먼지구덩이 방앗간에서
쌀 되어 삯 받고
밤에는
수박밭 참외밭 지켰다

사람으로 시집간 것이 아니라

일꾼으로 시집갔다
남편은 고르릉거리는
폐병쟁이
시아버지 술상
하루에 서너 번
차려내야 했다
그렇게 살아가다가 힘 빠지면
병 나은 남편
소실 두어 새 일꾼 는다

오대산 상원사종

725년 신라 성덕왕 24년 주조
범종

그 종소리 잊은 지 오래

무지무지한 전쟁 간 뒤
1954년 5월 초파일 저녁

그 신록 연초록 산중
오랜만의 종소리 울려왔다
가슴 뛰놀아라
종소리가 평화였다
종 치는
열네살 혜선

그도 전쟁고아

그 어린 사미
두 눈 사이 깜장 사마귀가 벌써 어른

바위 마을

산기슭 조금씩 허물어 일구었다
천둥지기 다랑논
층
층

비 오면 볏섬이나 나지만
가뭄 들면
하늘만 바라보다 공친다

이런 곳도 비껴가지 않고
전쟁이 지나갔다

천둥지기 다랑논 풀밭이 되어갔다

강원도 화천 용화산
괸바위
베틀바위
도둑바위
마귀할미바위
아들바위
광바위
주전자부리바위

이런 바위들이 사람 대신

서로 몇마디 주고받는다
인기척인가
벌써 가을 단풍 든 잎사귀 두말없이 지고 있다

구미 허씨들

1908년 경북 구미의 허위가 일어섰다
의병 3백 이끌고
북으로
북으로 진격

마고자 벗어던지고
융복 입었다
가는 목소리도
차츰 굵은 목소리가 되었다

옳을 의(義)자 깃발 밑
그의 노여운 눈초리 늠름했다

한양 동대문 밖 30리
일본군과 접전
피아 공방 치열
총탄이 가로질렀다

허위를 따라
맏형 허훈
셋째형 허겸
조카 허형식
허씨 일가 남정네 다 나왔다

이완용이 내무대신 제수한다고
밀사를 보냈다
크게 꾸짖어 보냈다

끝내 체포되어 서대문형무소
제1호 사형수 교수형 순국

가족들 갖은 탄압 견디다가
한밤중에 망명길
만주땅

구미 허씨 끝나고
만주 허씨 시작했다

허형식

구미 허씨 일가
허위 일가
의병장 허위의 조카 허형식
1909년 구미에서 태어나
만주에서 자라났다

동북항일연군 제3로군
총참모장이 되었다

최용건 김책 김일성과 더불어
동북항일연군 조선혁명전선 간부
소련으로 가지 않고
끝까지 만주땅에 남아 있었다

김책과 마지막 술잔 나눴다
함께 가자우
그대들이나 가라우
나야 조국 국경선 못 떠나
가자우
가지 않겠다

1942년 8월
일본 대토벌군과 맞서
격전중 전사

나이 33세

부상당한 몸으로 부하들을 엄호사격
온몸 총탄구멍 40여개였다

허형식이 태어난
구미 임은동 건너 상모동
뒷날 그곳에서
박정희가 태어났다
독립군 잡는
관동군 장교였다

권숙희

서울 청량리역전 588
벌집 같은
사창거리
장교가 나타났다
날씬한
권숙희가 걸려들었다

야 너 나하고 갈 데가 있다
너 정기검진 받았지?
하룻밤 20만환 준다

오마나 20만환!

지프가 달렸다
양평
가평 지나
강원도 홍천 지나
산악지대로 달렸다

어느 농가로 들어갔다
내가 직접 검사해봐야겠다
하고
장교가 권숙희를 눕혔다
너 장래가 촉망된다

하고 땀을 닦으며 말했다

담배 한대 피운 뒤
다시 달렸다
지프 궁둥이가 튀어올랐다

야 너 청량리에서 왔다고 하지 마
춘천다방 레지라고 해

가명 권숙희는 오랜만에 가슴 탁 트였다
달려라
달려

그날밤 파로호 근처 968부대 특설숙소에는
육군중장 정대권 장군 각하가 머물고 있었다
조니워커 반 병이 남고
꿩고기
산토끼고기 요리가 남았다

멀리서 손님이 오는 중

만
인
보

18

萬
人
譜

이승만

나라의 불행을 잘 썼다
나라의 모순을 잘 쓰고 남겼다

이겼다

벗어나지 못한 봉건
망명지 하와이의 임종 침대
거기서 평생의 의식을 놓았다
남은 헛소리
어린 시절
고향 황해도 두메 사투리였다
날래 오라우 날래 오라우

두번째 양자가 서 있었다

이윤 상사

1950년 6월 28일 낮
중앙청과
서울 시청에 인공기가 올라갔다
잠시 비가 멈췄다

싱거운 전투가 있었다
국군 이용문 대령의 마지막 명령

각자 해산하라

그때 일등상사 이윤이 남았다
제 가슴을 권총으로 쐈다
쓰러지며
대한민국 만세!를 불렀다

부모도 없다 아내도 묻어줄 전우도 하나 없었다

개성 노인

감자꽃이 피었다
어제까지
개성은 대한민국
오늘 아침까지도
개성은 대한민국

비 온 뒤
만월대 풀섶 나비떼 온데간데없다
1950년 6월 26일 낮
개성은
조선민주주의인민공화국

계철규 옹은 남아 있었다
큰아들 창희는
해주 외숙 만나러 가서 돌아오지 않았다
작은아들 창섭은
막 대한민국 백선엽 사단 신병으로 후퇴

어쩔거나
달 뜨는 밤 자랑스럽던 7천평 삼포도 감자밭도 아무 소용 없다

아기 채영진

서울 용산구 갈월동
육군참모총장 관사
채병덕 총장 부인 백경화 여사 떠나야 했다
만삭의 몸
6월 27일

부산 송도의 임시거처
백경화 여사 아이를 낳았다

뚱보 총장 채병덕이 물러났다
피난국회에 불려가
3일 이내에 평양을 함락하겠다고 소리치고 물러났다
새파란 정일권이 총장이 되었다

채병덕은 아기 이름을 영진이라 지었다
영웅의 영(英)
38선 진격의 진(進)

영진의 아빠는 괜히 하동전선에 가서 죽었다
잘 죽었다고
누가 말했다
젖먹이 영진
아버지 없는 아이로 자라났다 젖이 모자랐다

아버지 사진 걸린 벽 아래
네가 네 운명을 열어라

김기희

삼팔선은 수상했다 무슨 일이 일어날 듯
개미들도 바빴다
들쥐들도 바빴다
1950년 3월
이승만계 독신 여걸 임영신은
국제정보 민완의 정보원 김기희를 불렀다
현금 60만원을 주어
삼팔선 이북 동태를 파악하라 했다

12명 선발
김기희 첩보원은 삼팔선을 넘었다
5월
열 명은 행방불명
두 명만이 돌아왔다
김기희의 보고는 놀라웠다

탱크 야포 그리고 대병력이 이동배치중

임영신은 대통령에게 보고했다
무초 대사
신성모 장관에게도 알렸다
신성모는 시큰둥 딴전
믿을 만한 정보 아니다 허위보고다
첩자들 삼팔선 서성이다 그냥 돌아온 것이다

임영신은 대통령을 다시 찾았다
대책 시급하다 했다
이승만은 짜증을 냈다
그럼 네가 국방장관 해봐
삼팔선 걱정 그만두고
미스 임 너는 미국 가서
무기 좀 얻어와

임영신은 한마디 남겼다
제 말 안 들어 후회할 날 있을 겁니다

임영신 미국 건너가
미국 조야에 국방 지원을 호소
1950년 6월
삼팔선이 터졌다

1951년
신성모는 김기희를 총살했다
죄목도 없다
군재 선고문서도 없다
훈장은커녕 총살이었다

국제 스파이가 국내 스파이로 죽었다

옥례 남편

조선
만주
아라사
세 국경이 만나는 하싼
뿌질로프까 마을

조선 농투성이들 몰래 건너가
마적떼
아직 없는 두메
건너가
납작집 지어 비바람 가렸다

하루에 세 나라 풀 뜯어먹는
소와 염소 기르며
두만강 기슭
새 잡으며
고라니 잡으며
씨도 뿌리고 사냥도 하며 살아갔다

사냥꾼 장길성이 딸 옥례
개울가 빨래하다가
말 탄 사람 만났다
굶어 눈이 푹 꺼져 있었다
말에서 내려오지 못하는 것을

옥례가 젖은 손 털고 내려주었다
집에 가서
찬밥 가져다 먹였다
일본군에 쫓겨온 의병이었다

죽은 의병장의 말을 타고
쫓겨
쫓겨
강을 건넜다
사람은 낙배 타고
말은 헤엄쳤다
사흘을 굶었다

옥례는 그를 데리고 갔다
사냥에서 돌아온 아버지한테 간청했다

이 사람을 제 낭군으로 허락해주셔요
아버지의 딸이
이 사람의 각시 되게 해주셔요
아버지

아버지 장길성이 잡아온
장끼 두 마리를
낯선 의병 앞에 던졌다

최규봉

켈로부대 모르면 안돼
6·25사변
켈로부대 모르면 안돼

1944년 노르망디 상륙작전이 있다
1950년 인천상륙작전이 있다
6·25사변의 대전환
인천상륙작전을 모르면 안돼
인천상륙작전의 선봉
켈로부대 모르면 안돼

미 극동사령부 한국연락사무소 KLO가
특수부대 켈로부대
적중첩보
적지타격
한가닥 공포도 불안도 거절

대구 방어전에 참가한
켈로부대 최규봉에게
인천 앞바다 팔미도 등대 탈환작전 명령이 떨어졌다
한국인 3명 미군 3명 6명 정예
9월 15일 자정 지나
팔미도 등대 탈환 등댓불을 켰다
드디어 유엔군 7개국 연합함대 2백61척이

562

팔미도 해역에 집결 인천상륙에 돌입했다

28세의 최규봉
다음날
지휘함 마운트매킨리호에 올라
매카서 사령관 방으로 갔다
소원이 무엇이냐고 물었다

계급도 없는
군번도 없는
전쟁의 청춘이었다
아내도
집도 없는
전쟁의 청춘이었다
8240켈로부대가
최규봉의 전부였다

이삼혁

진한 참숯검정 눈썹
눈은 없고
눈썹만 있다
아니다
눈빛 뜨거워
눈만 있고
눈썹은 없다

웃음은 반동이다 아기 보고도 웃지 않는다
굳은 입술
굳은 코
굳은 귀 이삼혁(李三赫)

그의 우두머리 남로당수 박헌영
더이상 남쪽에서 존재할 수 없다
북쪽으로 갈 수밖에 없다

상여 속에 관 속에 누워
어허달구
어허달구
상여행렬로 서울을 떠나
삼팔선을 넘었다

서울의 당원들 일제히 지하로 가라앉았다

이삼혁은
가라앉았다 떠올랐다
사라졌다
나타났다 하며
대한민국 첫 국회
외군철수안 가결 공작에 나섰다
부의장도 포섭했으나
가결 미달
그래서 포섭 의원 62명
유엔한국위원회에
외군 철수 진언서를 보냈다
다시 가라앉았다

유기연

불온한 결단이었다 그때
스스로 상투를 잘랐다
천년 봉건의 터럭 끝낸 것
스스로 세례 받았다
미국 북장로회 숭실대 설립자
베어드 선교사가 이마에 물을 적셨다

대담한 용기였다 그때
토지 집착 떨치고
싱거 미싱 팔았다
냉면 식당도 차렸다

절약
또 절약
대동강물도 함부로 퍼쓰지 말라
절약

쾌척
독립운동자금에는 절약 없다
북간도 이상설 이동녕의
서전서숙
김약연의 명동학교
투쟁과 교육에 자금을 댔다

아침에 일어나면 슬픈 애국가를 불렀다
하루를 경건하게 시작했다
만주사변
일제가 만주를 다 장악한 뒤
이불 뒤집어쓰고 애국가를 혼자 불렀다

스코틀랜드 민요곡조에 맡겨
슬프고 또 슬프게
동해물과 백두산이 마르고 닳도록 아

자식 구남매
다 외국으로 보냈다
장남 유일한도
아홉살에 미국 중서부로 가차없이 보냈다
카랑
카랑
기침 없이 기침소리 들렸다
눈감아도
눈빛 뜨겁다

그의 말 단호하기를
좋소
안되오
그 두 마디

강동정치학원

평남 강동 산중
강동정치학원은 월북 남로당의 근거지였다
월북 남로당은 남쪽 없이는 허깨비
거기서 남쪽으로 유격대 보내고
북로당의 주도권을 견제해야 했다
어디 손쉬운 일인가 발쉬운 일이던가

전쟁 이전
거기서 남쪽 5개 전구를 편성
제주도 전구
지리산 전구
호남 전구
오대산 전구
태백산 전구

기본 병력은 현지 출신 남로당원
정치반
유격반
1949년 5개 전구를 통합
제1병단 사령관 이호제
제2병단 사령관 이현상
제3병단 사령관 남도부 김달삼

10차 남파

1949년 7월 남로당세력 만회 목표
7월 대공세 전개
지하 남로당 서울시당
사제 수류탄 6천개 쓰지 못하고 빼앗겼다

지리산은
갑오농민전쟁
일제말
항일청년 집결 이래
지리산 전구
제2병단 전구 근거지

지리산은 구빨치 신빨치의 본산
남로당의 현장
강동정치학원의 목적지

여전사 30명에서 70명으로 늘어났다
여전사 임가시내
본래 칠보 지주 마누라의 몸종
임혁명이라는 새 이름 받고 산을 내려가
남원 산내지서 습격 순경 1명 사살했다
총 2정 노획했다
월경중이었다

히읗 발음이 안된다
박헌영 동지를
박어녕 동지
이현상 사령관을
이연상 동지라 불렀다
달밤 전투 없는 밤
남쪽 나라 내 고향을
남쪽 나라 내 고양이라 노래 불렀다

이태랑 중령

권총도 그의 허리에서 멋이 났다
하루에 세 번 닦는
군화도 멋이 났다
복도에서
참모총장과 만날 때
카카(각하)! 소리도 멋이 났다

미제 검은 안경 금테 가느다랗게 떨린다
그가 지나가면
방금 뚜껑 연 포마드 냄새
그 냄새가 눌어붙는다

토요일은 이태랑 중령의 날
토요일 밤은 이태랑 중령의 밤 탱고 블루스의 밤

1950년 6월 24일 토요일
육군본부 장교클럽 신축 축하파티가 열렸다
한국 장교 50여명
미군 고문관 10여명이 참석했다

저녁 아홉시부터 열시까지
제1차 춤파티
열시 반부터 새벽 두시까지
제2차 춤파티

지르박 다음 밀착의 블루스
장안의 무희들 무르익었다 숨막혔다

새벽 두시 반 세시쯤
한 쌍씩 사라져갔다
부르릉
지프차 사라져갔다

전쟁이 시작된 시각
춤과 정사 뒤
세상 모르고 곯아떨어졌다

이태랑 중령의 춤은
무희들의 선망
그날 이중령의 파트너는
반도호텔 객실주임 유혜숙

그녀의 한마디
오늘밤을 위해 살아왔어요

이태랑 중령은 춤의 중령 그리고 알몸 중령이었다

이원섭 대위

일요일 오전의 풍경들

대한민국 첫 대통령 이승만 옹은
6월 25일 아침
창경원 반도연못에 무료입장
강태공 낚싯대를 고여놓고 앉아 있었다
잔물결 하나 얼씬거리지 않았다
나비가 보였다 보이지 않았다
각하의 고요

창경원 밖 길들은 텅텅 비어 있었다
고양이 한 마리가
움직일 줄 모르고 담 위에 앉아 있었다
고양이의 고요

삼팔선 전쟁 포성은 아직 들려올 까닭 없었다

오전 열시 수도극장에서는
영국영화 「애원의 섬」 관객이 줄을 잇고 있었다
맥스웰 리드 퍼트리샤 로크 주연 영화
서울사람들만이 예술에 젖었다
초만원
입석도 빼곡했다

오전 열한시 반 영화는 잘 굴러가고 있었다
사랑은 현실이 아니었다 꿈이었다
영화상영 후반
갑자기 현실이 나타났다
마이크에서

국군장병은 속히 원대복귀하시오

이원섭 대위는 극장을 빠져나왔다
을지로 3가에서
청량리까지 걸었다
청량리역에서 육사 트럭을 타고
태릉 육사로 갔다

포천지구 전선에 배치
영화고 연애고 다 때려치우고
99식 총을 메고
철모를 썼다

각하의 고요도 고양이의 고요도 때려치웠다

어느 장교

시작은 약속되지 않는다 돌발이다
토요일 밤 비가 퍼부었다
자정 무렵
장대비가 부슬비로 바뀌었다
담요 같은 어둠속
새벽이 왔다
담요 같은 안갯속
1950년 6월 25일 새벽 세시 오십분쯤인가

강원도 춘성군 내평면 오금리 전방고지
38선 턱
제6사단 7연대 2대대 6중대
중대 CP
정영삼 중위는 꾸벅 졸다가
쾅!
첫 포성에 잠이 달아났다
쾅!
어쩌다 들리는 박격포 포성이 아니었다
122밀리 곡사포 연발의 포성
사단 CP로 보고했다 전화가 잘 통하지 않았다

첫 교전이 시작되었다
단번에 중대병력 1백40명 중 59명이 전사
포탄은

중대 배치지점에 정확하게 떨어졌다
정중위는 첫 상이군인이 되었다 피범벅 종아리가 없어졌다
어머니가 보고 싶었다

홍덕영

그날 6월 25일 낮 한시
서울 성동 들머리
서울운동장 1만여 관중이 차 있다
전국학도체육대회
대학축구 결승전

연희대 고려대 전
고려대가 이겼다
고려대 동국대 전이 시작되었다
전반전 0 대 0
후반전이 시작되었다

그때였다 본부석 스피커가 소리쳤다

국군장병은 속히 소속부대로 복귀하시오

후반전은 계속되었다
그러다가 후반전도 무기연기한다고 소리쳤다

쿵! 쿵!
먼 포성이 들려왔다

고려대 주장 겸 골키퍼 홍덕영
골잡이 안경철 김치호 박명석

그들의 영광을 중단했다

키 큰 홍덕영 간밤 꿈이 떠올랐다
꿈속에서
그가 군복 입고 군마를 타고 달렸다

그가 돌아가는 길
신당동 들머리 늙수그레한 남정네 소 한 마리 몰고 피난길 가고 있었다

거문도 장도준 영감

아홉살에
아버지 잃었다 아버지의 무덤 없다

아버지가 타던 배 탔다 엉엉 울었다

그 아홉살에 시작한 고기잡이
예순아홉살에도 놓지 않는다

이름 석 자 쓸 줄 모르나
물속 멸칫길 갈칫길
조깃길 홍엇길 훤하디훤하다
물 위 마파람 동부새
정월 하늬바람 훤하다
고래파도 충무공파도 큰애기파도 순실이파도 훤하다

한평생 강아지파도 훤하디훤하다

거문도에도 인민군 건너온다 한다
장영감이 그물 걷다가 중얼거린다
뭣하러 와 왔다가 바로 돌아갈 것을 제기럴

용녀

외할머니가 쓰시던 재봉틀
어머니가 쓰시던 재봉틀
여인 3대
고장나지 않았다

구호물자 치마 줄여 입었다
구호물자 외투 줄여 입었다
용녀 아름다웠다
머리 가르마 눈부셨다 별빛이 묻혔다

크리스마스이브
예배당 가서
밀가루 무료배급 타고
가래떡을 얻어먹었다
집사님이 용녀한테 자꾸 말을 걸었다

아기예수님 떡잔치입니다
이 떡 먹고
예수 믿어 천당 갑시다
늙은 여전도사님 새된 소리로 말했다

찬송가 따라 부르는 동안
노망든 아버지가 걱정되었다
이따금 가는 길 막고 추근대는

자하문 밖 웅철이가 생각났다

딱 한번 본 인민군도 생각났다 살았을까 죽었을까
찬송가가 끝났다
푸른 초장이 어디인가
베델이 어디인가
목사님 기도가 있었다
두 팔 쳐들었다
그대로 십자가가 되었다
목사는 목동이고
신도는 양떼

말솜씨 기름지고
노래가 찬연했다
그런데 용녀는 외로웠다

예배당 밖은 싸락눈이 왔다
다시는
밀가루 타러 오지 않을 거야

죽어도 재봉틀을 팔지 않을 거야
갈보만 아니면
양갈보만 아니면
내일부터

어디 무슨 일터라도 찾아볼 거야
용녀 아름다웠다

신광수

고단한 젊은 날
어쩌다 신광수의 시 만나
푹 빠진 나머지
제 이름 버리고
이광수로 나섰던 것
그가 춘원 이광수였던 것

석북 신광수

그의 시 「관산융마」
널리
들녘 위로 울려갔다
저문 골짝 마다 않고 울려왔다
세상의 악폐
횡포
부정
백성의 쓰린 가슴도 주저없이 노래했다

거닐 때는 버들가지인 양 바람나 건들거리고
휘영청 달밤 취하면
잔물결인 양 출렁거렸다
늦은 환로(宦路)에 나가
이 고장
저 고장 있었다

바다 건너
탐라에도 있었다
바다 건너는 강남제비에 탄복했다

환갑 지나 왕의 대우를 만나니
왕이 집을 사서 주었고
노비도 주었다

저 남녘 해남 윤두서의 사위이니
세상 떠난 장인의 그림 속 봉황 날아
사위의 이승 노을 타는 금빛이었다
어찌 이런 사람 있나
과시도 능하고
풍시도 능하니 애증이 하나

저 아래 반딧불이인 듯 후예 시인 신석초가 있구려

어린놈 혼자

1955년쯤
십장생 12폭 병풍이 어디에 있나
십장생 두루미
어느 창천 유유히 날고 있나
중랑천 물
빨랫방망이 소리 메아리들
이쪽
저쪽 바쁘게 빗발쳐 오고 갈 따름
중랑천 물
배추잎사귀
헌 기저귀
신문지조각
막대기
짚신짝 따위 떠내려온다
바쁠 것도 없이 느릿느릿 떠내려온다

중랑천 물 저쪽
면목동 논밭 메워지며 집들이 들어선다
무허가 흙집
루핑집

막살이 흙집 방 한칸
방 밖에 솥단지 걸렸다
선반이 걸렸다

밥그릇 찌그러져 서너 개가
바깥세상에 있다

부모 일 나간 하루
어린아이 수동이란 놈
혼자 있다
바쁠 것 없이
시간이 느릿느릿 떠내려간다

혼자서 물구나무서더니
두 손바닥 짚고
몇걸음 앞으로 갔다
뒤로 갔다 했다

누가 보아주지도 않는다

대문

길장식 영감
밥 한 그릇
국 한 그릇
깍두기 새우젓일망정
반드시 에헴 에헴 에헴 건기침하고 나서 먹는다

아들 없다
의용군 걱정 없다
딸 없다
비행장 미군 겁나지 않다

논 네 마지기
인공 시절도
수복 뒤에도 탈 없다

그 좌와 우의 참극 가운데
무사했다

1·4후퇴 때
마을 먼 친척 따라
저만치 피난 갔다 왔다
그사이 집이 없어졌다
폭격 폐허

천호동 목수 이종사촌한테 가서
대문 두 짝 맞춰왔다

폐허 대문터에 대문을 세워 달았다
대문짝 푸른색 뻥끼도 칠했다
그다음
방 한칸
부엌 한칸 판잣집을 지었다
울타리 없다

그러나 나들이 다녀오면
반드시 대문 열고 들어왔다
어디 나들이 나갈 때도
빈터
아무데로 나가지 않고
반드시 서 있는 대문 한쪽 열고 나간다

문이 있어야 사람이야요
문 없으면 사람이 아니야요 짐승이야요

육군 소위

충북 보은 속리산전투
소백산맥 빨치산에게
대한민국 소위 장원종이 생포되었다

동무는 일본제국주의 장교였나

아니다 조선경비대 속성장교다

마지막으로 말한다
동무는 인민의 품에 안겨라
공화국 장교가 되어
우리와 함께
영광스러운 조국해방전쟁에 참가하라

싫다

다시 한번 말한다
동무 조선민주주의인민공화국 장교가 되어
김일성 장군께 충성을 바쳐라

죽여달라

빨치산 정치장교 우태섭이 버럭 화를 냈다

이 반동놈의 새끼 악질 반동놈의 새끼

사격병이 창검을 빼어
장원종 소위의 가슴에 박았다
다시 박았다

대한민국 만세
한번 부르고 쓰러졌다

끌고 가
골짜기에 묻었다

몇년 뒤
태풍 사라호 뒤
해골이 파헤쳐져 있으리라

미친 노인

개뼈다귀 하나를 허리춤에 꽂고 다닌다
지렁이를 잡아먹는다
청개구리도
용케 잡아먹는다
흐흐
흐흐흐
하늘에 대고
솔개 뜬 하늘에 대고 웃는다

동네 아이들이
돌멩이 던지며
골려댄다
흐흐
웃는다

비행기 소리만 나면 벌렁 나자빠진다
지극히 거룩하고
지극히 평화로운 얼굴은
동구 밖 다리 밑에서
잠들었을 때이다

짖는 똥개에게
잘못했어
잘못했어

손 비비며 굽실댄다

태순이 할머니가 말한다

상촌리 위뜸
두 아들 잃고 미친 영감이여

하나는 일제말 징용으로 가서 오지 않고
하나는 국군 졸병으로 가서 오지 않는다

연보수 노인

한 시절 그런 일도 있어야 했다

칼과 창을 녹여
쟁기 볏과 호미를 만들었던 일

해서 황주 정용군(精勇軍) 병졸 연보수
늙어
개경 밑
차진 땅 농사꾼이 되었다
해서 호족 졸개 놓여나
평민 신분 어엿했다

칼과 창
그밖의 병기 녹여
농사 연장 만들었다

고려 창건 40년이 가고 있다

모진 풍운 후삼국 백년 난세로
다 거덜난 산야
호족 웅거의 산야
이제야
쟁기 달아 소 모는 소리 났다

저 4세기 옛 고구려
쟁기농사 이래
쟁기 달아 소 모는 풍경만한 평화
어디에 있나

방금 드러난 흙속의 벌레를
새가 급강하로 와서 쪼아 오른다

완주 봉동면 총소리

점령지역 각 시군 단위 면 단위
인민군이 파견되었다
전북 완주군 봉동면
인민군 한 명이 왔다
늘 웃는 풋내기
사람들이 권하는
술을
마을 처녀와 마셨다 함께 콩밭으로 갔다

이 사실이 알려져
동료 인민군이 달려와
총살했다 이렇다 할 재판도 없이

그뒤 봉동면 인민군은
한 명이 아니라
세 명 주재

그뒤 두 명이 곧 떠났다
한 명이
인공 2개월을 주재하다 떠났다
공술은커녕
잎담배 한 대도 받지 않았다
그 풋내기 인민군
따발총 공포 쏘아대며 떠났다

마을 흙담들 삭은 울바자들
어느 놈이 가든 말든
그 밑에
봉선화 잘 자라고 있다

선우휘

국방부 정훈장교 선우휘
특공대원이 꿈
특수유격대에 자원했다
태백산백을 타고
북으로 진격하던 중
유엔군의 인천상륙 소식을 들었다

그는 노새 한 마리 타고
서울 청량리에 도착했다

국방부장관 신성모의 아들
신명휘 소령이
점령한 평양으로 가서
국방부 정훈국 평양분실장이 되었다가
선우휘와 교체되었다

평양

유엔군 민사처장 임명의 평남지사 김성주
한국 대통령 이승만 임명의
평남지사 김병연 헌병사령관 김종원
김성주 김종원 서로 다투고 있었다
두 사람이 다투며
평양을 다스렸다

평양시민들
누구 말을 들을지 헷갈렸다

중공군 참전 후퇴 시작

김종원은
평양시민의 피난을 엄금했다
작전상 일시후퇴니 안심하라
후퇴하거나
피난 떠나면 총살이다

이 포고문을 선우휘에게 인쇄 배포하라 했다
거절했다
이 새끼가
이 새끼가 죽고 싶으냐
이 자식아
이 자식아
평양시민 놔두고 너만 살려느냐

두 장교는 서로 으르렁댔다

이미 후퇴하던 유엔군이 파괴한
대동강 다리에
가교를 놓아야 시민을 철수시키게 된다

선우휘 지휘로
다리 중간 30미터 끊긴 부분
네 시간 작업으로 가교가 걸렸다
평양시민들 건넜다
박남수도 김이석도
그 선우휘 다리로 건넜다
후퇴하는 미 탱크도 그 다리로 건넜다
선우휘는 그 다리에 뺑끼 글씨를 썼다

이 다리는
누구의 강제도 없이
인민의 자유로운 의사와 협력으로 고쳐져
자유를 찾아 건너가는
'자유의 다리'입니다

그 평양시민 도강 광경의 사진이 뒷날 남았다

선우휘야말로 6·25사변의 '인간'이었다
수복 뒤
그는 작가가 되었다
'인간'이었다

전우익

6월 28일
인민군의 서울은 괴괴했다
귀신도 없는
빈 적막

그러다가 오전 열한시쯤
인민군 행진의 군가소리가 쩌렁쩌렁 울렸다

내무서원
자위대원도 나타났다
지하에 숨었던
남로당원들도 나타났다

빈 적막 밑에서 모든 것이 대기하고 있었다

한강 인도교 폭파에서도 살아난 사람들
새로운 공포에 떨었다
남로당원들이 나타나고
그들은 숨어야 했다

남선전기 용산지점 배선과장 전우익 씨
한강 다리 위에서
가족 다 죽고
혼자 살아남았다가 숨어야 했다

이웃집 원종만이네 일본식 가옥
천장을 뚫고
그곳으로 숨어들었다
한 달 지나
밤중에 내려오다가 체포되었다
이웃집 이완진이가 밀고한 사실 알 리 없다

사미승 등명

외금강 신계사
사미승 등명(燈明)

나뭇짐 벌떡 일어서면
저 비로봉 영랑봉 들도 눈을 껌벅여온다

어제의 고아
내일의 혁명가 홍범도의 법명 등명
신계사 앞
신계천 물소리 잠들었다

저 청산리
저 씨베리아
저 대륙 아득한 황무지 타슈켄트의 아비였다
그 아비의 전생이었다

1950년대 한반도의 하늘

석달 가뭄 하늘이 미웠던 적이 있습니다
석달 폭격 하늘이 없어졌습니다
석달 공포 하늘을 바라볼 겨를 없었습니다
석달 학살 하늘밖에 남은 것 없었습니다

하느님이란
하늘에 바치는 경칭일 뿐입니다

불발탄 캐내다
다리 하나 잃은
열네살 안병기 녀석한테는
저녁 낙조의 하늘이 살아서 돌아오는 아버지였습니다

어머니의 무덤도 모르는
열다섯살 필례에게는
별 몇개 나와 있는
구름 낀 하늘이 어머니의 무덤입니다

1953년 강릉 황소

전쟁이
소도 바꿔놓았다
개도 바꿔놓았다

전쟁이
사람만이 아니라
짐승도 눈에 핏발 서게 만들었다

봄 쟁기질
소가 말을 듣지 않았다
이랴
이랴
다그쳐도
밭두렁에 덜렁 앉아버렸다
강릉 신오만이 꾹 참았다

신오만이 아들이
쇠죽 퍼주다가
들이받혀
허벅지살이 뿔에 찔렸다

신오만이 참다 못해
몽둥이로
소 등짝을 한번 쳤다

전쟁으로
사람이 미치더니
소까지 미쳐버렸다

내다팔까 생각하다가
좀더
두고보자고
화를 가라앉혔다

질질 끌던 휴전회담 끝나가니
우리집 살림밑천
우리집 식구
소에게도 전쟁이 멀어져가고 있지 않느냐

김명국

「설중귀려도(雪中歸驢圖)」봐
눈발 날리는데
나귀 타고 돌아가는 길
어디 걸릴 데 없다 없어

조선 중기 광태파(狂態派) 우뚝 솟아
굳고
거칠고
또렷하고
벗어젖혀 분방

「달마도」봐
한번의 붓질로 산도적 같은 넋이 뛰쳐나온다

옛 중국 그림 하나도 본받지 않았다
오직 제 그림
인물
수석 꾸밈없다

술 여러 말을 마다한 적 없다
취해야 그렸다
술 깨고 그린 그림은 태작
술 취해서 그린 그림은 으레 수작

조선통신사 화원(畵員)으로 일본에 가서
그림 받으러 오는 그곳 사람에 치여
밤잠도 못 자고 그려주었다
그가 세상 떠난 뒤
평양의 화백 조세걸이 그의 필법 이었으나
꿈에 스승 김명국이 나타나
꾸짖기를

이눔아 기껏해서 남의 그림이나 흉내내느냐
네 그림을 그려보거라
이눔아

저승에서도 시퍼렇게 살아 있었다
인조 시대 김명국

동대문시장 김삼룡이

동대문시장 잡화상 구역
날마다 싸움판 벌어진다
아수라판
아수라판
싸움판에 살맛 나는가
그때마다
철물상 김삼룡이 뜯어말린다

단골 빼앗겨
앙심 품은 싸움
함께 담합한 가격 내려
혼자 이문 챙긴다고
더러운 놈이라고 싸움
길가에 내놓은 전시대가
너무 많이 차지한다고 싸움
손님 떨어져
화투 치다가 싸움
야당 신익희를 옹호하는 사람
이승만을 옹호하는 사람의 싸움
신문의 한자
현해탄의 '灘'자가
'탄'이 아니라
'난'이라고 우기다가 싸움
마누라 엉덩이 칭찬하는 놈하고 싸움

이강덕이하고
유병태가 싸울 때가
제일 푸짐해
욕도 걸쭉
목청도 기운차다

돼지다가 돼지지 말고
돌아와 이 작자야
네 에미가
똥개 붙어 낳은 것이 네놈 아니냐

싸움 말리던 김삼룡 싸움 없는 날 몸 근질근질 견딜 수 없다

오줌 마려우며 구시렁대기를
내일 크게 싸우려고
오늘은 쉬는 모양이군

동대문시장 육도수

김삼룡 철물가게 두 집 건너
육도수네 닭가게가 있도다
육도수 귓불 무겁도다
뚝섬 봉은사 부처귀에다
이마도 넓죽하도다
밤중에는 전깃불빛 내려와 빛나도다
닷새 전 면도한 뒤
까칠까칠
하얀 서리 내려앉았도다

심한 돋보기라
큰 눈이 작은 눈으로 보이는도다
오늘은 추워
부처귀에 토끼털 귀마개를 걸쳤도다
닭모가지 꿰어 기둥에 걸쳤도다
죽은 닭 일곱 마리
산 닭은 닭장 안에 스물다섯 마리

아들은 일선에 가 있고
딸은 을지로 태평지물 회계원이도다
이만하면 되었도다
더도 덜도 바라지 않는도다

누가 싸우거나 말거나

누가 죽거나 말거나
도무지
입 열 줄 모른다

손님 와서야
마뜩잖게 일어나
닭 한 마리 골라주는도다
그래도 조상혼령들이 와서 흥정해주는지
그럭저럭 잘 팔리는도다

집에는 비쩍 마른 마누라가
명태 두들겨
명탯국을 끓여놓고 기다리는도다
이만하면 되었도다

사변에
식구 상하지 않았도다
이만하면 바랄 것 더는 없도다

김종호

어머니
누이동생
두 동생이
떠나는 인민위원장에게 붙잡혀 죽었다

도망쳐 살아난 김종호
도망간 인민위원장 딸 잡아다가
빈집에 끌고 가
강간한 뒤 죽였다

또다른 빨갱이 여편네 잡아다가
강간한 뒤 죽였다

세 번인가
네 번인가
다섯 번인가
그렇게 죽이고 나서

보름달 뜬 밤
산꼭대기에 올라가 울부짖었다

그뒤 날마다 술이었다

술집 유리창 산산조각났다

술집 아낙 머리끄덩이 잡아 휘둘렀다
동네 남정네들 나서서
그를 번쩍 들어 갔다
들려
팔다리를 퍼덕였다

기어이 어디로 떠났다 그의 집이 팔렸다

박기종

이루지 못한 꿈이 더 아름다운 날이다

부산 태종대 상놈 박기종
태종대 벼랑
파도소리 들으며 철이 들었다
잿빛 불빛 수평선 바라보며
뜻을 품었다
부산은 농사짓는 곳이 아니다
장사하는 곳임을
일찍 깨달았다

어린아이가
건어물을 팔고
일본 어망을 사들였다
연상의 일본 장사꾼과 사귀어
일본말을 척척 말했다
오겡끼데스까
척척 말했다

일본시찰단 역관이 되어
일본에서 철도를 보고 왔다
그로부터 평생을 철도의 꿈이었다
첫번째
부산 하단 사이

부설자금 미달로 실패했다
두번째
경원선
함경선의 큰 꿈
일본의 방해공작 산 넘어 산
세번째
삼랑진 마산 사이
부설권을 획득했으나
일본의 방해공작 물 건너 물

내 나라의 철도는
남의 손에 맡겨서는 안된다 외쳤다
연이은 실패에도 그 억센 꿈 대를 이어갔다
둘째아들
철도학교 들어갔다
가는귀먹어
일본놈들이 부설한 경부선 밤 기적소리가 멀리 들려왔다

심분례

휴전이 되었다
전쟁 3년이 전쟁 13년으로 회고되었다
장독대 빈 항아리가 히잉 울었다
장독대 남은 간장에
푸른 하늘이 내려와
짜디짜게 간 들어 울고 있었다

휴전 엿샛날
어디다 두었던지
인조치마
인조 깨끼저고리에
양산 받고
초여름 대전역전에 나타났다
심분례

서울로 돌아갈 사람들 거의 돌아갔다
대전도 옛 대전으로 돌아갔다
하늘이 반짝 내려앉았다
며칠 전 고친
양산 위 퍼붓는 햇빛

젊은 아가씨 앙가슴 땀이 맺혔다

밤마다 꿈속 찾아오는

가수원 청년 이송원
이제 찾아오지 않는다
철의 삼각지에서 전사한 뒤
밤마다 꿈속 찾아오다가

어머니가 무당 불러
비싼 푸닥거리한 뒤에야
그 청년 넋 떨어져갔다

조치원 이모네집 나들이 가는 날
이모가
놀러 오라
놀러 오라
인편마다 청해서
나선 길이다

빨래하다 밥하다
바느질하다 마당 쓸다
아버지 병구완하다
새벽물 긷다
밤물 긷다
오랜만에 손에 일 잡지 않고 날 듯하다

이모가 보아둔 청년 어떤 사람일까

이모가 놀러 오라 한 뜻 짐작이 갔다
앳되지만
속 깊어
알 것은 안다
심분례

김달삼

침착과 예감과 우수의 청춘
1925년생 본명 이승진
일본 쿄오또 성봉중학
그러나 소년시절이 생략된 듯
토오꾜오 중앙대 학생
학병 피해
조선으로 돌아와 숨어 있었다 스물한살이었다

1945년 해방 직전
강영애와 결혼했다
장인 강문석은 일제말 항일투사
드물게 제주도에서
경성전문에 들어간 사람

1946년 이승진은 제주도 모슬포에 건너와
대정중학 교사로 부임
공민과 역사를 가르쳤다

1948년 4·3사태 중심에서
이승진은 김달삼이 되었다
24세 미남
남녀노소가 따랐다
남녀노소가 그에게 모여들었다

장인은 사위를 다그쳤다
그의 미남은 여성의 도구가 아니라
바람 치는 혁명의 도구였다
4·3사태 뒤
황해도 해주로 건너갔다
노동당이 되어
남쪽으로 잠행
지리산
태백산
6·25사변 직전
태백산지구 전투에서 전사

4·3사태와 함께
그의 행방은 아무도 몰랐다
4·3사태
한라산전투에서
10회 이상
김달삼이 사살되었다고
토벌군의 사기 올리려고
김달삼이 사살되었다고 발표했다
허위였다
오직 김익렬 사령관만이 확인된 바 없다 했다

동지들에게 그는 죽지 않았다

전설이 되어
지리산지구에서는
태백산지구에 있다
태백산지구에서는
지리산지구에 살아 있다

김재복

서북청년 특별중대 소대장 김재복
어머니의 자식일 때 고모의 조카일 때
그는 평범한 아이였다
그가 서북청년단 행동대원일 때
결코 평범한 청년이 아니었다

때가 왔다 구름 같은 증오가 몰려오는 땅에 왔다

세상은 그를 악질분자라 했다
그 자신은 그런 세상 때려잡는 애국청년이라 했다

양 가슴팍 해골 문신
반공
애국이라는 한자 문신
등짝에는 태극기의 태극 모양
소용돌이치는 용대가리를 새겨넣었다

막걸릿집에서
웃통을 벗었다
술꾼들이 꼬리 사려 슬슬 나갔다

1948년 겨울 대전
2백명 특별중대가 떴다
군번도 필요없다

국방경비대 군복 갖다 입었다

때려잡자!
이것이 그들의 강령
김재복 소대장에게
보이는 것은 다 빨갱이
보이지 않는 것도 빨갱이
불쑥불쑥
성욕과 살의가 치솟았다

제주도에 상륙했다
산지부두 내려서자
한라산 빨갱이들
모조리 때려잡자고 맹세했다
상륙하자마자
제주도청 총무국장 김두현도 죽였다
보급에 비협조적이라고
수상한 놈이라고

비바리들도 끌어다가 겁탈했다
봉개 토벌
오라 토벌
마구 죽였다
마구 겁탈하고 죽였다

증오도 아니었다 무지무지한 역병(疫病) 그것
바다를 바라보면
바다도 죽이고 싶었다
서울로 돌아갔다
아무런 추억도 없이 학살의 기억도 없이 가을부채 외톨이였다

세자 불공

중전께옵서는
세자 저하의 장수를 빌어 마지않으셨나니
일찍이
원자 낳자마자 죽고
왕자 둘 죽고
공주 죽고
그뒤의 어린 세자 간당간당 약골이셨나니
장차 순종으로 등극하실
세자의 건강 늘 불안하셨나니

어느 여우의 제안으로
천하명산
금강산 일만이천봉 봉우리마다
1천냥 엽전을 뿌려 세자 장수 빌어 마지않으셨나니

또한
금강산 일만이천봉 봉우리마다
베 한 필씩 바치셨나니
내수사 무수리
궁중 나인 보내어
봉우리마다
쌀 한 섬씩 바치셨나니
금강산뿐 아니라
한강 물고기들에게도

5백석 쌀로 밥 지어
강물 여기저기에 던져 쌀밥잔치 방생을 베푸셨나니

민중전 권세 10년
외척들
꿩고기가 썩어나가고
그 종들도
송이버섯 구워 술안주 삼으셨나니

민중전 일가 오라비 민태호 대감 댁에서는
돈 받고
지방 군수직 주고
현감직도 내주셨나니

2천만 백성 절반이 부황나
길마다 송장 즐비하므로
민태호 댁 당나귀는 마땅히
약식 아니면
주둥이를 홱 돌려버리셨나니

어허 세자 수명장수 불공으로 자리보전 박차고 벌떡 일어나셨나니

어린 문석이

식민지 초기 서울 사대문 안 여기저기
미나리밭
미나리물에
하필 초승달 내려와 있다

쌀 한 되 10전
쌀 한 말 1엔
청어 한 마리 1엔
능금 백 개 1엔
사립소학교 월사금 1엔

아버지는 떠도는 무능거사라
사흘나흘 집에 오지 않았다
골패놀음에 빠져
집 나설 때 맵시 난 두루마기
돌아올 때 꾀죄죄

그러다가 골패놀음에 다 털어바쳐
대문
중문
소문 이어진
중추원 참의 참판댁 문지기가 되었다
대문 넘어
문지기 방

추운 날 아버지는 대문 앞에 나와 있다
주인어른 인력거 타고 나가는데
허리 굽혀 절한다
주인마님 가마 타고 나갈 때
허리 굽혀 절한다
월사금 못 낸 문석이 찾아가
그런 아버지를 보았다
아버지가 불쌍하고
아버지가 미웠다

돌아섰다
더이상 학교에 다닐 생각 버렸다

무남촌 제사

북제주군 조천읍 북촌마을
2월 4일부터 며칠 동안
4백 원혼 제사를 지냈다

남자라고는 씨도 없이
여자들이 제주가 되었다
평소 갈옷 바람
몸뻬바지 바람이건만
제삿날은 다 흰 치마저고리 입었다

하루 내내 입을 다물고 있다
울음도 반공법 위반

1949년 1월 17일
북촌국민학교 마당
주민 다 불러온 뒤 죽였다
4백여 채 집을 다 불질렀다
그런 중에도 살아남은 아낙들 있다

아낙들 조마조마했다
제사상이 없는 집은
방바닥에 메를 차려
아무도 몰래 제사 지냈다
등불 없었다

캄캄한 어둠속

낮에 깊은 바다 밑
보아둔
잘생긴 전복 소라 따다가
제사상에 올렸다

소리 죽여
울음 죽여 울었다
살아남은 마누라
살아남은 어머니
살아남은 누이
소리 죽여
제사 뒤
물만밥 먹었다

바다 건너간
일본 오오사까 북촌 출신 아낙들도
그날밤 제사 지낸다

지나가는 여인

저게 누구?
저게 누구 마누라?
세모시 적삼 속 살결
백옥
낭자머리 비녀
청옥

저게 누구?
헌병대장 사택으로 들어간다
허리 곧다

한달 전 빨갱이 마누라로 체포되었을 때
죽음 대신
대장의 세번째 네번째가 되었다

곧 양품점도 차린다 한다

갈보 히라노

식민지 시절
제주도와 일본 사이 연락선이 있었다
1918년 5백톤급 함경환(咸鏡丸)
1924년 7백20톤급 강원환 7백톤급 후시미마루(伏見丸)
1930년 이래 9백30톤급 키미요마루(君代丸)

제주 산지항 외항에 정박하면
종선(從船)으로 승객을 실어날랐다
제주읍에서 애월 한림 고산 모슬포
서귀포 표선 성산포 김녕 조천

이렇게 섬 한바퀴 돌며
포구마다 종선으로 승객을 실어날랐다

시모노세끼에 건너갔다 꼬박 24시간
거기서 오오사까까지 24시간

제주도에서
조선반도 목포보다 부산에서보다
일본 건너가기가 쉬웠다
부부싸움하고
남편이 홧김에 건너가기도 했다
1930년대 이래
한 가구당 한 명꼴

일본에 갔다

유리공장 들어갔다
철공소에 들어갔다
어물전에 들어갔다
남의 아내와 눈맞아
도망가기도 했다
그렇게 오오사까는
또하나의 제주도였다
멀리 일본 북쪽
아오모리 탄광으로 가기도 했다

탄광에서 남자가 죽었다 바람에 화장 골분을 날렸다
한달 뒤 젊은 과부
여관에 들어가
이불 빨고 청소하다가
이 사람 저 사람 받았다
갈보가 되었다

갈보 히라노(平野)의 본명 문말녀

쉰살 넘어서도
해반주그레 푸르딩딩
푸르딩딩 해반주그레

납독 물든 얼굴이었다

해방 2년 뒤 제주도로 돌아왔다
버린 옛 남편의 무덤을 찾았다 무덤 찾지 못했다

퍼붓는 빗속에 서서 비를 실컷 맞았다 더이상 갈보가 아니다

박영만

어릴 때 천자문 제일 잘 읽던 아이
이끼 언(焉) 이끼 재(哉) 온 호(乎) 이끼 야(也)
천자문 끝줄 마칠 때
상기된 얼굴 예쁘던 아이
박영만
오줌 쌀 때
탱탱하게 여문 풋고추 같은 고추 잘생긴 아이
아버지 닮아
가는 새끼 잘 꼬아올리던 아이
박영만

전쟁에서 한쪽 다리 잘려나갔다
야전병원
후방 국군병원
긴 전투 끝
긴 병실 끝

한쪽 다리 의족 달고
목발 짚고
고향산천 돌아왔다

동네사람들
막걸리에
박대 안주로 잔치 벌였다

보리밭들 그대로였다
방앗간은 없어졌고
방앗간집 딸 순영이도 없어졌다
피난 왔던 서울사람에게
시집갔다 한다

씨팔!
담배 두 개비 태우고 나니 절망에 익숙해졌다
용개쳤다

죽통미녀

때로 황당무계가 벗이니라
서라벌 도읍 가까운
솔재
『수이전(殊異傳)』으로
수이한 기운 감돌았다

먼 길 나그네
솔 아래 쉬다가
너도 바깥구경 좀 해야지 하고
품속 대나무통을 꺼내어
가만히 흔들었다

대통에서 두 미녀가 이슬 머금은 듯 나왔다
나그네와
두 미녀 수작이 있었다

바람이 시원합니다
암 시원하고말고
마음이 시원합니다
암 시원하고말고

한참 더 가야겠지요
암 더 가야 하고말고
아유 송홧가루 분분하여라

암 분분하고말고
아유 서방님 어제보다 더 아름다우셔라
암 그대들도 오늘따라 어여쁘고말고

그녀들 다시 대통 속으로 섭섭 들어갔다
나그네는 끙 일어섰다

저만치 뒤따라오던 김유신
남산 기슭에 그 나그네를 청하여
잔치를 베풀었다
두 미녀도 나와
함께 놀았다

나그네 가로되
나는 서해에 사는데 동해로 가는 길이오
하고 구름 아래 사라졌다
나그네는 천신인가 귀신이던가 뭣이던가

심주식

유골이 왔다
동작동 국군묘지에 묻혔다
하얀 푯말
육군하사 심주식
1932년~1953년
동부전선 대성산전투에서 산화하다

일주일째
열한 번이나
빼앗고
빼앗던 고지
빼앗겼다
빼앗은 고지

그 고지 전사자 수습은 막막했다

적군의 시체인지
아군의 시신인지
아군 누구의 시신인지
군번도 뭣도 없어져버린 시체토막들
누구의 시체인지 몰랐다

누가 나인가

석낙구

이승만 옹 도망가는 데는 신속했다
미국 대사 무초보다
하루 먼저
서울을 몰래 떠났다
대전
충남지사 관사에서
프란체스카 여사와
메밀국수를 먹었다
안면근육 떨어댔다

수원이 위태롭자
대전을 버리고
대구로 갔다

국민을 서울에 놔두고 혼자 왔다
아직 대통령 서울에 있다고
국민을 속이고 왔다
독립운동도 그렇게 했는가
불안한 씨베리아
만주
중국이 싫었다
안전하고 부유하고 멀찍이 떨어진 큰 세상 미국으로 갔다
이런 소리 함부로 지껄이면
술집 주인이 빨갱이 신고 어김없다

방첩대에 끌려가
어김없이 허리 못 쓴다

술꾼 석낙구
징역 3년 언도받았다
항소심도 3년
대법원 최종심 2년 6개월
다된 딸 취직도 안되었다
딸 약혼도 파혼

밤비가 감옥 밖에서 구시렁
석낙구가 감옥 안에서 구시렁

하와이 막일꾼 동포들의 돈을 마구 걷어들였다고
명문대학 학위도 척척 받으며
이승만 옹 가는 데마다 동포들 당파를 만들었다 갈라섰다고 그놈의
영감땡감이라고

기만이 영감

낮에는 뻐꾸기
밤에는 벌써 귀뚜라미

마누라가 영감의 입을 가져갔나
마누라 묻은 뒤로
기만이 영감
통 말문이 막혔다

소달구지에
물외 참외 개구리참외 잔뜩 싣고
시오리장 다녀온다

밤중 빈 달구지
다 와서야
워
워

기만이 영감 입 열려
소더러 한 말 그것뿐
세상에는 말이 자꾸 늘어나는데
말싸움 늘어나는데
기만이 영감의 말은 마누라 무덤에 영영 묻혔나

중대장 오판남 소위

경찰은 카빈소총 일본군 92식 중기관총
미군 통신장비 수송장비
기동력 뛰어나다
화력 뛰어나다
미군은 경찰을 편애했다
미군은 미 군정청 경무부장 조병옥의 경찰을
국방경비대보다 더 믿었다

국방경비대는
연대 장비 일본군 99식 소총뿐
소총에 대검이 있을 뿐
탄환 한발도 없는
빈총

국방경비대는
미군의 M1총 카빈총 한자루 없다
국방경비대는
비상시 보조역할뿐
경찰의 뒤에 있었다
빈총으로 놀고먹었다

지프 한 대
대형트럭 2톤짜리 한 대
중형트럭 한 대뿐

무전기도 없다 구식전화 한 대뿐
괜히 매일 교육훈련은 빼먹지 않는다
밥값

장가간 놈 신혼의 아내에게
엉터리 편지 쓰는 것이 남은 일
구원의 여인이시여
나의 임이시여
부모님 모시고
얼마나 고생이 많습니까
우리가 천정배필로 만난 뒤
나는 군인이 되고
당신은 군인의 아내가 되어
이렇게 멀리 헤어져 있으니
달을 바라보며
당신을 사모하는 정이 넘칩니다
나는 조국의 울타리
당신은 조국의 마당입니다
사병 하나가 이렇게 청산유수로 편지를 대필해주었다

중대장 오판남 소위도
그 사병의 대필편지로
결혼한 지
3년 되는 아내를 감동시켰다

휴가로 집에 갔을 때
당신이 그렇게 편지 잘 쓰는 줄 몰랐어요
『순애보』의 박계주 부럽지 않아요
당신 참 멋져요
이런 칭찬 듣고 담배를 피워물었다
아내의 몸 다시 뜨거웠다 소용돌이쳐 떠내려갔다

김필순

조선 최초의 양의(洋醫) 김필순

황해도 장연
거기에 온 선교사 언더우드가
그의 넋을 길렀다
여덟살에 영어 달변
제중원 의사 에비슨이
고종을 알현할 때
통역을 맡았다

세브란스의학교를 졸업
1908년 최초의 면허의사가 되었다

큰 포부가 따로 있었다
105인사건 검거 직전
만주로 망명
서간도 경유
치치하얼 개척공동체를 일구었다
영하 40도의 겨울 혹한 무릅쓰고
나라 밖에서 나라의 꿈을 일으켰다

북만주의 달밤
조선 농민들
모인 들판

그가 피리를 불고
바이올린을 울렸다
아리랑을 노래했다
개척농민 가족 남녀노소가 울었다
독립군 근거지인 그곳
이상룡에게
이회영에게
양기탁
안창호에게
언제나 그가 있었다 그는 앞이 아니라 뒤였다

일본인에게 독살되었다 큰 포부 중단되었다
그의 누이 구례
상해 임정 내무위원 서병호의 아내
그의 누이 순애
중경 임시정부 부주석 김규식의 아내
그의 누이 필례
전남지사 최영욱의 아내
한국 YWCA 창설자
광주 수피아
서울 정신여고 운영자였다

그의 일곱 형제자매 민들레 씨앗 흩어져
남한

북한
중국
미국에 내렸다
그중에 중국 은막의 우상 김염도 있다 셋째아들이었다

코가 컸다 누이들의 코도 컸다

갈채다방 옆 뻑다구집

허한 명동
허한 사람들
갈채다방 변소에서
시인 박기원이 오줌을 싼다
오줌 싸는 사이
긴 콧등의 안경이 내려왔다
그 옆에
막 등단한 시인 구자운이 서 있다
한쪽 다리 절어도
오줌줄기 곧았다

선생님 여자생각 나시면
어떻게 하십니까?

자운군도 간절하시겠지
나는 여자생각 나면
전차 타고
한강에 나가 엉엉 울고 온다네

선배가 먼저 탈탈 오줌 털고 나간다
후배가 뒤에 나간다

다방 옆 뻑다구집
다방 커피보다

다방 달걀노른자 뜬
모닝커피보다
맛없는 미스 박보다
뺵다구집 막걸리가 훨씬 좋았다
허한 사람들
막걸리 한 주전자에
돼지 뺵다구 술국이 좋았다

누가
앙뉘! 앙뉘! 하고
벌써 술 취해서 소리친다
누가 술잔 탁 놓는다
또 저 자식이 나타났군
또 저 자식
저 순 얼간이 앙뉘란 놈이 나타났어

담배연기 속
누가 누구인지 몰랐다
그 안개 속으로
전후파 여자 들어왔다 나간다
탱고를 잘 춘다는
이대 법대 중퇴라는

가두방송원 최독견

비 잦은 6월 하순
인민군 점령하의 서울방송국에서
피난 가지 못한
고려대 총장 현상윤
소설가 이광수
국회의원 조헌영이
이승만을 규탄하는 방송을 했다

남반부 괴뢰도당 필멸이다
남반부 반동의 괴수 이승만 자폭하라

대전은 아직 대한민국이다
소설가 최독견이
서울의 방송에
가두방송으로 벽보로 맞섰다
대전을 비롯
논산 이리 전주 군산
목포까지 다니며 가두방송을 했다

걸어가다가
트럭 만나면 트럭 타고 갔다
자유우방 미군이 옵니다
안심하시오
김일성 일당의 침략은 곧 격퇴합니다

서울에 있는 지도자들이
빨갱이 편들어 방송하는 것은
강제이니 믿지 마시오
목포까지 송정리까지 갔던 그가
대전에 오니
이승만은 대전도 버리고
대구로 갔다
대구로 가니
이승만은 빙빙 돌아
부산으로 갔다

『승방비곡』의 작자 최독견
풍류남아 최독견
땀에 젖어 목마른 방송으로 떠돌았다

부산은 한국의 최후였다
부산 태종대 앞바다를 바라보았다
가두방송은 끝났다

일류 호색 이류 기자 겸 자칭 삼류 작가로 돌아갔다

김현수 대령

1950년 6월 28일 새벽
국방부 정훈국 보도과장 김현수 대령
전쟁 발발 4일째
이제 서울은
대한민국 수도가 아니었다 다 도망쳤다
그는 혼자 남았다
명동 정훈국에서
정동 서울중앙방송국으로 갔다

인민군이 방송국을 접수한 뒤였다
정지! 수하?
그가 보도과장 김현수 대령이라고 말했다
말하자마자
따발총 몇발이 그의 몸을 뚫었다
쓰러진 채
권총을 뽑아들었다
총탄 세 발 허공을 뚫었다
단 한 사람 남아 있던 대한민국 장교 비겁하지 않았다
전남 보성 강골의 아버지 핏줄이었다
두 달 뒤 아버지도 학살당했다

금강

후백제 견훤의 아들 여럿 중
가장 총명한 금강

어리석어라 어리석어라
늙은 부왕 견훤은
어린 아들에게 후사를 이으려 했다
또한 왕건과 타협하려 했다

어찌 이 꼼수 중의 꼼수를 읽지 못하랴
장남 신검이
부왕을 금산사 명부전에 가두고
이복동생 금강의 목을 쳤다

어리석어라 어리석어라
글자 한 자도 틀리게 말하랴
싸움터 지략도 함부로 말하지 말아라
항상 늦잠 자거라

금강 총명
아바마마에게는 한없는 사랑이고
형에게는 미움

부디 앞은 어리석고 뒤를 깨쳐 남겨두어라

지귀

신라 활리역의 사내 지귀
감히
감히
선덕여왕을 사모하기로
밤마다 슬피 울부짖었다
소쩍새도 따라 울었다
나날이 여위어
억센 가슴 말라붙고
팔뚝이 마른 가지가 되어갔다

그런 무엄한 사랑에도
귀는 밝아
여왕의 행차를 미리 알아
분황사탑 아래로 가 기다리다
잠이 들었다

여왕이 그의 사연을 듣고
희끄무레한 웃음 지워
자신의 팔찌를
잠든 가슴 위에 얹어두고 갔다
잠에서 깨어난 지귀
그 팔찌 안고
탑을 마구 돌다가
온몸에 불이 났다 타죽었다

지귀 주문이 떠돌았다

여왕의 밤 이따금 지귀를 꿈꾸었다
몸 숨쳤다

손달수

대가리 크다
발 크다
만기제대 손달수
어떤 전투에서도 살아남았다
시체더미 속
죽어 있다가 살아났다

통쾌한 화염방사기 그리고 소총도 이별했다
만기제대 손달수

점령한 개성 자남산 기슭
인민군 엄폐물이던
초가집들
화염방사기 불 뿜어 다 태워버린
그 통쾌한 날
다시 오지 않는다

제대 뒤 두 달
견딜 수 없다
견딜 수 없다

맨정신으로
건넛마을 임재동이네 집 불질렀다

왜 빈둥거리기만 하느냐고
왜 똥지게라도 지지 않느냐고
군대 갔다 오면
제일이냐고
국민학교 단짝이던 재동이놈
그놈이
미군부대 다니며
색시 소개해주고
휘발유 거래선 터주며 돈 벌어
내일모레 금융조합장이 된다는데

이봐 달수
자네 밥 먹을 데 없으면
우리집 밭일이나 해보지 않겠나
내가 헌 양복 한벌 줄 테니
한번 찾아오라고
술 끊었다면서
그 좋은 술 왜 끊어

그놈의 집에 불질러버렸다
지서로 잡혀가며
통쾌했다

콩밥 좀 먹어보자 씨부럴 것

658

소녀 봉순이

휴전 반년이다
못 견디는 북소리 둥둥 들려온다
소녀 봉순이
빨래 걷어놓고 보따리 챙겨들고
길을 나섰다

북소리 둥둥 들려온다
어디든지 갈 테야
어디든지 갈 테야

칫솔도 비누도 없이
모르는 길을 나섰다
이렇게 북소리의 다음이 시작된다

역관 김을현

북경어에 능했다
요동벌판 천릿길 내달리기 능했다
조선 태종조 역관
김을현

세종조 우마 진헌관
김을현

해마다 말 몰고
소 몰고 달려
명나라 천자 친견의 단골이었다

1423년
잡색 준마 7백필 몰고
압록강 건너
요동벌
요서벌 내달려
명나라 호송관을 만났다

1431년
암소 수소 1천 마리 몰고
패수
살수
압록수 건너

요하 건너
천하 제일관 산해관을 넘었다

혼자 돌아오는 길
뚜벅뚜벅 노여웁다 슬프다 꽉 날 저물어버린다

1952년의 풍경

오늘 최전방
철원이 없어지고
신철원이 생겨난다

중부전선
중공군 전사 70여명
인민군 전사 40여명
아군 전사 25명
미군 전사 3명
어제보다 전사자가 더 늘었다

오늘 후방의 8월
개의 하루가 지나간다
늘어지게 자고 나
앞다리를 뻗는다 썩어가는 세상 냄새 부쩍 늘었다

후방이야말로 적이다

코오와마루

1945년 초
만주 관동군의 일부 병력
조선 서해안과
제주도로 건너왔다

제주도가 최후의 결전장일 터
관동군은
제주도 '결(決) 7호 작전'을 실시했다
도민 24만여 명 중
젊은 남녀만 남고
노인과 부녀자 아동들
5만 명을
전남으로 실어보냈다

이제 제주도 전체가 군기지이다 격전장이다
1945년 5월 7일 새벽
첫 소개선 3백80톤급 코오와마루(晃和丸)에
도민 5백 명을 태웠다
미 공군 기총소사를 당했다
배 위에서
여자들이 흰 치마폭으로
백기를 휘둘렀다
그러나 공격은 계속되었다
사망자 280명

그중의 55세 김용익 씨

구명대에 매달려 표류하다가
구조정이 건져올렸다
담요에 씌워졌다
83라는 숫자가 씌어졌다
생존 83번째였다

살아서 제주도에 돌아왔다
해방 뒤
1948년 4·3사태로
그는 사라봉 밑 거호마을에서
경찰의 총 맞아 죽었다

바다에서 살아나
몇해 뒤
땅 위에서 죽었다
김용익의 아들
장차 서울대 철학과 학생이었다
졸업 후 룸펜
아버지 제사도 잊어버렸다

하기사 이 세상은 본디 아버지도 없고 아들도 없는 것

따발총알

허벅다리에 따발총알 들어 있다
뼈 사이에 끼여
그대로 둔 채 봉합수술한 것

내 몸에는 따발총알 들어 있다

그것이 자랑이었다
상이기장 둘
가슴에 달고
나일론 남방셔츠
단추 끼우지 않고 자랑이었다

별명이 따발총알

1년 전 결혼
도 위수사령관 중령이 주례를 섰다
그의 새각시
남편이 술 취하면
주먹맛을 보았다

이년
갈보년
처녀막도 없이 시집온 년

이런 똥갈보년
돈 한푼 안 가지고
시집온 년

다음날도 거리에 나가 떠벌렸다

내 몸에는 따발총알 박혀 있다

명당

서부전선 감악산 북쪽 골짝
포탄웅덩이
황토웅덩이
거기 민간인 시체 걸쳐 있다
명당이었다

어디서 태어난 누구인지
별이 빛나는 밤
연애는 해보았는지
감기는 몇번이나 앓았는지
결혼은 했는지

벌써 썩어문드러진 부란(腐爛)의 사내 송장이었다
포탄웅덩이
천하제일 명당이었다 아서라 말어라

풍년초

비사표 성냥 비호 아닌 비사라
비사표 성냥통 성냥골 세게 쳐대야
겨우 불이 생긴다

홀아비 지청로 씨 수염발 고슴도치였다
풍년초 말아
눅진눅진한 풀담배 맛
생의 오랜 고독을 녹인다

성경책 찢어 만 담배맛
마태복음 맛
누가복음 맛
사도행전 맛
로마서 맛이었다

소설책 찢어 만 담배맛
이광수 맛
『원효대사』 맛
『무정』
『유정』
『사랑』 안빈 맛

김내성 맛
방인근 맛

『국보와 괴적』맛

어제도 오늘도
필요없다
내일도 필요없다

2월 보리밭
똥거름냄새만 바람에 실려왔다

아버지
어머니 생각도 필요없다
자식도 필요없다

동네 구장이 지나다
극빈자 구호사업 알려주고 간다

누구의 말도 듣지 않는다
공자도
누구도 필요없다
십자가도 전혀 필요없다 나무아미타불도 없다
6·25사변이 왜 일어났는지도 알 필요 없다

참호

강원도 향로봉
으스스한 달밤이다
달이 껌정구름 속 있다 나온다
나왔다 들어간다

방금 참호 밖
김일병
M1 총탄 다 쏜 뒤
탄창 갈아끼워
총신을 들었을 때
피잉!
적의 총탄이 와서
그를 쓰러뜨렸다

참호 안의 전우 정일병에게
어머니 얼굴이 떠올랐다
어머니!
하고 소리치고 나와
적진에 대고
총알 퍼부었다

어느새 정일병 쓰러졌다
참호 비었다

서울역전

서울역전 기차시간 훤하다
호남선
경부선
경남선 상행시간 훤하다
머리 볶은 아줌마
펨푸 아줌마
입술 붉다
눈썹그림 찐할수록 좋았다
모가지는 누렇고
낯바닥은 분칠해 밀가루 됫박 뒤집어썼다

나바론의 건포도
벼랑 가슴팍
아무것도 없이 민짜

하지만
멀쩡한 사내녀석 낚아올리는 재주
기막혀라
순진한 놈
촌놈
봉지 떼지 않은 놈
거미줄에 걸리지 않는 놈 없다
대학생인지
계장인지

과장인지 다 안다
제대 뒤 1년 되었는지 2년 되었는지 안다

서울역전의 밤

가볍게 이끈다
사근사근 말이 빛난다
조근조근 말이 어둡다

끌고가
길 건너 도동여인숙에 인도한다

귀한 손님 왔다 어서 모셔라

탱자만한 5촉 전구 비추는 방
베니어판 벽
목단꽃 벽지
담뱃불 지져댄 곰보자국
비닐 꽃장판

그대 김수길 군
이것이 네 호주머니 털리는 서울의 첫날밤이다 시작하거라

1950년 10월 김성구

오랜 정
오래 이어가는 정

천년 백성에게 남아 있는 그것

그것이 강도 같은 이데올로기로 다 없어져
우익 아버지
좌익 아저씨 다 죽고
나는 핏발 섰다
잿더미 위에서 내 이름은 김성구

달겨드는 짐승 같은 세월만이 나를 먹으리라

박충남

왕을 죽이려던
혁명가 허균의 결안(結案)이 만들어졌다
나졸이 강제로 손목 잡아
결안서 손도장 날인

이로써 능지처참형 집행

다음날
광교 네거리
황소 네 마리 맨 줄에
두 팔과
두 다리 묶였다

할말 있다고 사형수가 외쳤다

황소들 등짝을 후려치니
제 방향으로 내달렸다
사형수 몸 넷으로 찢겨 질질 끌려갔다

남은 목
장대 끝에 달아
공중에 올렸다
석양 무렵 파리떼가 거기까지 올라갔다

그 허균의 목 내려다가
장사 지내려고
한밤중 나타난 추종자 있다
숙직군사에게 들켰다

숙직군사 치고 잡혔다

청년 박충남 극심한 고문 받고 그도 죽어갔다

꿈

아침은 뚝새나물죽이었다 소금이 떨어졌다
오늘도 땔나무 두 짐
오전에 한 짐
배가 고팠다
오후에 한 짐
배가 고팠다

십릿길 장에 지고 간 나무 팔았다

장터 국숫집 딸
그년만 보고 오면
그날밤 수음을 했다
배가 고팠다

배고파도
꽁보리밥 먹고도
사랑은 이렇게 천박한 아픔과 함께 있어야 한다
두 홰 닭이 울어서야 멀리 나간 잠이 돌아와 선하품 난다

숙희! 네년 때문에 나 죽는다
그런 소리 놓아두고
잠들었다
꿈속은 딴판
전주 오목대 냇둑을

둘이 지우산 받고 걸어가고 있었다

꿈속은 1·4후퇴도 모르고 중공군도 몰랐다

강신재

아직 충무로 1가 벽돌조각 다 치워지지 않았는데
아직 계성여중 부근
쓰러진 전봇대 그대로 누워 있는데
누비이불처럼 뒤덮여
밀려온 중공군
가까스로 삼팔선쯤 밀어냈는데
아직도 시가전 자취 역력한 명동인데

그 폐허에 강신재가 왔다
서른몇살
바바리코트라니
불란서 끄리스띠앙 디오르 향수 냄새라니
촉촉한 살결
흑진주 박힌 눈빛 호수
조용조용하게 서투르게 젖어드는 음성의 그녀가 왔다

전후
비누냄새가 귀족이었다
「젊은 느티나무」
가슴 갈비가 울렸다

돌체다방 「시인과 농부」를 듣고
홍차 마시고 조용조용 자리에서 일어난다

누군가가 참았던 가슴 복받치며
침 튀기며
사랑하고 싶다 쫓아가고 싶다는 말을
무지막지하게 바꿔버렸다
쌍년 쏴죽이겠다

열한살 국민학생

마을 이발사 아저씨가 자전거 타고 달려왔다
학교 정문 앞

어서 집에 가자
네 아버님 위독하시다

자전거 뒷자리 타고 집에 갔다

이발사 아저씨가 말했다

아버지! 하고 큰 소리로 불러봐라
살아나실지 모른다

아버지! 하고 큰 소리로 부르고 울었다
아무런 대답 없다

아저씨가 말했다

이 수건 적셔
아버님 입술에 대보아라
하고 말했다
그대로 해보았다
아무런 대답 없다

전쟁에서 죽지 않은
직업군인 중사인데
야전삽 하나면
거뜬하게 막사 짓는 중사인데
제대한 뒤
세상과 맞지 않았다
이발소에 가서
하루하루를 보냈다
그러다가 뇌일혈로 쓰러졌다

아버지의 엄벌 끝났다
벽장에 가두는 것
하루 지나 이틀도 어둠속에 갇혀 있는 엄벌 끝나버렸다

아들 용준이 용구 용식이 삼형제
아버지 시신 옆에 쪼르르 앉았다
삼형제 서로 싸우더니
오늘은 의좋게 앉았다
막내 용식이 열한살
이발사 아저씨한테
이발을 배우겠다고 마음먹었다

열한살에 세상살이에 성큼 나섰다

이만석

양양 포매리 솔밭
여름 병신춤 무시무시했다
양양 포매리 솔밭
백로 1천 마리쯤 와서
왜가리도 덩달아
1천 마리쯤 와서
여름을 난다
몇백년 전부터 와서
여름을 나고 간다

전쟁 3년 동안 오지 않았다
그뿐 아니라
포매리고 어디고 또 어디고
사람 손님 다 끊겼다
사돈의 팔촌도 뚝 끊겼다

그러다가 흥남 길주 피난민들 들이닥쳤다

어느새 타관바치가 차지하고
본래 주민들
하나둘 부산으로 대구로 떴다

어디 천고의 원주민이 있으랴만
포매리 이장 이만석은

어느덧 피난민 2세였다
살아라 타관이 어디 따로 있더냐
이장댁
방 안 벽에는
안중근 의사 손가락 자른
손바닥 탁본이 붙어 있다
참을 인(忍)자가 먹물 뚝뚝 떨어질 듯
눈 부릅뜨고 있다

한푼 부정 모른다
골초라
하루 담배 세 갑
얼굴에 식칼 받은 흉터
햇빛에 힐끗 빛난다

순경도
헌병도 그를 슬슬 피한다

닭 잡아라
돈 내놔라 하지 않는다

이진상

한말 성리학의 거장

10대에『성리대전』몰두
20대에
주자학 초년설을 내치고
만년설(晚年說) 옹호

퇴계학
이기호발설(理氣互發說)에 대해서도
궁극에 가
이발일도(理發一途)만을 받아들였다
이발(理發)은 있으되
기발(氣發)은 없다

때로는 도산서원의 분노도 샀다
때로는 기호(畿湖)의 드넓은 반감을 샀다

그러나 솟은 봉우리
앞을 막으니
말머리 돌릴 곳 몰랐던 것

이제 그만
사대(事大)의 예 철폐하자는 소(疏)
삼남 민란의 책

운양호사건에 즈음
의병 도모
그러나 위정척사의 울안에 솟은 봉우리
어즈버 어즈버 3백년 공리공론 길이 이어질지어다

민재우

105인사건
그런 조작된 대형사건이 아니라
수양동우회사건
그런 명망가 사건이 아니라
야학당에서
조선 역사 이순신을 이야기하고
붙들려갔다
독서회사건
신채호 글 돌렸다고
붙들려갔다

세번째 일본은 곧 망한다고 말하고
붙들려가
1945년 2월
서대문 감옥에 갔다
1945년 8월 감옥에서 나왔다

그 청년 민재우만이 아니라
전국 형무소 수감중
독립투사 3천명이 나왔다

내 세상이었다
내 천지였다
나 위에 아무도 없었다

차츰 내 세상이 아니었다
일본놈 떠나자
미국놈 왔다
미국놈 세상이었다
조선놈
좌와 우로 짝 갈라서
원수가 되어

밤에는 총소리가 났다
암살대가 날뛰었다

감옥에서 나온 지 몇달째
민재우는 우익
좌익이 너무 설쳐대어 싫었다
함께 고생한 옥중동지
좌익 안치달 일당에게
관수동 골목에서 총 맞았다

민재우 마지막

치달이 자네가 나 죽이려고
독립운동하였던가…… 치달이……

사변 뒤 민재우의 아들이
좌익 안치달의 어린 두 아들 끌고 가 죽였다

김인태 목사

1920년대 북만주 밀산
밀산 예배당
김인태 목사
머릿기름 발라
바람에도 머리 단정했다
심방길
중절모를 써 단정했다

그는 독립운동하는 사람들 만나면
민족 찾지 말고
하느님 찾으라
오로지 하느님만 찾으라
천당 가야 한다

아편장수한테도
하느님을 찾으라
그래야 아편도 잘 팔린다

그가 북로군정서 이강훈 만난다
한발 늦었구나
이강훈이 먼저 말한다
제발 하느님 찾지 말고
민족을 찾으시라

1950년 음력 4월 8일 밤

동해 초승달빛
눈 시린 흰 모래 밟으면
사박
사박

신 벗고
버선 벗고
그네 맨발 떨리며
사박
사박

마소서 나 이대로 두지 마소서

파도가 되든지
모래가 되든지

다가오는 사변 통 모르는 밤

그녀 이름 신기숙
장차 인공여맹 간부
태백산 여전사
그리고 좌익 장기수 다른 이름 김철해

그 모진 운명 통 모르는 밤

선우기성

해방 뒤 38선 이북은 일제잔재 청산이 있었다더라
행정에 필요한
일제 하급공무원
우선 활용했으나
악질 친일파로 숙청당한 사람들 많고 많았다더라
숙청을 피해
삼팔선을 넘은 사람들 많았다더라

1946년부터 삼팔선은 생사의 경계
넘어와
북의 공산당에 이를 갈았다
남의 현실에 환멸이었다
혼란
굶주림
무직
올데갈데없었다

안되겠다 뭉쳐보자
대한혁신청년회
북선청년회
함북청년회
평안청년회
황해도회 청년부
양호단 들 통합

1946년 11월 30일
서북청년회가 결성되었다

오직 이승만 박사에게 충성 맹세
나는 선우기성이 아니라
이승만 박사의 손가락이다
오늘도 이승만의 주먹 두 개를 쥔다
서북청년회 지도자 선우기성

조국의 완전 자주독립 쟁취
균등사회의 건설
세계평화에 공헌

서북청년회 3대 강령
오죽이나 이상적이냐
자주와
평등
평화가 오죽이나 이상적이냐
철저한 반공노선
회원 6천명

첫 투쟁은 좌익단체 습격
백색테러가 시작되었다
유혈 낭자

군정청 경무부장 조병옥의 지원을 받았다
미군 첩보보조원으로
삼팔선도 넘나들었다
김일성 별장도 습격했다

선우기성
점점 살벌해졌다 그놈의 인간보다 비인간이 훨씬 신났다

삼팔선 이남이 떨어댔다
모든 도시들
모든 촌락들
선우기성의 밤뿐 아니라
뭇사람들 겁먹은 눈에 다 드러나
선우기성의 대낮이 벌벌 떨었다

이승희

1847년생 거유 이진상의 아들
퇴계학통을 이어받아
하룻밤 의심이 깊었다

사문(斯文)이
무슨 까닭으로
국풍보다 가풍을 앞세우는가

학통을 이어받음이 무엇인가
뼈를 이어받음
집을 이어받음
당파를 이어받음
이 음산한 조선 성리학의 가풍을
무슨 까닭으로 앞세우는가

새벽 문 활짝 열어
세계를 급히 인식하였다

만국대동의원을 구성
만국의 법률을 통일하고
기술을 서로 보급하고
덕행을 서로 권하며
전쟁 없는
새 시절을 이루자는

694

국제연합 평화노선을 제창하였다

내일 놀랄 사람이
오늘 망상이라고 비웃었다

두루마기 바람 집을 나섰다
홀쭉한 턱에
삭풍이 걸렸다

위정척사운동
투옥
만국평화회의에 일제 고발
드디어
해삼위 망명
유인석 장지연 이상설과 활약
소만국경 개척
공자교회 설립
손문에게
한중연대 호소

망명지 만주땅에서 마쳤다 일흔살

이종형

3·1운동 때 만세를 불렀다
파고다공원과
용산에서 만세를 불렀다
만세 끝

다음해부터는 다른 사람이 되었다
일제 밀정
만주 떠돌며
독립운동가 체포
독립운동 파괴공작에는
그가 있었다

명동촌 중학생들이
그를 처치하려다 미수에 그쳤다

해방 뒤 서울에 나타나
대동신문사 사장이 되었다
만주에서
독립운동가 15명 죽인 것을
공산당을 토벌했을 뿐이라 둘러댔다

반민특위 투옥되어 유죄판결
이승만이 석방시켰다
이승만의 대한독립촉성국민회 참가

애국자 행세
제2대 민의원 당선
연미복 입고 사진 찍었다
화신백화점 옆
새나라사진관 진열관을 차지했다
누구도 그 사진 진열관 유리창 깨지 않았다

귀머거리 할멈

돌아가는 삼각지
돌아오는 삼각지
용산 삼각지
먼지 자욱한 네거리 안쪽 납작집
밀주 술맛 뜨르르

귀머거리 할멈이라
손짓
눈짓으로
술을 청한다

상고머리 할멈
큰 사마귀가 따귀에 들러붙었다

누가 욕하는 것
누가 속이려는 것 다 안다
뒷마당에 술독 다섯 묻혀
한번도 발각된 적 없다
귀머거리 할멈의 수완 능란

통금시간 이전에는
장사꾼들 술판
통금시간 이후에는
육군본부 장교들 술판

얼음부자 노필순이

1957년 2월 노필순
관악산 밑에서
남의 밭 농사짓다가
밭 형질 변경으로
집 들어서자 떠났다 혼자였다

흑석동 언덕 위 단칸집
소와 소달구지 있어
내려다보이는 한강에 갔다

겨울 한강 얼음
두자 석자짜리로 썰어 싣는다
꺾쇠로 끌어다가
달구지에 쌓아올려
밧줄로 동여맨다

남대문시장 얼음가게에 넘기면
하루가 간다
소 없는 지게꾼들도
지게에 얼음 한 덩어리씩 지고 간다

흑석동에서 이촌동 헛간으로 옮겼다
소와 함께 잤다
쇠똥냄새가 몸에 뱄다

이른 아침
소의 워낭소리에 곤한 잠 깬다

한강으로 간다
남대문시장으로 간다
이촌동 헛간으로 돌아온다

드디어 갈월동에 적산가옥 샀다 부자가 되었다
식모를 두었다
2층 다다미방은 비워두었다
사글세 들일까
전세 들일까

백만동이

어찌 백만동이 재수를 따를까
어찌 천만동이 투전솜씨를 감히 따라붙을까
물 찬 제비 같아라
비 갠 뒤
칠색 무지개 목에 걸고
백릿길 내닫는 가라말 같아라

팔땅
구땅
장땅

요의 침노 뒤
고려 11세기는 한시름 놓는 시절
들곡식 늘고
바다장사
뭍장사 부산하였다

이에 질세라 도박이 부산하여
장기도
바둑도
투전 흉내로 돈을 땄다

송나라 장사치
고려 장사치에게

져주다
져주다
몽땅 따먹었다
마누라 걸어
이쁜 마누라도 데려갔다
활터에서도
활 쏘아 돈을 땄다

투전꾼 백만동이는
송나라놈도
고려놈도
이길 자 없다

투전으로 차지한 집
개성
옹진
해주에 10여 채

차지한 여자 7명

투전 끗발 쥔 채
방 안에서
마당으로 나가
하현달 남은 새벽마당으로 나가

달빛에 끗발 쬐었다

그러다가 순라군에게 들켜
재산 몰수
장 1백대 엄벌
장독으로 뻗었다

백만동이 무덤에 투전꾼들 기도한 뒤
투전판에 간다
바둑판에 간다
무릇 신 가운데 여차여차 투전신 계시더라

어린 경태

외고집 할아버지 이의도
아버지 이천구
어머니 허귀선

1911년 한일합방 다음해 봄날
부산 낙동강 하구
마른 갈숲 밖
쌍돛단배 매여 있었습니다

그 배에 짐을 실었습니다
농짝
궤짝
쌀뒤주
가마솥
제상
책상
이불과 요 옷가지
옷 거는 횃대
놋요강 연장
삼신할머니 쌀주머니
등잔대
담뱃대
지팡이 등
낮 오정 지나

구포 찰방 이의도 일가
마누라와
자식 삼형제 부부
장손 경태도 배에 탔습니다

왜적 없는 곳 가야 한다고
새벽마다
잠든 식구들 정신차려라
정신차려라
다 잠 깨우는 할아버지

강 언덕 이쪽저쪽에서
배의 동아줄 잡은 뱃꾼 둘이 붙어
동아줄을 끌어갑니다
강물 거슬러
배가 강물을 거슬러 올라갑니다

낙동강 5백리
밀양에서
대구까지 사흘
배꾼들이 동아줄 끌고 갑니다
배꾼 여덟로 불어났습니다 번갈았습니다

여드레 동안 거슬러 가니

김천
상주
점촌에 이르렀습니다

점촌에서 낙동강 본류는 안동 쪽으로 가고
지류 대성천
예천 연주로 갑니다
점촌에서 문경 거슬러 올라갑니다

배에서 사람 내리고 짐 내려
거기서부터는
새재 넘는 소달구지 네 대가 맡았습니다
빈 배는
내려가는 동안 여기저기 물화를 싣고 가
부산 김해 일대에 넘기게 됩니다

어린 경태
긴 강물 거스르는 동안
먼 달구지길
재를 넘는 동안
부쩍 자라나 세상을 만났습니다

바야흐로 제천 일대는 의병전쟁 직후라
아직도 불탄 자리 널리고

살아남은 백성들도
산골로 달아나버려 빈 고장이었습니다

자 여기가 살 곳이니라
짐 부려놓고
마음 부려놓거라

할아버지가 갓을 벗은 망건 바람으로 말했습니다
아버지 작은아버지들이 짐을 내리고
어린 손자 경태도
제사상
제기 촛대 따위를 옮겨놓았습니다

왜놈 보이지 않는 곳 찾아왔습니다
그러나 곧 왜놈 광산 금전꾼 나타났습니다
왜놈 토지측량사 나타났습니다
말 탄 왜놈 군대 나타났습니다

할아버지는 정선 영월 쪽을 또 알아보았습니다

수도약국

용산구 원효로 3가 수도약국
약국 창문으로 거리를 내다본다
어제도 보고
오늘도 본다
볼 뿐
본 풍경과 아무런 상관 없다

전차에서 내리는 사람들
할머니가 내릴 때
하마터면 사고날 뻔
여고생이 내리자
남학생이 내려서 뒤따른다
남학생 여드름이 장관

절름발이가 웃으며 지나간다
무슨 좋은 소식이 있나보다
아기 업은 엄마가
아기를 등에서 품으로 돌려안고 간다

중절모자를 너무 깊이 눌러쓴 신사가 지나간다
입마개를 한 감기환자가 지나간다
겨울

한 사람이 약국 문을 드르륵 연다

수면제 있어요?
조용히 앉았던 약사 안현숙
1일 2회분밖에 팔지 않습니다
신분증이 있어야 합니다

하루내 정물화 속의 정물같이
물속의 산호같이
약대 졸업 뒤
바로 결혼해서 약국 차리고
바깥나들이한 적 없다
어디로 전화 건 적 없다 친정어머니 전화 받은 것밖에 없다
동창회 간 적 없다
남편 사랑 뜨거운 적도 없다
처음과 끝이 같다

남편은 국가대표 정구 선수
날마다 신촌 연습장에 가 있다
여자 선수와의 염문도
안현숙은 통 모른다

길 건너에는 폭격당한 폐허가 남아 있다
누군가가 빈터 흥정으로
복덕방 영감과 자주 나타난다

틀어놓은 라디오 아주 작게 들린다

약국 문이 드르륵 열린다

감기약 주세요
유한양행 안정제 주세요

안녕히 가세요
안녕히 가세요

안현숙의 식은 인사말 들리는지 안 들리는지 모른다

속 깊이깊이
무서운 불길 담겨 있는 줄
그네 자신도
아직 모른다

연탄재

청량리역에 가보아라
생은 아름다운 풍경이 아닌 것
생은 거룩한 영혼이 아닌 것
혼잡
문란
철면피
모든 시시껄렁한 불의와 부정부패가 정의의 시작인 것

청량리역 구내에 목재가 쌓여 있다
껍질째 목재
껍질 벗긴 목재
여기저기 와르르 무너지기 직전
장작더미도 쌓여 있다

강원도 정선 산골에서
중앙선 타고
서울 청량리까지 왔다

그뒤로 강원도 태백 탄광에서
무연탄이 실려왔다
태백 사북탄광
시커먼 무연탄이 실려왔다
청량리역 구내
무연탄 산더미 몇개

그 연탄이 서울사람들 살려냈다
그 연탄이 한국사람들 살려냈다
긴 겨울 아랫목
잃어버린 고향이 있었다
이도 빈대도 슬그머니 사라졌다
긴 겨울
언 몸 멍들지 않고
동상 걸리지 않고
피난 갔다 돌아온 지친 생 살려냈다

그러다가 스며든 연탄가스로 숨지는 사람 있다
연탄가스 중독으로
김칫국 마시고
병원에 가서도 낫지 못하고
반신불수가 된 사람 있다

정릉 5동 비탈길
밤늦게 돌아오는 아버지
빙판에 넘어지지 않도록
연탄재 던져 빙판길 재를 깔아두었다

어허 우리 딸 심청이야 심청이야
막내딸 인숙이 칭찬에
술 깬 아버지의 입이 말랐다

인숙이 언니 진숙이
입술 뾰로통 내밀어
동생 인숙이를 흘겼다 좋다

임걸출

입에서 나오는 것이라고는 '예'밖에 없다
전라도 순창골
회문산 아래
임석도의 자식
임걸출이
다섯살 적
건넛마을 최생원 댁
꼴머슴으로 가
지게머슴 되었다
다리 좀 전다

세월은 거꾸로인지 아닌지 흐르는 물 같다

이른 아침 강물을 물통지게로 길어왔다
저녁에도 길어왔다
논에 가 있고
밭에 가 있다
소도 몰고 돼지우리도 쳐냈다
소여물 혼자 썰다가
손가락 두 마디 잘려나갔다

걸출아 오늘은 논두렁 풀 깎아라
걸출아 오늘은 콩밭 풀 매어라
걸출아 오늘은 뒷산 잔솔가지 쳐내라

714

걸출아 오늘밤은 새끼 꼬아라
두부 한 모 갖다 먹어라
예!
예!
예!
예!
이런 사내 원통하게도 색싯감 없다
남치마 입고 올 색싯감 없다

대장장이 조병하

뚱그런 뿔테안경
흐릿한 안경 유리 속
눈이 있는지 없는지
흐릿한 안경

대장장이 조병하 바위같이 앉았다

홑바지 허리띠 느슨
달군 쇠 집어
벌겋게
벌겋게
두들겨팬다

쇳덩이가 쇠토막 되고
쇠토막이 무엇이 되어간다
매맞아
호미가 된다
두들겨맞아
낫이 된다

식은 호미
식은 낫
물에 담가 뿌지직 김을 낸다

아부지! 하고
아들 인준이가
오후 수업 빼먹고 왔다

아부지!
나도 여기서 일할래
학교 싫어 한문도 국문도 다 싫어

아버지 화내지 않고
이눔아 너 글공부해서
요 다음 아버지 제삿날
지방도 쓰고 축문도 읽어야지 쯔쯔

아부지!
학교 싫어
선생도 싫어 아부지 제사도 글이 아니라 마음으로 지낼래
낫 만들어
호미 만들어 장터에 팔러 갈래

대장장이 아버지 허허

상문이

태풍이 왔다
2년째 누워 있던 환자 상문이
벌떡 일어났다
벌떡 일어나 소리질렀다
태풍으로 문짝 떨어져나갔다
상문이 신났다

태풍이 갔다
상문이 다시 누워버렸다

아주 누워버렸다 흰 천이 덮였다

이일선 스님

제주도 관음사 주지

1946년 2월
민주주의민족전선이 창립되었다
1947년 2월
제주읍 칠성동 조일구락부
민족주의민주전선 제주도지부가 결성되었다
공동의장 이일선(李一鮮)
안세훈
현경호
제주도 첫 지사 박경훈이 치사를 했다

1947년 3월 1일
3·1운동 기념투쟁 제주도위원회
위원장 안세훈
부위원장 현경호
선전동원부장 이일선

그러나 한라산 중턱 관음사로 올라가면
새벽 네시
천수경 독송 낭랑한 목소리
한라산 내려오면
조국의 운명 앞에 선
민족의 전사

그는 늘 개탄하였다 저 바다에 밀어넣을 것 너무 많다고

산에서는 먹물옷
읍내에서는 양복
산에서는 능엄경 외우나
읍내 운동장에서는
상호부조론과 분배론을 역설
모스끄바 삼상회의를 지지한다

한라산이 엉뚱한 사람 하나 새벽같이 내려보냈다

마지막 수업

바다 건너 화산이 폭발했다
누가 알랴
누가 모르랴
장차 세상에 밝혀지기까지는
인구 30만 중
10만 이상이 죽어간 학살

1947년 3월 제주도 전체의 파업
도청
군청
읍 면 사무소
간부도
하급직원도 파업
우체국
금융조합도 파업
중학교 교사도 학생도 동맹휴학

군과 경찰
서북청년단
대동청년단에 끌려가 고문당했다
조천중학교 교사 이덕구도 파업 직후
무지무지하게 고문당했다
일본 리쯔메이깐대 재학중
학병 입대

관동군 장교
해방 뒤 돌아와서
고향의 중학교 교사가 되었다
이덕구

사회와 역사시간 마지막 수업
'공부 열심히 해라 열심히 하지 않는 공부는 공부가 아니다'
'오늘이 마지막 수업이다'
'나는 육지로 간다'
이 말을 남기고
장기휴가원을 낸 뒤 사라졌다

별명이 비석
자주 근처 바닷가에 나가 오래 서 있다
지는 해 등지고 서 있다
사람이 아니라
비석이 서 있는 것 같다
별명이 비석

그 비석 이덕구가 사라졌다
육지로 간 것이 아니라
한라산 빨치산 총지도자로 갔다

그뒤 벌집 총알 박힌 시체로 비석으로 쓰러져 있었다

722

아기 순열이

문산 남쪽
두 시간의 중포탄 포격이 뚝 멈췄다
1950년 6월 26일
적막 속
숨은 사람들 나왔다
조심스레 입이 열려 말이 나왔다
너 살아 있었구나
아저씨도 무사하셨군요
전선은
벌써 남쪽 행주산성으로 내려가 있다

초가삼간
문짝 떨어져나간 방
돌 지난 아기 순열이 혼자
두 대째
지나가는 탱크를 보고 있다 탱크가 뭔지 알 까닭 없이

멈춘 울음 더이상 나오지 않았다
방구석 저울대를 꼭 쥐고 있었다
엄마는 어디 갔나

근초고왕

홍릉의 때가 있다
쇠망의 때가 있다 모두 때에 갇힌다
실컷 우렁차라
밤중 촛불들 출렁인다

백제 근초고왕은
온조계가 아니라
온조의 형
비류의 핏줄

백제가
진작 가야와
남부 마한 두루 제패한 뒤

머리를 북으로 돌려
평양성까지 쳐들어가
고구려
고국원왕을 죽였다

황해 건너
남만주 요하 서쪽
백제군 설치
실컷 우렁차라
밤중 술잔 넘친다

724

또한 현해 건너
일본 왕이
백제 후왕(侯王)이 되었다
왕인과
아직기도 보냈다

홍릉의 때가 있다 그때는 다른 때를 모른다

이접야

역겨운 때 가고
활개칠 때 왔다 나이 예순둘이 억울했다
한쪽 다리가 떨어져나간
돋보기안경
수건으로 닦아낸 안경
가끔 책상다리가 삐꺽 소리를 냈다

온몸 단정
바야흐로
조선프롤레타리아예술가동맹 규약 초안을 써내려갔다

모든 예술은 맑스레닌주의하에
통일되어야 한다
이렇게 시작하는 규약

왕년 카프의 오랜 맹원 이접야(李接野)
몇편 난삽한 시를 썼다
시인
시와 이데올로기가
아직 엇박자이던
시인

그뒤
남쪽 현대문학사 어디에도

북쪽 조선문학사 어디도
그의 이름 없다
그의 시 몇편도 없다
카프의 유령인가? 정녕 실재 인물이던가?

세상에는 열나흘 달처럼 두둥실 확실한 이름 있다
다음날 보름밤인데 보름달 없는 것처럼 확실한 이름의 소멸 있다

김종오 장군

미군은
잘못된 장소
잘못된 전쟁이라고 저주를 퍼부어댔다
아군은 마지막 사기를 내뿜었다
키 작은 장군
망원경으로 고지를 보고 있다
아군이 밀렸다가
다시 올라간다
올라가다가
다시 밀려내려온다

내려올 때 전사 73명
보충병력 투입하라

부관을 시켜
대대장에게 전화

내일 새벽까지 고지를 완전탈환하라
정전회담 막바지다
고지에 태극기를 휘날려라

키 작은 장군
망원경에서 눈을 떼지 않는다
유순한 얼굴이나

작전은 뛰어났다

정전회담 시작 2년째
아군도 적군도 치사한 땅따먹기

박진경 중령

선글라스 스물셋
하루하루 번갈아 쓴다
부관과
운전병에게 주어서
그들도 쓰게 했다
연대장 지프에는 세 개의 선글라스가 타고 있다

제주도 11연대
신임 연대장 박진경 중령
자기소개 다음과 같다

본관의 부친께서는
일본제국 대정익찬회 요직에 앉아 계셨다
고로
그분께서는 공산주의와는 아주 먼 곳에 계셨다

눈 부릅뜬 부임인사 다음과 같다

대한독립을 방해하는
이곳 제주도 폭동사건을 진압하기 위해서는
제주도민 30만을 전원 희생시켜도 무방하다

그는 또 말하였다

일본군은 남한대토벌
만주토벌
중국토벌에서 혁혁한 전과를 올렸다
대한의 아들 국방경비대는
폭도 토벌에 완벽을 기할 것이다

연대장 부임 첫날 밤 술에 취했다
벽에 칼을 던지며 말했다
제주도는
돼지의 땅이야
제주도는 바다 밑으로 침몰시켜버려야 해

송호성 장군 부인

1950년 6월 하순
국군 창설의 주역
국군 전신
조선경비대 총사령관 송호성
그해 9월
인민군에게 납북 투항해버렸다 커다란 충격이었다
남에서는 사기 저하
북에서는 사기 충천

해방 전
중국 연안 무장독립운동가 송호성
일본군 장교 출신 채병덕 배짱 맞을 수 없었다
그뿐 아니라
신임 참모총장 채병덕
송호성 인맥 제거

호방한 풍모였으나
정작 군사전술은 깡통
머리도 깡통
오직 자랑인 것은
연안의 독립투쟁 그것

그런 송호성에게 잘못 보이면
비위에 맞지 않으면

즉각 좌천이었다

부하 장교 이치업도
부관 심흥선도
네놈은 제주도로 귀양 가거라
그렇게 제주도 9연대로 좌천되었다
김익렬도
태릉 육사 장교 교육중
휴일의 명동에서
송호성 장군 부인에게
거수경례하지 않은 죄
제주도 9연대로 추방되었다

김익렬 연대장
목포에서 열 시간 배를 탔다
제주도 산지포에 상륙
네 시간 차를 타고 모슬포에 도착했다
9연대
1개 대대 병력이 고작

병사들은 밥 주는 군대
옷 주는 군대
잘 곳 주는 군대에 들어온 사람들이었다
그나마 제주도사람은

하나도 없다
군기도 잡히지 않고
영내 작업시키면 도망친다

이런 한심한 벽지 귀양살이가 9연대였다
송호성 장군 부인 양천내(楊千乃) 여인은
마카오 양복지로 떼돈을 벌었다
가슴이 크고
걸어갈 때 두 궁둥짝 따로 놀았다
그녀도 북으로 넘어갔다
떼돈 두고 갔다

임행술

일본 이름 타네까와 타로오
야학당 1등
똘스또이 번역본『전쟁과 평화』를 줄줄 읽었다
늘 눈웃음치는 살짝곰보라
일본인이나
조선인이나 다 좋아했다
징용과 공습 피해
비와호 기슭 산촌으로 떠났다

일본 패전
타네까와 타로오에서
조선 이름
임행술로 돌아왔다
오오사까 이끼노꾸
제주도 교포들 종이 태극기 휘날렸다

점령군 매카서 사령부는
재일조선인 귀화에 대한 포고령을 공포했다

조선인은 조선으로 돌아갈 때
개인 소지품과
현금 1천엔 이하
담배 20갑 이하만을 소지할 수 있다

광산이나 공장에서 받은
저임금 저금통장조차
다 놔두고 돌아가야 했다
어머니가 농짝 밑에 둔
현금 7천엔 그대로 두고
임행술도 빈손으로 떠나야 했다

시모노세끼에서
부산으로 건너왔다
부산에서 제주도 건너왔다

어릴 때 떠난 고향 제주도에 돌아왔다
일제 때 주정공장
통조림공장
공장 절반이 문을 닫았다

실업자 15세 이상 16퍼센트
임행술은 다시 일본으로 돌아갔다
20톤급 어선에
밀항자 6명
바다 위에도 모리배뿐
친일파뿐이었다

밤바다에서

한라산 중산간지대 오름
봉화가 오르는 것을 보았다 그것이 고향의 마지막 풍경이었다

허인애

부산 서대신동 호화주택 대지 8백평 건평 1백평
해방 전
일본 미쯔비시 부산지점장 사택
동백나무들이 자랑이었다

해방 후 적산가옥

사변중
제일상선
제일무역
제일석유 사장 허경술의 저택이 되었다

임시수도 부산
피난민수용소나
판잣집들
움집들과 아무 상관도 없다

아빠가 돌아오자마자
딸부터 찾았다
우리 공주께서 잘 계셨나

무남독녀 인애의 방
제니스 라디오
수입품 이불

수입품 일본 귤
수입품 자유중국 바나나
수입품 불란서 향수
아빠가 사다주었다
그네가 내뱉은 말 대담했다

아빠 한국 인구 너무 많아요 전쟁 길어져야
인구가 줄어들 거야
전쟁 길어져야 아빠 사업 더 잘되어요 안 그래요?

서울대 수학과 교수 최윤식

1954년 11월 18일
이승만 종신대통령제 개헌안이 국회 본회의 상정
11월 27일 표결
재적 203명 중
가 135표
부 60표
기권 7표
개헌 정족수 136표에 1표 미달
1표 차 부결

그날밤 자유당은
서울대 수학과 교수 최윤식을 불러다
203의 3분의 2가 135라고 주장
개헌안은 부결이 아니라
가결이라고 주장했다
또한 135는
203의 3분의 2가 135.333…이므로
사사오입의 원리에 따라
가결된 것이라고 선언

한국의 수학에서
'사사오입'은 이승만 종신집권의 원리가 되었다
최윤식 교수와 그의 동료는
정치와 가장 먼 수학을

정치에 가장 가까운 수학으로 바꿨다
그들의 삼각함수 또한
장차 어느 독재의 원리가 될지 모른다고
재수생학원 수학교사 박순형이 단골술집 외상값 안 갚고 투덜댔다

하조대

사랑이란 하는 것이 아니라
하시는 것이렷다
하씨네 총각과
조씨네 처녀가 사랑을 하셨것다

그 처녀 총각 만나시는 곳
하조대

관동 8경
관동 6경이 아니고도
관동 3경에도
하조대는 뺄 수 없으렷다

혹은 조선 개국공신
하륜과
조준께서
여기 와
술 취하시던 곳
하조대렷다

만백성들 천만거사들
여기 와 성 갈아
하씨가 되렷다
조씨가 되렷다

동해 파도 너울거리는 사랑 하시렷다
만 한량이시여 백만 낭자들이시여
여기 와
하선생이 되고
조여사가 되어
나라를 슬퍼하시렷다

전쟁 전 서울에서 온
하재욱과
양양국민학교 교사 조영란
하조대에서
동해 파도 한 그릇 떠놓고
맞절하고
뜨거운 내외가 되셨것다
딸 둘
아들 넷 낳아
동해 오징어 실컷 먹고 자라나셨것다

전쟁중에도
용케
용케
딸들 아들들 무사하셨것다

하조대에 가서

743

가족사진 찍으셨것다
김치! 소리 없이도 치즈! 소리 없이도
다 웃고 찍으셨것다

김매자

화북마을 숨은 샘물
밀물에 숨은 샘물
어김없이
썰물에 나타납니다
밀물 때
밀물에 덮여 잠들어 있다가
썰물 때 나타나
비바리 물허벅에 가득 채워줍니다

스무살 김매자
물허벅 지고 돌담길 돌아옵니다
이마에 젖은 머리카락
센 바람에도 일어날 줄 모릅니다
입속에는 무슨 웃음 담겨 있는지
좀 들썩일 듯합니다
한라산이 뚜렷한 목소리로 다가옵니다
밀물 수평선 넘어 해조음
우르르 달려옵니다
매자 혼잣말
인석씨는 잘 있는지……

조소앙

상해 망명생활
뻬갈 술 한잔
객수를 달랬다
43세
객수의 밤
대동사상이 왔다

대동세상!

단군
공자
예수
석가
소크라테스
마호메트

여섯 성현을 동시에 받드는
육성교(六聖敎)를 만들었다
서로 원수 되지 않고
서로 삼키지 않고
서로 약육강식하지 않는
만국 종교 문화 조화의 세상!

그러다가

사회민주주의 삼균(三均)사상도 꿈꾸었다

작은 나라
빼앗긴 나라 불구하고
커다란 포부
그 가슴에 들어 있었다

객수의 밤
잠 깨어
다시 잠들지 않았다

수색 복자

서울 교외 사방천지
가장 헐벗은 곳
수색
그 언덕진
막살이집

따로 목수가 있을 까닭도 없다
가마니 몇장 치고 살던 방
문짝 얻어다가
문짝 달았다

굴뚝도 박아 연기 빨아올렸다
허파 앓는
아버지는 쓰레기장으로 일 나갔다
어머니는 녹번여관 식당에 일 나갔다
돌아올 때는
찬밥덩어리와
깍두기 한 깡통도 가져왔다

일곱살 복자
하루내 집에 있다
동생 기철이 네살
기철이는 장질부사 앓은 뒤
머리가 뭉턱 빠졌다

어머니가 돌아와
긴 콧물 닦아준다
술 취한 아버지가 늦게 돌아오면
일곱살 복자가 숨어야 한다
뒈져라
뒈져라
이 원수 같은 가시내야
뒈져라

마구 얻어맞지 않으려면 꼭꼭 숨어야 한다
벽장도 없다

노형중 할아버지

유리창 깨어진 기차를 탔다
얼마나 다행인가
기차를 탔다
타지 못한 몇백명 중
탄 사람 서너 명

서울에서 부산까지 12일 걸렸다
가다가 서고
가다가 또 섰다

가는 동안 이틀 굶은 사람
사흘 굶은 사람
남의 것 훔쳐먹었다
빼앗아 먹었다
빼앗다가 멱살 잡혔다

피난기차 가다가 또 섰다
피난인파에 막혀서
고장나서
또는 군대가 정지명령 내려서
가다가 섰다

그런 기차 화물차에 피아노까지 싣고 가는
내무부차관 가족도 있다

달리는 기차에서
떨어져 죽은 아이
뛰어내려
죽은 아이 껴안고 울부짖는 엄마 두고
기차는 갔다
어린아이뿐 아니라
노인도
열차지붕 위 아슬아슬 타고 가다가
떨어져 죽었다

가는 동안
죽은 사람 다친 사람
열 명 중 세 명꼴
산 자는 죽은 자 내버리고 간다
산 자
종착역 부산진역에 내려서

어디로 갈까나
어디로 갈까나
임시수용소 미창창고 꽉찼다
노형중 할아버지
그런 열차로 밀양 삼랑진까지 갔는데
거기서
너른 강물 바라보다 떨어졌다

삼랑진 벼랑 지난해 캔 고구마밭
노형중 할아버지 눈감은 곳이다
태어난 곳
경기도 의정부는 이승의 고향
죽은 곳은
저승의 고향인가

제주도 계용묵

누군가가 아는 척했다
제2차 세계대전 후
미국 민주당은 서구를 중요시하고
공화당은 아시아를 중요시했다
그러나 한국전쟁은
민주당이 맡아서
공화당이 끝냈다라고 제법 아는 척했다

누군가가 아는 척했다
괴뢰군이
대구를 삼키고
마지막 부산을 삼키면
대한민국 정부가
제주도에 건너온다고

배는 17시간 만에 제주도에 닿았다
승객 중
한 사람은 밤중에 투신자살
여섯 사람은 병이 나
생명이 경각이었다

피난민 계용묵은 환자 옆에 있었다
마침내 제주도에 상륙했다
용두동 방 한칸

한달 지나
「백치 아다다」의 계용묵이 왔다고
입에서 입으로 전해졌다
제주읍 칠성통에 다방이 생겼다 이름을 부탁했다
다방 이름 '동백'이라고 지어주었다

목이 길었다
수탉 모가지
목울대가 튀어나왔다
늘 어깻죽지 출렁거렸다
긴 등 서러웠다
까치집머리 일어섰고
세수하지 못한 말대가리 긴 얼굴이었다
마음 하나
한없이 따스하고 무능했다

괴뢰군이 한반도 다 삼키고
제주도까지 건너온다고
제주도 첫 다방 동백에서 수군대는 사람 있었다
누군가가 그 소문 끝
다방 탁자를 탁 쳤다

제주도에는 빠져죽을 바다가 있지 않나
뭐가 겁나 쌍

계용묵은 장사에 나섰다
칠성통 들머리
양담배와 껌을 좌판에 놓고
그가 서 있다
살 사람이 다가오면
좌판에 다가가 섰다

꽁초 깐 진한 담배 파이프에 재워 아꼈다

기선이 어머니

군산 오룡동 기선이 어머니의 몸뻬바지는
시집올 때부터 입었습니다
무릎을 몇십번이나
천조각 덧대어 기웠는지 모릅니다
긴 가난에 익숙합니다

피난 온 황해도 장연사람 유상호 씨 다섯 식구
금식이네 헛간에 살았습니다
피난민 아낙
병든 남편과
어린 자식 셋을 어찌어찌 살려야 했습니다

녹슨 함석대야에 가자미 받아다
박대 서대 받아다
이 마을 저 마을 팔러 다녔습니다
그러다가 다 팔지 못하고 돌아왔습니다

보아하니 굶은 몸이었습니다
지난날 아리땁던 흔적은
다 시들어버린
다 말라버린 오늘이었습니다

기선이 어머니가 부엌으로 가
아끼던 쌀 한줌 밥 안쳤다가

개다리소반에 김치하고 내놓았습니다
팔지 못한 박대 세 마리도
겉보리 한 되하고 바꿨습니다

가난한 사람이 가난한 사람 알아야지
누가 우리를 알아주겠소
하고 기선이 어머니가 피난민 아낙에게 빗 하나 주었습니다
헝클어진 머리 빗으면
머리 가르마 곱겠다 하며

이따 만나세

옛날에는
하루가 100각(刻) 1각은 약 15분
이런 시각도
백성의 하루하루에는
있으나마나
아나 모르나

해 뜨고
해 지면
하루가 쌓여 어제가 되었어

논농사 짓는 곳과
썰물 밀물
고기 잡는 곳
산촌과
들녘이 각각 때가 달라도 되었어 되고말고

마을사람들 모이라 할 때
몇시 몇분 없었어
해 진 뒤부터
두어 시간
서너 시간 뒤면
어느덧 다 모여

오정 종로 인경소리 들린 것 따위야
괜히 한양성 치장이었어

소 보고 소띠가 생겼어 그것이 태어난 해였어
닭 보고 닭띠가 생겼어 새벽닭이라 노래 잘 부르겠어
용 보았다고 용띠가 생겼어
말띠 저녁 무렵이라 고된 몸 편하겠어

시간은 과거로 가는 것 아니라
시간은 미래에서 오는 것 아니라
돌고 도는 수레바퀴
닷새장 장터
오랜만에 사돈 만나
뜨거운 국밥 함께 먹었어

또 만나자는 인사
이따가 만나세라는 인사
대강 저녁 일곱시부터
밤 열한시 사이가 '이따'였어

식민지 초기 시절
아직도
조선 후기 그 시절
옥구 선제리 영술이

전씨 마을 영술이
소 타고 잘도 달리는 영술이 별명
이따가 만나세
이따가 보세

돈 꿔달라 하면 이따가 보세
술 한잔 하세 하면 이따가 만나세

열두살

폭탄이 떨어졌다
아이가 저만치 날아가 떨어졌다 살았다
식구들 없어졌다
어머니도
아버지도
형도 없어졌다
아버지의 안경도 없어졌다
집이 불타버렸다 이웃집도 불탔다
엉엉 울었다
울음이 아무 소용 없었다

열두살 고아가 되었다

울음을 그쳤다 어른이 되기 시작했다
저쪽 공터로 갔다
미군 레이션 깡통 하나 있었다
빈 깡통
밥통으로 쓰자
국통으로 쓰자
이렇게 살림살이를 시작했다
저쪽 집터로 갔다
잿더미 속
그을린 숟가락이 나왔다
이렇게 살림살이를 시작했다

아직 치워지지 않은 송장이 있었다
송장 옷을 벗겼다
기분 나빴으나
벗긴 옷에 재를 묻혔다
이렇게 그릇도 옷도 생겼다
담요만 있으면 된다
담요 도둑질 벼르고 벌렀다

아버지 이름 이종만
어머니 성 남평 문씨
형 이름 이만수
그리고 내 이름 이천수

이 이름을 잊지 말자고 다짐하고 다짐했다
돌멩이 힘껏 던졌다
저쪽 울타리
이불
담요가 걸쳐 있었다 오늘밤 덮고 자리라
아무리 뜨거운 물에 데어도
어머니를 아버지를 부르지 않았다 벌써 콧값이었다

김춘식 중위

동부전선이 그의 전부였다
간부 후보생 소위가 중위로 진급했다
화랑무공훈장은
대대장이 가로챘다

원주전투
오대산전투
금강산전투
부전호전투
그리고 흥남철수작전으로 후퇴

다시 동부전선
설악산전투
향로봉전투
펀치볼전투
그리고 휴전

비로소 후방에 배치되었다 후방은 썩었다
전선으로 돌아가고 싶었다
휴전은 썩고 썩었다
다시 전쟁이 일어나기를 빌었다

김춘식 중위
진급이 세 번이나 보류되었다

빽이 없었다
돈이 없었다
하늘 속 연 내려가고 싶지 않았다

펀치볼 혈전 전야

너무나 큰 공간
너무나 큰 전투였다 펀치볼

저쪽 미국놈들 드럽게 굼벵이들이야
밀어붙이면
한방에 끝나는데
저건 공격도 아니고 방어도 아냐

쌍 바람난 마누라 두고
새끼들 두고
바다 건너온 놈들이
뭣 땜에 바쁘겠냐

저놈들은 저놈들이고
대한민국 국군 체면도 말이 아니야
아직도 저 능선
인민군 새끼들 나팔 불고 있다 이거야

이상은
국군 ○○○부대 본부중대 쫄병
유도순 강시철 고병무 세 놈이서
오전 전투 뒤
건빵 먹으며 까대는 노가리였다

노가리 이어진다

씨팔 인제 읍내 대대장 계집년
한번만 더 보았으면
원이 없겠다
고년
대대장 심부름 갔더니
국수 먹고 가요
저 집 막국수 그만이야요 어쩌구
그 옥 구르는 소리 미치겠더라

야 인마 너 자신을 알라
아 한코 먹고 싶다 할머니라도 좋다
야 인마 너만 그러냐 니기미 씨팔

이런 된소리
이런 진한 노가리가
산 자의 힘이었다

야 전원 원위치!
중대장의 새된 호령 떨어졌다
벗은 철모를 썼다 전진이다

그들 중의 강시철

내일 전투에서 죽으리라
전우란 서로 귀신이다
그들 중의 고병무
인제 야전병원으로 실려가리라

아직은 살아 있다 얼마나 다행이냐
포성과 함께
총성이 신났다
야간전투로 이어지리라
다음날
오전 오후 피투성이 전투로 이어지리라
보충병력 늦게 오리라

척(尺)

고려 천민의 삶
고려 무자리의 삶 있다
고려청자만
고려 팔만대장경만 있지 않았다
명품 하나에 고통 1만 2천

강이나 바닷가에서 고기 잡으며
살아가는 집 없는 천민
수척
해척

산에서 사냥으로 사는 천민
산척
나루에서 배 부리는 천민
진척(津尺)

아무 일이나 해야 사는
잡척

여진족이나 거란족
후백제 저항유민 떨거지들
팔자 기구한 사연들
척

후백제 유민 박일목이는
어느날 척에서 도망쳐 도둑이 되었다
천민보다
차라리 도둑이 좋았다

무랑천 나룻배 진척
혼자 탄 양민 낭자 업고 도망쳐
한티재 숲에 산채 짓고
앵속 심고
바람 부는 날은
재 넘어
짐짝 나귀 털었다

3년 뒤 관아에 붙잡혀갔다 천만다행 처자는 숨겼다

북한강 수척의 딸 얼레
버들고리
잘 짜는 사내 옹돌이와 눈맞았는데
옹돌이
홍수에 휩쓸려갔다
그 사랑
기쁨은 잠깐이고
슬픔은 10년이나 따라붙었다
어찌어찌 얼레가 산채에 스며들어 박일목 처자와 함께 살았다

10월 22일 밤

강원도 홍천군 서석면 풍암리
자작고개
1894년 이 고개에서
동학군 8백명이 죽었다
1954년
피난 갔다 돌아온 사람들
서른 가호 다
증조할아버지 할머니 제사 지냈다
동학군 후손들
오랜만에 캄캄한 산중의 밤
처마마다 등불 달았다

1919년 기미년 만세 때에도
이 산중
8열사가 만세 부르다 죽었다
그 8열사 정신 이어
홍천읍내
팔렬중학교가 섰다

8열사 중 김기홍의 아들과
김자희의 딸이 부부가 되었다
그들 사이 아들 김종원
홍천읍에서
제사 지내러 왔다

문관으로 군복 입었다
군복 벗고
두루마기 입고 제사 지냈다

뒷날
치안국장 김종원을
죽이려다
미수에 그친 동명이인
김종원

휴전 뒤
오랜만에 평화로운 밤
조상귀신이 왔다

안병범 대령

육군본부 참모부장 김백일 대령도
작전국장 장창국 대령
정보국장 장도영 대령
군수국장 양국진 대령도
한강다리 폭파 뒤
작은 거룻배 한 척 구해 타고
간신히 한강을 건너갔다

수도방위대 안병범 대령
그는 적군이 서울에 들어오자마자
자결

군인은 적에게 등을 보이는 것이 치욕이다
이 말을 남겼다

당신에게 다섯 아이를 맡기고 가오

아내에게
이 말을 남겼다

구원(久遠)한 의에 살기를 원하는
나의 죽음을 슬퍼 말라

다섯 아들에게

이 말을 남기고
인왕산 올라가 칼로 할복자결

광호
광수
광석
광진
광선 중
네 아들은 뒷날 국군이었다

비원 윤황후

비원 낙선재

대한제국 마지막 황제
순종의 아내 황후 윤씨
늙었다
늙어 단아했다 낭자머리 비녀에 무딘 존엄이 서렸다

세 상궁
오라버니 윤홍섭 옹
그밖의 자질구레 왕실 일가붙이 함께였다

망한 왕조의 뜰 바깥세상 없이 고요했다
닫힌 방
염주 구을리다 말다
서방정토 향해서 꽃 지듯 숨쉬고 있었다

그저 지나갈 까닭이 없다 이런 곳에도 땀이 밴 인민군이 들이닥쳤다
황후 윤씨 지그시 눈을 감았다 아닌게아니라 새벽 꿈속 죽은 나비 서넛

한 노인의 독백

1950년 8월
경북 칠곡 다부동전투
1945년
태평양전쟁 말기
오끼나와전투와 견주어졌다
격전이고 혈전
총력전이었다

국군도 여기서부터 비로소 국군이 되었다
유엔군도 여기서부터
제 이름 찾았다
총진격의 마지막
인민군도 여기에 운명을 걸었다

미 전략 공군 중폭격기가
24시간 중폭탄을 쏟아냈다
미 육군 포병대
야포탄을 퍼부었다

낙동강 50킬로미터 산허리 모두
지름 30미터 40미터
깊이 10미터의
수십만 개 구덩이가 파였다
수십만의 젊은이가

피투성이로 쌓였다

거기서 아들을 잃은 김중헌 옹
해마다 8월 7일
어김없이
대전-대구 완행열차에 탄다

왜관철교 건너기 전
왼쪽 좌석에서
몇년 전의 격전장을 바라본다

이제 저 곰보자국 산천도
숲으로 덮일 게야
저 아수라 싸움터도
숲에 가려질 게야

끝까지 김옹의 입에서
아들의 이름
김만수는 나오지 않았다
죽은 아들은
노인의 가슴속 깊이 박혀
나오지 않았다

열차는 왜관역에 멈췄다

카프카를 때려치운 한 청년의 일기장

오늘이 6·25 8주년이라 한다
형의 7주기

6·25 8주년
대한민국에는 우가 없다
극우만 있다
극우의 눈에는
모든 것이 극좌이다

개도 빨갱이 돼지도 빨갱이
귀신도 빨갱이다

아직도 휴전선은 전선이다

극우 영원불변의 나라
이 나라에서는
붉은 꽃을 노래하지 못한다
붉은 낙조를 그리지 못한다
결코 나의 피는 붉지 않다
붉은 구호물자 치마
물들여 입어라

6·25 8주년 여름
내 친구는 시단에 데뷔했다

하얀 눈길을 읊었다
내 친구는 첫 전람회를 열었다
온통 흑백 추상화
분홍빛조차 벌벌 떨었다

반공연맹은 점점 심심해지는 모양
무슨 일이 있어야 한다고
무슨 일을 만들어내야 한다고
술집에서
연맹 간부가 소리쳤다 한다

나는 카프카를 버렸다
반공
멸공
승공

나는 반공연맹에 가입해야 한다
그래야 나는 당당해진다
그래야 세상이 내 세상이 되기 때문이다

몇년 안으로 나는
반공연맹 간부로 승진해야 한다

나는 카프카를 버렸다

이황 이완 형제

1953년 피난지 대구
고려대 문학동아리 '석탑문학'이 만들어졌다

석탑은
대학 구내 호탑(虎塔)을 뜻한다
환도 후 안암동 막걸릿집
고대문학회가 만들어졌다

이황
인태성
임종국
임종국은 법대생

숱한 막걸리의 밤 몇달째 면도도 하지 않은 얼굴로
자작시를 읊었다

붉은 노을을 밟고
은은히 흔들리며 가는 종소리
종소리가 아니라
피비린내 나는 싸움이 이제
머릴 숙이며 식어가는 마당
아무도 그 승부를 묻지 말라

이황은 대학을 중퇴해야 했다

고향 성주
대구 전전하다가
키니네를 삼키고
몇마디 농담을 하다가
죽었다

이어서
아내도 양잿물 먹고 죽었다
세살배기 아기 놔두고

죽은 시인 이황에게
아우 이완이 있다

나의 반은 저승에 있다
한번씩 술에 취해 우는 것도
이승에 있는 반의 이유다
살아보려고 했던 것도
이승의 반이었을 뿐
형의 시신이
고개 넘어 마을로 들어섰을 때
나는 이미 반은 죽어 있었다

아우는 죽은 형으로 살고
그 자신의 절반으로 살아

형의 시를 이어갔다

사방이 다 벽이다
그중 동쪽을 막은 벽을 허물어
조그마한 창을 걸었다
일출에 번쩍이는 동쪽을 바라보기 위함이다
시인이 살았을 몇년의 이야기
불바다가 된 동녘 하늘이
이리도 차고 매서운 바람일 줄이야

심득구

그해 6월 28일 새벽 두시 삼십분
한강철교는 폭파되었다
국군
경찰
정부 관료를 비롯
1천6백명이
다리 위 피난 도중 죽었다

다리 없는 한강 이북은 피난민의 아비규환이었다

그날 대낮 11시 반 인민군은
한강 이북 서울을 완전 점령
마포형무소
서대문형무소
각 경찰서 유치장에 갇힌 사람들
모조리 석방

재판중의 강도 살인범도
절도범도
무엇도 다 석방
북한산 도봉산
수락산
관악산 남한산 등지
절간만 털고 다니는

별명 빨치산 심득구도
서대문형무소 미결 감방에서 나왔다 날개 쳤다

나야말로 인민의 피를 빨아먹는 반동놈들
털어먹은 혁명가이다

그는 서울시 서대문내무서 체포조장이 되었다
김상돈 검거에 나섰다
김상돈을 못 잡아서
내무서장의 경고를 받았다

혼자 투덜댔다
역시 나는 관악산 연주대 빨치산 시절이 행복했어 아쭈

영섭이 엄마

대지는 대지의 아낙을 여분으로 남겨둔다

전란
좌익과 우익의 학살
피도가니에서
살아남은 자들 그대들
잿더미에서 거적 두르고
생을 다시 시작한다
솥단지를 걸어야 한다
매운 연기
울음같이 피워올려야 한다

솥단지는 몇천년 여자의 것
뽕나무는 몇천년 여자의 것

여자가 있어야 한다
여자 있어야
죽은 사람의 빈 곳
갓난아이로 이어간다
여자 있어야
사나운 세상 지쳐 돌아온
먹통 같은 사내들
다시 세상에 나갈 힘을 얻는다

윤성수 마누라는 남편 잃은 뒤
삼년상 앞두고 재혼
황영모 마누라가 되었다
바로 아기 낳았다

전실 자식
민구
상구
그리고 새 아기 낳아
영섭이 엄마가 되었다

젖은 가난 속에서 늘 넘쳤다
얼마나 다행이더냐
영섭이 돌 지나자
바로
아기가 섰다

진새벽부터 오밤중까지
밭에 있고
보리방아 찧고
뽕잎 따러 가야 한다
뽕잎 따다가
오디도 따다가 영섭이 주었다

20리 장에 나가 남새도 팔았다
민구
상구의 신발도 샀다

돌아오는 길
젖 탱탱 불어 걸음 재촉

우리 새끼 배고프겠다
온몸 땀이 흥건
웬 눈썹은 그리 검노
금방 참숯 같다

뒤쪽에서 동행의 아낙이 휜소리친다
서방 안고 싶어
그리 걸음이 쫓기는 노새걸음이여

앞쪽에서 영섭이 엄마 한마디 보낸다
새끼 젖먹이고 나서야
서방을 안든지 삼키든지 하지

이완

어디에도 그 쨍한 눈초리 닿았다
잠 속에서
잠들지 않았다
자객
칼기운이 오싹 다가오면
영락없이
칼집에서 칼이 벌써 나와 있었다

바스락

한밤중 삼경
가랑잎새 구르는 소리이면
영락없이
칼집에 칼이 들어가 있다
어디에 고요만한 각성이 있는가

아침저녁
부하나 구종배에게 시키지 않고
몸소 쑨 여물을 말 앞에 밀어준다

내일은 강 건너 오랑캐를 치러 간다
별들이 도우리라

김삼봉

귀신도 못 잡는다

천안 토호 안정백 댁 사노

이눔 삼봉아
하고 부르면
이삼봉이 대답하고
유삼봉이 대답하고
천삼봉이 대답한다
머리 질끈 맨 검정 수건
김삼봉은 대답이 없다

주인 안마님 몸종 향년이하고 떠나버렸다

추포대(追捕隊) 풀었다
천안삼거리 능수버들
상밥집에서 누가 보았다 한다

새재 나타났다 한다
동에 번쩍
서에 번쩍
번개 나그네

늘 옥잠화 향기 나는 향년이

어느새 배가 불렀다 한다
그년부터 잡아오너라
자취 없다
점입가경 전주 정여립 일당에 가담
나주에 나타났다 한다
이제는 동인 역적
고부
태안

지리산 천은사 나타났다 한다
진안 죽도에서 아슬아슬 살아났다 한다
계룡산 신도안
갑사 밑 물방앗간에서
그 일행을
보았다 한다

추포 관군이 번번이 놓쳤다
못 잡는다
못 잡는다

지친 관군 차명구 포도부장이 빈손으로 돌아가며 말했다
김삼봉은 가공인물이다
실제 인물 아니다
김삼봉은 역심 품은 자들이

만들어낸 허깨비이다

다음날 밤
천안 안정백 댁에 김삼봉이 나타나
옛 주인댁 곳간문 열어
쌀 80섬 풀어
두루 나눠주고 사라졌다 한다

신노인

가자우
가자우
오늘도 신노인은 가자 한다
평안북도 구장군 서성면 삼정리 216번지
두고 온 고향으로 가자 한다

절반은 노망
절반은 실성
두고 온 집 주소는 정확하다

문화동 물 새는 판잣집
하루 내내 혼자 있다
가자우
가자우

아들은 약수동삼거리 빈들거리고
며느리는
문화시장 상밥집 일하러 갔다
스물네살 딸아이는
미군부대 세탁소가 유일한 꿈
오늘도
시내버스 세 번 갈아타고 삼각지 갔다

가자우

가자우

막소주 마시고 돌아온 아들이
아버지의 입을 틀어막는다
가긴 어디로 간단 말이야요
김일성이 절 받으러 가겠으면 가시라우요
오마니 간 저승에나 날래 가겠으면 가시라우요
썅

김정호

제주도 폭도 토벌사령부 공안국장 김정호
큰소리
큰소리
헛소리

일주일 이내로 제주도에 폭도 단 한명도 남기지 않을 터

그러나 토벌대가 조금만 후퇴해도
겉과 달리
속은 공포로 찼다
무기고의 무기 다 버리고
밀선 타고 육지로 떠날 계획을 은밀히 진행

오라리 방화사건도
그가 불지르고
폭도들이 저지른 것이라 조작
김익렬 사령관의 불신이 깊어간다
김익렬 사령관을 암살할 계획 진행

반드시 이런 악질분자가
시대 도처에 있다
시대 도처에서
상황들을 더욱 악화시키고 있다

술 마신 뒤
빈 술잔을 맞은편 벽에 던졌다
한 자리에서 술잔 열여섯 개 던졌다

유리잔들은
쨍그랑
쨍그랑
잘 깨져 방바닥 유리조각이 널렸다

군대는 민간인의 식수도
사령관의 허가 없이 마시지 말라 했다
그러나 공안국장의 작폐
점점 불어났다

미 군정청 딘 소장이 제주도에 와서
박진경의 등을 두들겨주고 간 뒤
중령에서 대령으로 승진
군대는 현지조달하라(착취하라)
군대는 무조건 사살하라(학살하라)
이것이 신임 박진경 연대장의 명령

제주도 관민 유지들이
진급
신임 축하연을 베풀었다

만취한 사령관을
문상길 손선호가 쏴버렸다
문상길은 기독교인
빨갱이가 아니었다
손선호 빨갱이가 아니었다

김정호 겉으로도 속으로도 떨어댔다

임종명 중사

1951년 1월
중국 인민의용군 총사령관 임표가
미군 반격작전
진두지휘중 부상
사령관직을 팽덕회에게 물려주었다

팽의 전략은
서울 사수
삼팔선 사수
동부전선 산악지대 방어선 구축

한국과 유엔군에게
삼팔선 넘으라는 명령이 없었다
휴전회담 진행중
유리한 고지 점령 명령뿐

화랑고지
수도고지
저격능선
베티고지
김일성고지
스딸린고지
철의 삼각지
모택동고지

피의 능선
단장의 능선

백마고지
그 폭설 속 백병전
임종명 중사 부상으로 살아났다
참호에서 다리를 싸맸다
연합작전에서 살아남은
미 육군 흑인병사 제이슨 포그니도
지원병력을 기다리며
그 참호 속에 함께 있었다

임중사의 서투른 영어를
제이슨 하사가 잘 알아들었다
제이슨의 영어를
임중사가 알아들었다

제이슨의 말

나는 미주 애리조나에서 태어났으나
한국에서 죽을 것 같다
태어나는 곳도 고향이지만
죽는 곳도 고향이다
내 고향은 여기다 한국

이 말에 임중사가 울었다
그들은 껴안았다 철모를 바꿔썼다
과연 제이슨
다음 전투중
백병전에서 죽었다
그의 무덤은 한국 내 유엔군 묘지에 있다

균여

천민 균여

호족 틈바구니
때를 노리던 광종의 벗이었다
호족 군벌
호족 노비
호족 토지 풀어버린 광종의 벗이었다

고려 화엄학
남학
북학을 통합하여
호족의 선종을 누르고
화엄종을 들어올렸다
제자 3천
향가 「보현십원가」를 지어 불렀다
화엄경 보현행원

뜨거운 균여
그에게는 대중이 있다
진한 똥에 파리 모이듯
꽃에 나비 벌 오듯 벌 나비 오듯
그의 향가에는
뭇사람의 귀가 모이고
뭇사람의 입이 열렸다

당송 시가는
배운 자의 규율일 뿐
해동 변방 향가는
그대로의 빛
그대로의 정(情)
꾸밈은 죽음이다

임금도 때때로 규율이 지켜왔다
뒷날 현종과
예종 향가를 지었다
뒷날
왕자 의천 대각국사가
지난 시절의 균여를 배척
균여 화엄학 묻히고 의천의 천태학 퍼져갔다
덧없다

남신동이 마누라

처마에서 노래기 소리없이 떨어진다
나무절구에
나무메로 강냉이 네 바가지 찧는다
두 집 아낙
가슴 젖 드러내 출렁이며
도굿대 치게 올려 내리며 찧는다
툇마루에서
아이들 용케 떨어지지 않고 논다
문종이 다 해어져
문풍지 울어줄 것도 없다

이놈의 산천은
왜 난리를 좋아하는지
이놈의 시절은
왜 죽이고 죽이는 것 좋아하시는지

이런 소리도
아낙의 입에서 함부로 나오며
강냉이알이
강냉이가루가 되도록 찧고 찧는다
오늘 저녁 강냉이죽으로
일곱 식구 헛배 채우고
이웃집 다섯 식구 배를 채우리라

남신동이 마누라
가슴은
뭣하러 그리도 큰지
궁둥짝은
또 뭣하러 그리도 큰지
이웃집 마누라
홀쭉한 가슴 이따금 기가 죽었다

인민군 두 번 왔다 갔다
국군 두 번 왔다
인민군이 왔을 때는 인공기를 그려 붙였다
국군이 왔을 때는 태극기를 꽂았다

동네사람 3분의 1이 죽었다
그중에 살아남아
강냉이 방아를 찧는다

초저녁부터 내내 소쩍새가 울어준다

의암호 중도

의암호 저쪽에 섬 하나 누웠다
섬 둘레를 물이 먹어
섬이 줄어든다
중도
거기 몇가호 오막살이
언젠가
미 공군 제트기가
기총소사로 갈겨댔다
섬사람들 숨을 곳도 없었다

특무상사 오병헌
부대 막사에서는
맹견이고
맹수였다

그러나 오늘은 빈대떡집 딸 변정숙을 꼬여
호수에 온 것
호수에서 배 타고
중도에 건너온 것

40킬로미터 저쪽은 전투가 한창인데
이쪽에서는
맹수가 순하디순한 짐승이 되는
연애 시작

중도에 배를 댔다
오상사가
정숙의 손목 잡고 땅을 밟았다

나의 가계

45대조 할아버님께서는
당나라를 섬기셨습니다
신라는 당나라의 속주라 하셨습니다
고기반찬을 좋아하셨습니다
26대조 할아버님께서는
원나라 연경에 가는
수신사 참사셨습니다
비단옷을 입으셨습니다
12대조 할아버님께서는
친명 반청 산당 한당의 한쪽이셨습니다
5대조 할아버님께서는
실사구시 친청이셨습니다
증조할아버님께서는
친일이셨습니다
중추원 참의 주사이셨습니다
조선은
일본의 적자(嫡子)라 하셨습니다
아버님은 친미로 일관하셨습니다
군정청 양정과 계장이셨습니다
식민지시대 군청 양정계 모범 서기셨습니다
공출실적이 우수했습니다
그러다가 친미의 날들
밤마다 양주 한잔 마시고 주무셨습니다
크리스마스이브

윌리엄 중위에게
한국 처녀 두 번이나 붙여주셨습니다

내 이름은 당나라 소정방의 후예 소안생입니다
여한없습니다

윤석이 아저씨 아주머니

뒤꼭지 툭 불거진
윤석이 아저씨 머릿속
옥편 하나 들어 있다
모르는 글자 없다
사람이 아니라
옥편이라 하였다
윤석이 아저씨 지나가면
대숲 대바람소리들도
싸아
싸아
옥편 지나간다고 수군거린다

그의 마누라는 먹통
지아비에게
천자문 첫째 줄
네 자 익히는 데
한 달도 넘었다
한 달도 넘어
다시 잊어먹었다

그러나 윤석이 아저씨 아주머니
궁합은 찰떡궁합

아침부터 세숫대야 물장난하며

깔깔댄다

예끼 이 사람
옷 다 젖었네그려

호호 새옷 갈아입혀드릴 테니
어서 들어가셔요

사람의 일 덧없나니
윤석이 아저씨 장인 장모
2천평 소작인
공산당에게 몰살당한 지 3년째

권철

저 20년대 허무당 선언의 윤우열을 추종했다
아나키스트 권철
중국으로 가서
폭력을 꿈꾸었다 실패 거듭했다
해방 후
고향에 돌아왔다

충남 서천 들녘이 넓었다
서천역
아침과 저녁 기적소리
들녘으로 들려왔다

폭력의 꿈 접은 지 오래
아무도 만나지 않는다
마누라에게
아이들에게 냉담했다

건국 이래
수많은 선거가 있었다
한번도 투표하지 않았다 그것만이 그의 업적이었다
모시적삼 입은 그에게
대의정치는 인간의 모독이었다

인공 3개월 정신이상자로 위장했다

허난설헌의 참(讖)

벽
네 벽 허물어뜨릴 만한 시퍼런 설한(雪恨)의 여인

푸른 바닷물이 구슬바다에 스며들고
파란 난새가 채색 난새와 어울렸어라
연꽃 스물일곱 송이 붉게 떨어지니
달빛 서리 위에서 차갑기만 하여라

스물여섯살 허난설헌
간밤의 꿈 그대로
오늘 아침 시로 읊었다

여덟살에
하늘이 내려준 시인이라 했다
그뒤로 내내
하늘이 내려준 것이
허난설헌의 시라 했다
가위 이백과 이하를 잇는 시혼이라 했다

조선 최초로
제 이름을 가진 여인
제 호를 가진 스무살 여인

그네는

그네가 세상 떠날 것까지
몇해 앞서 알았던 것 모질다

무엇하러 그런 것을 미리미리 알아버렸던가

차복이

1947년 가을
조선 공창(公娼)이 폐지되었다
도시의 유곽거리
2층 건물 아래
사진들이 전시된 유곽거리

17세 이상
17세 미만도 적지 않았다

일제시대 경축일에 일장기가 펄럭거렸다
해방되자 태극기가 펄럭였다

저 청일전쟁 부산 완월동 이래
1902년
부산 유곽
인천
원산
군산 유곽 번성했다

1947년 가을
유곽 문이 닫혔다
창녀 2천6백명 어디로 떠나야 했다
떠날 때는
여기저기 울음바다

집으로 돌아가라 했다
기술을 배워
다른 일을 하라 했다
해방된 조국
새 각오로 봉사하라 했다

그녀들
식당으로
주막으로 갔다
반반하면
도시의 바와 요정으로 갔다
까페 프랑스로 갔다

공교로웠다
인천 유곽 5호관 백련관 차복이
유곽을 나서자마자
신이 내렸다

지나가는 아낙을 보자 소리쳤다
당신 서방 죽고
새 서방 얻으러 가는 길이오

웬 미친년 미친 소리라고 화내고 돌아갔다
남편 죽어 있었다

장사 지내준
남편 친구와 슬쩍 만나다가
드러내놓고 만났다

차복이의 삶
몸 팔다가
넋 팔기 시작했다

사람들 들끓었다
잘 맞혀
잘 맞혀
잘 맞혀
쪽집게 차복이 점점 쇠약해갔다

둘 다 못 이기는 싸움이여
둘 다 반쪽짜리여
넋도
몸뚱어리도
못 당하는 천 길 절벽이여

조향

부산에는 눈이 내리지 않는다
겨울 거지에게
겨울 죄수에게 동상이 걸리지 않는다
감옥도
여름에는 마산형무소
겨울에는 부산형무소였다

동백나무 울타리들이 경건했다
진초록 잎새 번들거리고
진분홍 꽃 가슴 뜨겁다

긴 항구였다
그 항구에
서울 문인들 허위허위 피난 왔다
1950년 7월과 8월
그뒤
1951년 1월 이후
1953년까지였다

부산의 모더니스트 조향이 자존심을 세웠다
분연히 일어나
서울 문인 배척했다
이제부터 부산이 수도다라고 외쳤다
부산이 중앙문단이고

서울의 너희들은 피난민이라고 외쳤다
큰 적산가옥 팔고
작은 집으로 이사했다
사람들이 오면
방을 내주기 싫었다

그의 주장은 충격이었다
서울 문인들 슬슬 고개 돌렸다
오직 서울의 모더니스트들만이
그와 어울려
'후반기' 동인회를 만들었다

기성문단에 포문을 열었다
타도하라 낡은 문학!
타도하라 촌놈문학!
타도하라
기성문단!

그로부터 낡고 촌스러운 기성의 전후문학이 시작되었다

오영수

피난 온 서울 문인들 맞아들였다
방 일곱 개를
여기저기 마련
김동리
황순원
조연현
박용구
이봉구
박기원 등 살게 했다

간장 된장도 담아왔다
이불과
밥그릇 양재기
옷가지도
싸리비도 구해왔다

거기서 황순원과 배 맞아
너나들이 동무가 되었다
후배 이범선이
황순원 선생은 다보탑이고
오영수 선생은 석가탑이라 했다

수복 후 오영수는 서울 문인이 되었다
만돌린 반주

서귀포 70리에 물새가 울었다
문단의 중심에서
눈물의 문학 곱다란 인정의 문학 펼쳐나갔다

실어(失語)

제주도사태
전투중지회담이 실현되었다
김익렬 연대장이
어머니와 처자를 인질로 삼는다 해서
한라산 김달삼이 응한 것
몇번인가 토벌대 제안은 거짓
그러나 김익렬 연대장은 진지했다

두 사람은
적과 적으로 만나 진지했다

그러나 9연대와는 달리
경찰이나
대동청년단
서북청년단은 전투 중지를 바라지 않았다

전투가 중지되면
그동안의 실책과 과오가 드러난다 할일이 없어진다
또한 미군의 비밀지령이 무효가 된다
오라리방화사건을 조작
전투중지회담을 깨어버렸다

이쪽에서 불지르고 사람 죽이고
서울에서 신문기자가 와서 기사를 쓰게 하고

미군 비행기가 뜨고
경찰부대가 출동
세 시간 만에 진압했다고 조작

오라리 고병린 어머니
고병린 마누라
고병린 두 아들도 숯덩이
다른 두 아들 유골은 찾지 못했다

소 세 마리 찾으러 나가서
혼자 살아남은
오라리 고병린
그뒤로 말을 잃었다 온벙어리 되었다
소들도 주인의 목소리 없이
몰려나가고
몰려왔다

소 두 마리는 청년단이 끌고 갔다
빨갱이네 소 조사한다고

통역 고예환

고려대 영문과 학생이었다
은사 이인수는
수복 후 총살당했다 혼자만 가슴에 새겼다

군복 차림에도 순하디순하다
스승의 죽음 견디며
누구의 오빠 같았다
봄비 부슬부슬 오고 난 뒤
젖은 살구꽃 같다
함께 사진 찍고 싶었다

미 육군 제21항만사령부 운수과
통역 고예환
까다로운 바네트 중위와 함께
오전 시찰 다닐 때
그는 말을 전달할 뿐
그 자신은 없다

그의 말소리는
속삭임이다
밖으로 나가지 않고
안으로 들어간다

수놓다 만 수틀의 고요

이웃마을 처녀들
꿈꾸는 사람

작은 눈 작은 입술 속 깊다
아버지의 산 아래
아버지의 들
해오라기 날아오른다

쥐

폭격 뒤
삐쩍 마른 쥐가 왔다
반가웠다

너도
나도 얼마나 배고프냐

다리 없는 기철이가 목침을 던져
녀석을 잡아 구워먹었다
죽을 때 내지른
녀석의 비명을 구워먹었다

전쟁은 언제 끝날지

약혼녀

김신옥은 집안에서 반대하는
박우환과 약혼
가면 죽을 사람인데
그 사람하고 맺는단 말이냐
그런 반대를 무릅쓰고 약혼

둘째오빠 신정이
왜관전투가
영천전투가에서 죽었기 때문에
군대 가는 사람은 저승 가는 사람이었다

약혼이라고 해야
양가 부모와
본인 두 사람이 만나
읍내 식당에서 설렁탕을 함께 먹는 일
박우환이 18금 금반지 하나 내놨다
김신옥이 세이꼬 팔뚝시계 하나 사왔다

박우환이 신옥의 집 찾아가
장차의 장인 장모한테 인사하고
신옥의 방에서
얘기 몇마디
아직 손도 잡아보지 않았다

약혼반지도 끼워주지 않았고
시계도 안 호주머니에 넣어둔 채였다
박우환이 집으로 돌아오는 길
제트기 소리가 땅바닥을 휩쓸고 갔다

입대하는 날
어깨에 무운장구 띠 두른 박우환
강경역으로 갔다
양가 부모가 전송하고
신옥이도 부모 뒤에서 손을 흔들었다
머쓱 슬펐다

2년 뒤
1953년 2월 5일
신옥의 꿈에 박우환이 돌아왔다
환한 웃음
그 다음날 6일에도 돌아왔다

한달 뒤 육군본부 전사통지서 왔다
부대장의 애도공문 왔다
이어서 유골상자 도착
부읍장이 검은 넥타이를 매고 와서
그 박우환 일병의 전사를 애도 어쩌구

신옥은 밥을 굶었다
술취한 첫째오빠가 외쳤다
이년아 이제 어쩔래
이년아 나는 생과부 동생 두지 않았다
빨리 어디로 시집가거라
이년아

김동삼

아이가 넘어졌다
무르팍 피가 났다
아이가 엉엉 울었다
이 녀석아
괜찮다
괜찮다
하며 길가 마른 흙가루를
아이의 무르팍에 뿌려주었다
곧 피는 멎었다

이 녀석아 이제 됐다 가거라

다친 아이 등을 두들겨 보낸 어른
김동삼
서간도 유하현 삼원보 황톳길에
한동안 서 있다

본명 김긍식 의성 김씨
학봉 김성일 후손
고향 안동
이상룡 유인식 들과 협동학교 교감 노릇

왜적이 조상의 땅에 발디디자

신민회 참여
서간도로 망명
경학사를 세웠다
이시영
이동녕
이상룡
윤기섭
김창환 등과
신흥강습소를 세워
아이들을 가르쳤다

부민단을 세웠다
한족회를 세웠다
서로군정서 참모장
북로군정서와 연합
각파 통합
통의부 위원장이 되었다
정의부
민족유일당
그리고 서대문 감옥 옥사

뭇 독립운동단체와 각 지도자들
서로 갈라서고 배척하는 현실 개탄
그의 이름도

동북 3성의 애국자들
분열되지 말라고
동삼이라 고쳐 지었다

매일 1백리 이상
벌판 건너고
재 넘어
서간도에서 북간도
북간도에서 서간도
북간도에서 소만국경
갈라지고 흩어진 지도자들 찾아다녔다

어깨에 담요 한 장 걸치고
한푼짜리
만주전병으로 끼니 때우며
그 모진 추위
여름 신발 싸이헤를 신고 다녔다

그 너른 이마
그 굴속 같은 눈빛
그 깎아지른 콧날
그 홀쭉 볼
그 구레나룻
그 청인 옷의 묵언

그 일편단심
그의 호
한 소나무
그가 앞장서 참여한
무오독립선언
기미년 선언보다
1년 전의 선언
거기에는
기미년 비폭력에 대해
오직 육탄혈투
독립완성
그것

만주사변 뒤
중국 독군(督軍)과의
한중연합군 조직을
협의하고 돌아오다가
하얼삔에서 검거되었다

조선인의 전범이었고
조선인의 꿈이었다
그 진정

주세죽

붉은 사람들
최창익
허정숙

하필원
강정희

조봉암
김조이

김사국
박원희

김태준
박진홍

이재유
박진홍

연하 신철
연상 정종명

그리고
김삼룡

이순금

그 동백꽃들

그들은 한국 사회주의 혁명동지이자
혁명부부

1929년 모스끄바 유학 시절
박헌영
주세죽 부부
그 이전에도
그 이후에도 없던 행복

딸을 낳았다
엄마가 되었다
남편과 함께 찍은 사진 한 장 있다

만약 그들이 프롤레타리아 독재권력을 쟁취했다면
그들의 사랑은 추악했을 것이다
사악했을 것이다

아니 산산조각났을 것이다

정인욱

상공부 석탄과장 정인욱은 한강을 건너지 못했다
인민군에게 체포되었다 부역했다
9·28수복 후
도강파에게 곤욕을 치렀다
석탄에 관한 한
그가 없어서는 안되었다
1950년 11월 부산에서
대한석탄공사 창립이사가 되었다

태백산 개발과
산업철도 건설을 역설했다
어림없었다
그는 다음해 맨주먹으로
강원도 산골 철암으로 달려갔다
탄광을 개척했다

사변 전
대통령이 부를 때도
양복이 없어
일본군 작업복을 입고 갔다

그는 삶은 감자 삶은 옥수수로 점심을 먹고
해발 1천미터 이상의 산줄기를 헤매어
탄맥을 붙잡았다

1952년 11월 풍부한 탄맥 발견
시꺼먼 탄더미가 쏟아져나왔다
광부들과 함께 살았다
DDT가 없어
밤새 이 때문에 잠을 설쳤다

일제시대 심훈의 『상록수』 읽고
그도 이상향 건설이 꿈
광부 사택에서
피아노 소리가 나는 것을 듣고 싶다
이것이 그의 오랜 꿈

이로부터 휴전선 이남에는
산야에 숲이 우거졌고
수많은 민둥산 사라졌다
이로부터 서민의 온돌 얼지 않았다
전쟁은 끝나갔다 산마다 폿소리가 멀어져갔다

바 나이아가라

서서히
확실하게 재벌의 시대가 오고 있었다
전쟁의 후방
피난지에서
이미 재벌은 시작되고 있었다

삼성 이병철
삼호 정재호
개풍 이정림
대한 설경동
락희 구인회
동양오리온 이양구
극동 남궁련
한국유리 최태섭 들이 우뚝 섰다

삼성과 개풍은 쌍벽

군대는 적진을 뚫지 못하지만
장사꾼은 적진을 뚫는다
군대는 적에게 적이지만
장사꾼은 적과도 흥정한다

아니
장사꾼은 후방 방방곡곡이 제 가게다

이런 시대가 오고 있었다

휴전 직후
폐허 복판
뻥끼칠 멋진
명동의 바
'나이아가라'

그곳은 누구나 지나갈 수 있으나
감히 누구나 들어갈 수 없는 곳
7번 미스 원
여자가 아니라
여신이었다
9번도 여신
11번도 여신이었다

사내들 목에 침이 걸렸다

정작 7번 미스 원은
여신도 뭣도 아니었다
여자였다
개풍상사 이정림 사장의 세컨드가 꿈이었다
11번 미스 김은

제일제당 사장 장남과의 동거가 꿈이었다
12번 미스 유는
삼호물산 사장의 아들을 노렸다

바 영업시간 30분 전
갱의실의 미녀들
밤 화장 서두르며
아무개 사장의 좌골신경통
아무개 사장 아들
아무개 사장 아들
오공자 하루용돈 얘기로
꽃을 피운다

지배인 주피터 박이 나타났다
오늘밤 아홉시 칠공자 납신다
인생철학 연구할 것
알간?

인천 청년

1945년 가을
25세 조중훈이
한진상사를 설립했다
자본금 1만원
바닷가 콘크리트 2층짜리 건물

무역업에서
운수업으로 돌았다

인천은 상해로 가는 곳
인천은 코오베로 가는 곳
인천은 구라파로 가는 곳
뉴욕으로 가는 곳

전쟁이 났다
화물차량 15대
업무용 지프 2대 징발당했다
예금 전액 찾아내어
종업원 40여명에게 공개분배했다
창고의 장비도 분배했다

트럭 한 대에 가족 싣고 부산으로 갔다
휴전 후 뭉툭한 키 155센티미터
다시 폐허 인천으로 돌아왔다 또다시 빈손으로 시작했다

혜화동 로터리

혜화동오거리
양가 부모가
다같이 좋아하는 연인이 지나가는 거리
늙은 플라타너스 잎사귀
천천히 걸어가는 걸음에
뒤채는 거리

동양서림이 있다
책을 밑씻개로 쓰는 시절
책을 불쏘시개로 쓰는 시절
책을 잡히고
외상술 먹는 시절

새로운 책들이 하나둘 나오고 있다
휴전
다시 책을 읽는 시절

『여원』 표지광고가
흐린 진열대 유리창에 붙었다
조미령이 웃고 있었다
특집
전후 여성이여 일어서라
유달영 또는 안병욱
김형석 따위

장위동
수유리
의정부
미아리
정릉
새로 생겨난 석관동
그런 종점에서 오는 버스들
지칠 줄도 모르는 버스들
잠시 멈췄다 간다

혜화동 수도의과대학병원
일주일에 두 번
화요일과 수요일 피를 산다
김명준
한 달에 두 번 피를 판다
대기하는 열에 끼여 있다가
순번이 된다
제 피가 빠져나가는 것을
빙그레 웃으며 바라본다
잘 가라
그가 웃을 때는 그때밖에 없다
세상은 웃을 만한 곳이 아니었다

면도하지 않은 얼굴
뒤숭숭한 머리
새는 고무신
여름에도
겨울에도 같은 옷

피 뽑은 뒤
제일 먼저 순댓국밥집으로 갔다 동양서림 책은 싫다
배고프다가
배고프다가
배가 아팠다
배가 잠들었다

그 배 안에
순댓국물을 내려보냈다
뱃속 전체가
환호작약

오직 잠자고 싶다

유언

67세 조만식
본명 김충달
다리 뻗어 진저리치고 숨 두 번 몰아쉬었다
험한 고개
가까스로 넘어가는 숨
임종 직전

안경을 벗은 얼굴
순하디순하구나

20년 아래 앳된 부인 울고 있다
늦둥이 아홉살 명진이
어른인 듯
무릎 꿇고 앉아 있다

유언이 드디어 새어나왔다 들릴락말락한 소리
우익도 못써
좌익도 못써…… 으음

가명 조만식
대동청년단 인천시 부지부장이었다 좌익을 죽였다
인공의 여름
이번에는 민청 군산시 연락부 부부장이었다 우익을 죽였다

용케 도망쳐
강원도 횡계 산골 빈집에 숨어들었다
폐결핵 환자로 위장
잦은 헛기침소리
구해온 파스 하이드라지드 약병
머리맡에 두었다

가짜 폐병과 함께
진짜 황달병이 왔다
파스 하이드라지드 약병을 버렸다
간경화
간암
그리고 임종

관도 없이 가마니에 싸여 묻혔다
사망신고도
뭣도 필요없이

두 모녀 초사흗날 떠났다

왕십리

주정꾼이 있다
모두 살기 위해 아등바등거릴 때에도
괜히 큰소리치며
술집을 혼자 차지하는 주정꾼이 있다
불쌍하다 하지 마라
누가 더
불쌍한지 아무도 모르는 세상

주정꾼
내무부 앞에서 버스를 탔다
큰소리 한번 친다
자유당은 망한다

답십리행을 타야 하는데
왕십리행을 잘못 탔다
왕십리 종점에서
통금시간에 걸렸다 큰소리가 나왔다
민주주의가 망해간다

왕십리 종점
논바닥 밀어내서 새 종점이었다
쓰레기 널리고
둠벙 널렸다

꺼질 줄 모르는 엔진소리
가랑가랑
해소병 걸린 낡은 엔진소리
오라잇
오라잇
빠꾸! 빠꾸! 외치는 차장처녀 새된 소리
싸우는 소리
클랙슨
욕

그러다가 통금시간 한 시간 뒤쯤
고요해진다
그 고요
왕십리 논개구리 소리가 차지한다

판잣집 끄트머리
세살 먹은 아기
잠 깨어
개구리 울음소리 듣는다

엄마는 곤히 배 드러내놓고 잠들고
아빠는
코를 골다 말다 한다
업어가도 모를 잠

모심은 뒤의 개구리 합창으로 어둠이 파릇파릇 자라나는구나

젖먹이만이 깨어 있다
아 인간은 세살 때부터 저 혼자 소리를 듣는구나

이도빈

바다밖에 없다
바다가 조상이고
바다가 후손이었다

바다 무정

1947년 11월
서북청년 행동대원 105명
제주도 산지부두 상륙

북제주
남제주 각 면 배치

무보수였다
약탈이 봉급
강매가 수입

태극기와 이승만 사진을 강매했다
이승만 사진 사지 않으면
빨갱이가 되었다

성산포 이도빈은
이승만 사진 사지 않아서
맞아죽었다

서북청년! 서청!
이 소리만 들리면
우는 아기 울음도 뚝

서북청년회 제주도본부
위원장 장동춘
부위원장 박병준
그들에게도 다른 사람처럼 성명과 이름이 있었다

이도빈은
성산 일출 해 뜨는 시각에 태어났다
어릴 때 이름 일출
마을 친구 김부덕이 일본 갈 때도
나는 집에 있겠다 했고
최병구가 목포로 건너갈 때도
나는 제주도에서 살겠다 했다

대한독립촉성국민회
윤치영 집 경비 서던
서청 최동수
갈옷 입고
조 베던 이도빈에게
야 이승만 각하 사진 사라우
하자

지금 조 베고 있수다
하고 사절하자마자
이 간나새끼! 하고
목총착검으로 머리를 찍었다
피 뿜으며
밭두렁에 쓰러졌다
이도빈 29세의 일생 끝났다
목포도
일본 대판도 가지 않고

김천다리

휴전 뒤
폭파된 다리 다시 걸렸다
새 다리는 운크라 지원 현수교
강 건너
친구 만나러
목발 짚고 건넜다

나룻배 타고 건너던 곳

친구는 세상 떠나고 없다
그 마을 동구밖
박넝쿨 올린 주막 주모도 다른 사람이었다
그리움이 푹 꺼져버렸다

아직 풀섶에 불발탄이 잠자코 숨어 있다

원천호수

며칠째 도박 단속 풀리지 않았다
망국의 도박 발본색원한다는 것

두 꾼
여봉철
하진섭

원천호수 배 타고
호수 복판에 가 화투장 폈다

먼 데서 바라보면 제법 태공망 잉어잡이 틀림없다

지경 주막

그토록 사람들 좌익 우익으로 죽어갔건만
난리 뒤
또 살아갈 날들

묻은 무 배추 움이 돋았다

군산선 철도 건널목
회현으로 가는 길
옥산으로 가는 길
서로 마음 삐쳐서 갈라진다

거기 싸우던 사람 사횟술 나누기 좋은 곳
조가비 박힌 흙바닥 주막 한 채
예순살 주모 말이 없다

목에 수박씨만한 점 검푸르다

누구나 다
20년
30년
함께 지내며 살아온 듯

와도
어서 오라는 인사 없다

가도
잘 가라는 인사 없다

달 뜨는 저녁 일찌감치 앞치마 벗고 달마중하러 나와 있다

명단이

다친 호랑이
엉금
엉금 기어
굴을 찾는다

굴속 열하루
꿈쩍 않고 엎드려
다친 곳 핥아가며 절로 낫는다

막 아침 햇덩이 오를 때
그 부챗살 햇발 속
어홍!
하고 다쳤던 호랑이 일어난다

어홍!

이런 호랑이 같은 사내 하나 없느냐고
삼척 산골처녀 명단이
화전밭
마른 옥수숫대 우지끈 분지른다

전쟁 뒤
죽어라고 적막해진 산골 저녁

인 명 찾 아 보 기

* ○ 안 숫자는 권 표시

만인보 16·17·18

초판 1쇄 발행/2004년 1월 28일
개정판 1쇄 발행/2010년 4월 15일
개정판 3쇄 발행/2015년 12월 23일

지은이/고은
펴낸이/강일우
책임편집/박신규 박문수
펴낸곳/(주)창비
등록/1986년 8월 5일 제85호
주소/10881 경기도 파주시 회동길 184
전화/031-955-3333
팩시밀리/영업 031-955-3399 · 편집 031-955-3400
홈페이지/www.changbi.com
전자우편/lit@changbi.com

ⓒ 고은 2010
ISBN 978-89-364-2848-8 03810
        978-89-364-2895-2 (전11권)